즐거운
우리들
의 천국

즐거운 우리들의 천국

최인호 중단편 소설전집

3

문학동네

작가의 말

오래 전에 들은 이야기인데 백 미터를 달리는 스프린터들은 한 번
도 쉬지 않고 달린다고 한다. 0.01초를 다투는 단거리에서는 숨을 쉬
는 행위가 힘을 분산시키는 요인이 될 수 있기 때문이다.

문단에 데뷔한 것이 1963년 고등학교 이학년 때였으니, 사십 년에
가까운 세월이 흘렀는데 처음으로 중단편 문학전집을 상재(上梓)하
면서 까마득히 잊어버리고 있었던 지난날의 중단편들을 읽으며 떠
오른 생각이 바로 스프린터들이 숨을 한 번도 쉬지 않고 단숨에 백
미터를 달린다는 이야기였던 것이다.

일찍이 수천 곡을 작곡했던 모차르트에게는 다음과 같은 일화가
있다. 어느 날 역에서 기차를 타다 말고 흘러나오는 곡을 듣고는 무
심코 "아, 그 음악 참 좋다"고 말하자 옆에서 듣고 있던 사람이 이렇
게 대답했다고 한다.

"저 음악은 바로 선생님이 작곡한 것입니다."

나 역시 일단 쓴 작품은 벗어놓은 허물처럼 기억조차 하지 않는 습성을 갖고 있어 이번 기회에 지난 수십 년 동안 쓴 작품을 읽으면서 과연 이 작품이 내가 쓴 작품인가 아닌가 하는 모차르트적 착각에 빠졌다. 그럼에도 불구하고 비교적 초기 작품이었던 「술꾼」과 「타인의 방」과 같은 작품을 읽으면서 나는 새삼스러운 감회를 느낄 수 있었던 것이다.

내 기억이 정확하다면 「술꾼」은 두 시간에 걸쳐 단숨에 쓴 작품이다. 누나네 집에 놀러 갔다가 시간이 남아 배를 깔고 엎드려서 펜촉에 잉크를 묻히고 그야말로 백 미터를 달리듯 단숨에 쓴 작품이며, 「타인의 방」 역시 『문학과지성』 창간호에 의뢰를 받고 하룻밤 사이에 완성했던 단편소설이었던 것이다.

대부분의 중단편들은 이처럼 백 미터를 단숨에 달리듯 탄생되었다. 그렇게 백 미터 단거리 선수로 출발하였던 나는 그 동안 일만 미터의 중거리 주자를 걸쳐 주로 호흡이 긴 장편소설에 주력함으로써 마라톤 코스를 달려온 마라토너로 작가생활을 계속해온 것 같다.

마라톤은 숨 한 번 쉬지 않고 단숨에 백 미터를 달리고 0.01초를 다투는 스프린터의 피 말리는 고통과는 또다른 주법(走法)이 필요한 운동이겠지만 어느 것이 작가에게 최선의 선택인지는 정확한 판단은 내릴 수 없을 것이다.

한 작곡가가 평생을 통해 어떨 때는 달콤한 세레나데를, 어떨 때는 웅장한 심포니를, 때로는 실내악과 협주곡을, 어떨 때는 오페라 등 다양한 음악을 작곡하듯이 한 작가가 장편소설이든, 대하소설이든, 중편소설이든, 아니면 희곡이든, 시나리오든, 그 무엇이든 한곳에만 매달리는 것은 자유로운 작가정신에 스스로 자물쇠를 잠그는 구속행위라고 나는 줄곧 생각해왔던 것이다.

그러나 이번 기회에 과거에 쓴 중단편을 새삼스럽게 읽어보는 동안 나는 문득 작가로서의 남은 인생을 또다시 숨 한 번 쉬지 않고 단숨에 백 미터를 달려가는 치열한 스프린터로 살아가고 싶다는 느낌을 강하게 받게 되었다.

특히 5권에 게재된 「산문」이나 「몽유도원도」 같은 중단편들과 「이별 없는 이별」과 같은 작품들은 그 어떤 작품집에도 수록된 적이 없는 신작이므로 다시 사백 미터 계주에서 배턴을 이어받아 달리는 최후의 주자처럼 남은 인생코스를 눈부신 속도의 스프린터로 다시 뛰고 싶다는 욕망을 지울 수가 없었던 것이었다.

그런 의미에서 이번 중단편 전집의 발간은 소위 최인호 문학의 정리가 아니라 새로운 출발을 알리는 신호탄이라고 말할 수 있을 것이다.

그렇다.

나는 마지막 주자로서 스타트 라인에 서 있다. 헐떡이면서 달려오는 지친 내 모습을 나는 고개를 돌려 지켜보며 기다리고 있다. 그는 내게 조금이라도 빨리 배턴을 넘겨주려고 필사적으로 달려오고 있다. 나는 이 순간 손을 뻗어 그 배턴을 마악 받으려고 하고 있다.

이제 내게 남은 것은 오직 결승점일 뿐, 0.01초를 단축하려는 기록도, 1등이라는 등수도 이젠 내게 상관이 없다. 결승점을 통과하여 테이프를 끊을 때까지 심장이 파열되어 찢어질 것 같은 치열함 속에서 달리는 것. 그 문학의 비등점(沸騰點)을 향해 나는 다만 끓어오를 것이다. 타오를 것이다. 그리고 마침내 날아오를 것이다.

2002년 봄 해인당에서
최인호

병정놀이

"장병장 4내무반에 용무."

마침 휴무날인데 새카만 졸병 중 한 명이 무단이탈을 했다는 사실로 대대원 전원 외출금지를 당하고 있는 판에 고참들 심심거리를 해소시켜줄 병아리 한 명이 나타나주었다는 것은 참으로 고맙고도 다행한 일이었다.

"뭐냐?"

내달이면 제대하는 고참 병장님께서 이빨쑤시개로 이빨을 쑤시며 저녁에 먹은 비짓국이 소화가 잘 안 되는지 신트림을 하고 있다가 고개를 돌렸다.

"신병 인사시키러 왔습니다."

갓 병장 계급장을 달아 어딘지 병장답지 않게 보이는 신마이 당번 조장이 베드 위에 누워 맨발로 마침 라디오에서 나오는 나훈아의 어쩌고저쩌고 하는 노래에 발을 맞추고 있는 고참 병장 앞으로 다가섰다.

제대를 앞둔 고참들은 녹슨 면도기로 연신 수염을 깎아도 어딘지 텁수룩해 뵈고, 외출 나갈 때 졸병들에게 국산 모조 파일럿 잠바를 빌려입고 한껏 구두의 광을 내봐도 어딘지 모르게 늙은 폐선을 연상케 하는데, 이날 유난히 그 쌍놈의 젖비린내 나는 졸병녀석 때문에 외출도 못 나가고 청량리 새서울이발소 깎사 아가씨에게서 답장도 못 받아 한껏 저기압이신 고참 병장님은 오늘따라 잔뜩 늙어 있었고, 때문에 그는 당번 조장 옆에서 부동자세를 취하고 있는 신병을 흰자위로만 노려보고 있었다.

내무반 안에선 몇 명의 졸병들이 봄닭처럼 이 고참들의 외출 못 나간 저기압이 혹시 무서운 일진광풍을 몰아올세라 팔을 걷어붙이고, 어떤 녀석은 사물통을 닦고, 어떤 녀석은 공연히 때도 없는 방독면을 닦고, 어떤 녀석은 카빈소총을 분해 소제하고, 어떤 녀석은 고참 옆에 바싹 붙어앉아 참 고참님은 신성일 닮으셨습니다, 어쩌고저쩌고…… 아첨을 하며 그의 등을 주물러 안마를 해주고 있는 판인데, 이 새로운 신병이 혹시 고참들의 울분을 풀어줄 대상이 되지 않을까 기원하는 마음으로 일제히 그 녀석을 쳐다보았다.

신병.

그놈은 참으로 멋있게 생긴 녀석이었다. 신병대에서 팬티 바람에 연병장에 선착순 집합을 해도 맨 나중에서야 어슬렁어슬렁 나가 같은 부대원들에게 눈총깨나 받았을, 어딘가 약간 둔해 보이는 녀석이었다. 하지만 생긴 것은 제법 이목구비가 수려해서 언젠가 신문광고에 나왔던 우량아처럼 토실토실 살이 찌고, 잘 먹여 키운 군견반의 경비견처럼 윤기가 흐르고 있었다. 그만하면 귀도 제법 섰고, 콧기운도 세차고, 털도 부드러운 것으로 보아 최소한도 잡종 똥개 이상으로 보였다.

그뿐인가 하면, 몸에 걸친 의복들은 모두 새로 지급된 관물이었기 때문에 군대용 치약으로 닦지 않아도 빤짝빤짝 광이 났으며 온몸의 금속 부분은 잘 정비된 비행기처럼 빛나고 있었다.

녀석은 부동자세를 취하고 있었다.

그가 부동자세를 취하고 있는 바로 뒤에는 창문이 있어, 후광을 받고 깎아세운 듯 서 있는 녀석의 모습으로 내무반은 암울한 곳에 떨어진 동전 한 닢이 일순 반짝이는 것처럼 밝아졌다가 곧 스러졌다.

대신 묘한 군대의 때내음 같은 것이 발화되어 그 신선한 녀석의 몸 주위로 타오르기 시작했고, 드디어는 녀석의 순수한 동정(童貞)에 상흔을 입혀보고 싶은 적개심이 끓기 시작했다.

아, 표본과 같은 군인녀석이다.

우리가 생물시간에 현미경으로 들여다보는 짚신벌레처럼 배양기 안에서 배양된 모범적인 군인 아저씨다.

저 동정복 어깨 위에 힘차게 날일자로 그어내린 이등병의 계급장, 그 때묻지 않은 흰 줄의 눈부심, 반짝이는 모자 챙, 불안을 참고 꾹 다문 입술.

자아식, 이 자식 봐라. 자아식. 요오놈의 자식.

"그래 신고해봐라."

드디어 고참 병장님은 누운 채로 말문을 열었다.

"신고합니다."

신병은 순간 소리를 버럭 질렀다.

"공군 이병 김하용은 서기 일천구백육십칠년 유월 이십칠일부로 공군 기술교육단에서 ○○전투비행단으로 전출을 명(命)받았습니다. 이에 삼가 신고합니다."

신병은 낯두꺼비 파리 먹어치우듯 순식간에 소리를 고래고래 지르더니 날쌔게 경례를 올려붙였다.

"좋았어."

히물히물 웃으며 고참 병장님이 경례를 받았다.

"임마, 소리 그렇게 지르지 않아도 좋아, 임마. 애 떨어지겠다. 너이름이 뭐라구 그랬지?"

"예, 이병 김하용. 김하용입니다."

그는 계속해서 악을 썼다. 그러자 뒤쪽 베드에 누워 있던 시어머니들이 쿡쿡 웃었다.

"집이 어디야?"

"예, 이병 김하용, 서울입니다."

"서울이야?"

"옛, 이병 김하용, 서울입니다."

"이 새끼. 임마 서울이 다 네 집이야?"

"아닙니다. 이병 김하용. 중림동 일가 일백삼십의 이십팔호입니다. 끄-읕."

녀석은 깜빡 잊고 있었다는 듯 끝자를 높게 붙였다.

"누나 있어?"

"있습니다."

"어쭈. 진짜야? 너 거짓말로 그러는 거 아니겠지?"

"진짭니다."

"몇 살이야?"

"스물두 살입니다."

와- 졸개들이 웃었다.

그들은 짧은 군대생활에도 이런 농담에는 으레 웃어야 하며 또 웃어도 무방하다는 법칙을 알고 있었다. 그래서 웃음을 준비해두었다가 고참께서 웃기려 들 때는 가차없이 웃음을 폭발해버리고 말겠다는 복종심으로 충일되어 있었다.

"뭐 하고 있어? 캐러멜 공장 직공은 아닐 테고."

"학생입니다."

"학생? 무슨 학생?"

"대학교 학생입니다."

힛히히. 고참님은 기분이 좋아, 아주 좋아 중국집 장궤처럼 웃었다.

그러자 신병은 고참이 웃었으므로 어딘가 마음이 풀어져 같이 따라 웃으려고 적당히 몸을 흔들었다.

"어디 다녀?"

"숙대 무용과 삼학년에 다니고 있습니다."

와— 또 웃음소리. 박수 소리. 이런 제기랄. 숙대 무용과 삼학년 다니는 게 뭐 그리도 우습담.

"임마, 거 어떻게 나 소개해줄 수 없어?"

고참 병장님께서는 아주 우호적인 눈매를 보여주었다. 그는 마음 내키면 뽀뽀라도 해줄 듯이 보였다.

그는 이러한 농담이 수십 년을 두고 내려온 군대 관습의 일부임을 알고 있었다.

늙은 고참 병장님은 삼 년 전쯤 이맘때 자기도 저렇게 늙은 군인 아저씨 앞에서 부동자세를 취하고 있었음을 기억한다. 그뿐 아니라 아직까지 군대용어 중엔 일제시대 때의 잔재가 많이 남아 있고, 눈에 띄지 않는 군대 내 사병들 간의 유희 중엔 일제시대 유물들이 남아 있어서, 거슬러올라가면 일제시대 때 관동군 막사로 배속된 조센징도 일본군 모리 상등병에게 저런 식의 농담을 받았음이 분명했고, 그러고 보면 이런 식의 장난 어린 관습은 무한히 뻗친 벌판 위의 전선줄처럼 어디서부터 내려왔으며 그리하여 어디로 뻗어가는지 모르는 것임을 잘 알고 있었다. 하지만 그렇다손 치더라도 자기의 졸병 시절엔 저런 희롱을 당하며, 내가 고참만 되면 절대 일백 번 고쳐 죽어도 그러지 않으리라 변소 속 구린내 나는 똥통 위에서 콘크리트 벽을 맨

주먹으로 두들겨패면서 이미자의 노래처럼 '헤일 수 없는 수많은 밤'을 맹세했다손 치더라도, 군대의 때(垢), 수십년 수백년을 내려온 거대하고 죽은 공룡의 시신처럼 어마어마한 군대 냄새에 그대로 절어버려 도저히 삶기 전에는 제 색을 낼 수 없는 군대용 러닝셔츠처럼 낡아버린 것이다.

이 우울한 주말에 그 은전처럼 반짝이는 신병의 모습에서 그 고참님이 과거의 자기 자신을 보았다는 것은 거짓말이다. 거짓말.

도대체 어제의 '나'를 기억하는 군인이 있는가.

말 좀 해보게, 김일병. 도대체가 어제의 자기를 정확히 상상해낼 수 있습니까? 장교님.

장교건 사병이건 간에 우리가 기억하고 있는 것은 중단 없는 전진 뿐인 것이다.

달력에서 어제의 날짜를 쳐다보는 녀석이 있는가? 최일병.

멀리로, 우리는 군복을 벗고, 그리하여 넥타이를 매고 혀 꼬부려 지나가는 여자를 희롱하는 제대 날짜만을 기다리며 세월을 보냈고 가까이로는 외출이 기다리고 있는 일요일만을 보아왔다.

그런데 최일병.

자네는 그 귀중한 외출을 박탈당하였다. 자네도 알다시피 9내무반의 새카만 이등병이 자다가 갑자기 제 어미 젖생각이 났는지 슬그머니 활주로를 타고 도망가버린 사실 때문에 자네는 한 주일을 잔류하고, 그 지리하게 기다리던 주말, 토요일 13시부터 다음날 21시까지의 외출을 박탈당하였다.

때문에 초원이라는 다방에서 만나기로 한 별로 잘생기지는 못했지만 젖가슴만은 풍만한 아가씨를 별수없이 바람맞혀야 했으며, 단성사에서 공연하는 〈돌아온 사나이〉를 보기로 했던 친구들과의 약속을 지키지 못했으며, 그건 또 그렇다고 치더라도 자네가 두 주일 동안 침을 꿀꺽꿀꺽 넘기고 벼르고 벼르던 보신탕 이인분의 왕성한 식욕이 죄송천만하게도 연기되어버린 것이다.

아아. 이런 망할. 망할 것의 졸병이냐. 망할 것의 외출금지냐.

"야. 내게, 이 고참 병장님께 네 누나 소개해줄 수 없느냔 말이야, 임마. 내가 니 매형이 되고 니가 내 처남이 된다면 말씀이야. 에또 난 단기 하사 지망해서 일 년 더 군대생활 해서 널 봐줄 용의도 있단 말씀이야. 알겠어? 에또……"

'에또'라는 것은 이 고참님의 버릇이다.

가끔 식사 당번이 부식을 적게 타온다고 집합을 잘 시키는 이 고참님께서는 졸개들을 집합시켜놓고 한다는 소리가 '에또' 뿐이다.

그러고는 제 말에 제가 막히면 이젠 으레 레코드판처럼 외우다시피 하는 일장훈시를 유창하게 시작하는 것이다. 그럴 때면 그는 어디서 구했는지 선글라스까지 뒤집어쓰고, 오뉴월에 학질에 걸린 양 가죽장갑까지 끼고는 울 밖으로 튀어나온 야생동물처럼 부동자세를 취하고 있는 대대원 앞을 오르락내리락거리는 것이었다.

"에또, 느그들 형편이 없단 말씀이야. 내가, 본관이, 제대병장이 이래야 되겠는가 말야. 아 그 얼어죽을 놈들 급양대 핫바리들한테 깍두기 하나도 제대로 구해오지 못하는 놈들 믿고서야 어찌 임전태세 완비란 말을 쓸 수 있단 말이야. 이 새끼들 형편이 없어. 군대를 순 나일론뻥으로 생각하고 있단 말씀야. 여기가 무슨 주식회사도 아닐 테고 말야. 이 새끼들. 우리 군대생활할 땐 안 그랬어. 밤송이 까라면 깠단 말씀이야. 에또, 너 나와. 오른편에서 두번째 줄. 방금 눈자위 굴린 놈. 아냐. 고 옆에 있는 놈. 안 쳐다보고 고향 생각한 놈 말야. 이 새끼야. 고참이 말씀하는데 고향 생각 하기야? 이 쌔끼."

고참의 가죽장갑은 춤을 추기 시작하는 것이다.

고참 병장님께서는 한 손으로는 벌거벗은 윗몸 젖가슴께를 긁으며 신탄진을 물었다. 그러자마자 잔뜩 신성일이니 알랑 들롱이니 아첨을 떨고 있던 졸개가 가스 라이터를 짤깍 켰다.

"에또, 그렇게 되면 말씀이야. 너 불침번두 열외시키구 식사 당번두 열외시킬 수 있단 말씀이야. 바로 내 옆에 서 있는 병장이 너 불침번 순서 짜주는 당번 조장 나으리신데, 내가 말만 하면 넌 매일 니나노할 수 있단 말씀이야. 에또, 사실 나야 별로 잘생기지 못했고 키도 짧지만 말씀이야, 그래도 국민학교 때엔 반에서 십오등까지 했었단 말씀이야. 머리두 괜찮지만 돈두 있단 말씀이야. 한 달에 사백원하고도 육십원 더 탄단 말씀이야. 그만하면 외출 나가서 니 누나하구 애기 만드는 생산공장쯤은 차릴 수 있단 말씀야. 에또, 그뿐이냐 하면 본관의 가운뎃다리 사이즈는 이 비행단 안에서 정평이 났단 말씀야. 무쇠도 뚫는단 말씀이야. 어때 생각 있어? 대답하란 말씀이야. 에또……"

신병은 멍하니 서 있었다.

그의 장광설이 무엇을 요구하는 것인지 신병에겐 실감이 나지 않았다. 그는 자기가 완전한 딜레마에 빠져버린 것을 의식하였다.

신병은 새삼스레 자기가 신병훈련 팔 주 동안의 배고픔과, 기적 소리만 들어도 어머니 젖 생각나던 세월을 인내로 참아온 건강인임을 생각했다.

그것은 마치 수음과도 같은 자위행위였다. 이제 그는 또 서서히 졸개생활을 해나가며 그런 안이한 자기 나름의 자위방법에 익숙해질 것이다.

"에또, 그렇게 되면 말씀야. 내가 이 기지에 있는 전화교환수 아가씨들도 소개해줄 수 있단 말씀야. 아가씨들 변소가 바로 요앞인데 그 앉아서 오줌 누는 동물들이 용무가 있으면 이 내무반 앞을 틀림없이 통과하게 되어 있단 말씀이야. 난 그 여자들에게 통행세를 받을 권한

이 있단 말씀야. 내 허락 없으면 그년들은 그냥 사루마다에 오줌을 실례할 수밖에 없단 말씀이야. 에또, 안 그래? 느그들."

"맞습니다. 와아―"

졸개들이 또 너무너무 웃었다.

그들의 특징은 너무 조금조금 울고 너무 많이많이 웃는다는 것이었다.

"그중에 미스 강이란 계집애가 있는데 아주 환장하게 예쁘단 말씀야. 아다라시고 아쌩브리란 말씀야. 고것을 내가 너에게 인계하겠단 말씀이야. 어때, 내 말씀이. 자 십 초간의 여유를 준다. 열을 셀 동안 대답을 않으면 그 아가씨들 변소 옆에 서서 제식훈련을 실시하든지 아니면 나는 뼁입니다. 라는 말을 지나가는 계집애들에게 스무 번씩 하도록 시킬 것이다. 공갈 아니야. 에또……"

고참 병장님은 자고로 무좀이 심하다.

어떤 대학교에 재학중이던 자칭 인텔리 병장이 제대 회식 때 막걸리 두 잔에 잔뜩 취해가지고 눈물을 흘리면서 군대생활 삼 년 만에 잃은 것은 여편네 정조요, 얻은 것은 기상시간에 일어나려면 삐꺽이는 척추의 통증과 눈치 그리고 무좀뿐이라고 악을 쓰며 웃었는데 어쨌든 그 말도 일리는 있는 소리다.

맨발을 보이고 있는 고참 병장님의 발바닥에서는 악취가 풍겨오고 있었다.

하지만 많은 군인들은 이미 그런 냄새에 익숙해져 있었다.

그놈의 발바닥 냄새라는 것은 외출시 남의 집 방문할 때나 거북스러운 거지, 똑같이 불알 달린 녀석들끼리 자고 먹고 기고 뛰고 괴상한 난장판을 벌이는 판에 까짓 발바닥 냄새 가지고 운운하는 건, 갓 배속받아 제 규정 잘 따지는 군의관님들에게나 맡겨버리면 충분한 것이다.

"자, 센다. 카운트다운이다."

그는 실감을 주기 위해서 코를 손으로 틀어막았다. 그는 장거리 초단파로 흘러나오는 소리처럼 코맹맹이 소리를 내기 시작했다.

"텐, 나인, 에이트, 세븐, 식스……"

고참 병장님은 담배를 버렸다. 반쯤 피우다 버린 신탄진 꽁초는 포물선을 그리며 내무반 바닥에 던져졌고, 그것을 말단 졸병 하나가 슬그머니 주워 몇 모금 빨다가 쓰레기통에 버렸다.

신병은 도대체 그들이 자기에게 요구하는 것이 무엇인가 알 수 없었다. 신병은 곁눈으로 내무반을 둘러보았다.

모든 사병들의 시선이 자기 하나에게로 집중되고 있었다.

군용 관광열차가 잠깐 역에 선 사이 뛰어 사창굴에 달려가 군화 신은 채 여인의 몸을 핥고 다시 뛰어 열차로 돌아오는 식의 음탕하고 야만적인 열기가 피어오르기 시작하고 있었다.

조급하고 성급한, 그리하여 더욱 절박한 새벽 기상 즈음에 행하여진 몽정과 같은 동물적인 정욕으로 고참 병장님의 눈은 음울하게 충혈되고 있었다.

제기랄. 될 대로 되라지.

신병은 낙관했다.

"포, 스리, 투, 원, 원, 원……"

두려움과 경외감은 아주 이질적인 것에서부터 생기는 법이다. 일테면 잔잔했던 바다가 일순 폭풍우로 변할 때 우리가 자연에 대해 경외감을 느끼는 것처럼, 저렇게 베드에 누워 껄껄거리고 있는 사내가 결정적인 순간에 종전의 미소를 걷어치우고 몇 번의 주먹세례를 넣을 때 우리는 그만 공포에 휩싸이게 되는 것이다. 그것은 평소에도 그의 미소에 대한 신뢰감을 상실케 하고, 때문에 많은 내무반원들은 이미 고참들의 안면몰수 작전에 익숙해져 있었던 것이다.

"제로."

순간, 아니나 다를까, 고참의 얼굴이 제로를 외치면서 약간 비틀어지더니 번개처럼, 날쌘돌이처럼, 전광석화처럼, 독수리 병아리 채듯, 당수 시범자가 벽돌 쪼개듯 기합과 함께 무방비상태의 신병을 일격했다.

신병은 가슴을 안고 내무반 찬 바닥에 쓰러졌다.

"차렷, 차렷이다. 임마."

그는 비틀거리는 신병에게 악을 썼다.

내무반은 이미 뜨거운 열기로 충만되고 있었다. 사병들은 모두 헐떡헐떡거리면서 혀를 빼어 웃고, 눈을 붉히며, 사타구니에 뜨거운 오줌을 질금질금 싸가면서 신병을 쏘아보고 있었다.

"열중쉬엇. 차리엇. 뒤로돌아. 뒤로돌아. 우향우. 우향우. 뒤로돌아. 뒤로돌아. 차리엇. 군인의 길 하낫."

"군인의 길 하나, 우리는 국토를 지키고 조국의 자유와 독립을 위하여 몸과 마음을……"

"직속상관 관등성명."

"직속상관 관등성명, 국방부 장관 김성은님, 참모총장 공군중장 장지량님."

"참모총장 통솔방침."

"참모총장 통솔방침, 전기 연마……"

"경례의 목적."

"경례의 목적, 경례란 상관에 대한 존경과……"

"점호의 목적."

"점호의 목적, 인원 파악……"

"열중쉬엇. 차렷. 앉어. 일어섯. 뒤로돌아. 뒤로돌아. 엎드려뻗쳐. 일어섯. 차렷, 차렷이야 이 새끼야."

다시 일격. 그야말로 번갯불에 콩 볶아먹는 식이다.

"군대 오기 전에 뭘 했나?"

"학교에 다녔습니다."

"데모했지?"

"했습니다."

"이 쌔낏. 이 쌔끼야 너 같은 자식들 때문에 우린 외출금지당했어. 이 쌔끼 두고봐라. 여기 온 지 얼마 됐어?"

"이틀 됐습니다."

"내가 누군지 알어?"

"압니다. 공군 병장 김호남입니다."

"몇기야?"

"백삼십깁니다."

"3내무반 선임자."

"옛. 공군 병장 박호걸입니다."

"몇기야."

"백삼십일깁니다."

"좋아하네 이 쌔끼. 이 쌔끼야. 나하구 동기란 말이야. 이 자식 정신상태가 글러먹었어. 좋아, 버릇을 단단히 고쳐준다. 웃통 벗어. 바지 벗어."

신병은 순간 태엽 감은 병정인형처럼 움직이기 시작했다. 정말 사람의 행동이라고는 생각할 수 없을 정도의 빠른 속도로 옷을 벗었다.

"빤쓰두 벗어."

고참 병장님은 웃지도 않고 명령했다. 신병은 잠시 망설였다.

"이 자식, 벗으라니까."

신병은 마침내 벗었다. 그러자 하얗고 통통한 살 위에 꽃처럼 예쁜 성기가 나타났다. 그것은 돌사진 찍은 애기의 보이기 위한 전시용 성기처럼, 성기라기보다는 그곳에 얌전히 매달린 살구씨 같은 덜 익은 과일처럼 보였다.

사병들은 모두 침을 꿀꺽 삼켰다. 너무나 긴장한 나머지 졸병 중의 하나는 씹던 껌은 고사하고 혀까지 깨물었다.

"잡아. 끝을 잡아."

신병은 손을 늘여 성기 끝을 쥐었다.

"제식훈련을 실시한다. 앞으로 갓. 뒤로 돌아갓."

정육점에 매달린 질 좋은 정육처럼 신병의 그것은 바람도 없는데 움직일 때마다 흔들거리고 있었다.

"행진간에 군가를 실시한다. 군가 제목은 '젊은 보라매.' 군가 시작 하낫, 둘, 셋, 넷."

"폭음도 우렁차게 흰 구름 뚫고."

"소리가 작아작아. 크게크게."

어느 틈엔가 다른 내무반에서도 많은 사병들이 허락도 없이 들어와서 신병신고 예식을 지켜보고 있었다.

아무도 웃는 사람은 없었다.

신병은 느닷없이 소리를 빽빽 질러가면서 목청을 올렸다.

"원수의 무리 쫓아 하늘 끝까지."

"당번 조장. 저 자식 머리에 철모 좀 씌워주고, 카빈 총 메줘라."

그러자 옆에 서 있던 갓 병장이 총대에서 총을 뽑아들고, 한술 더 떠 철모에 방독면을 들고 왔다.

"씌워줘."

당번 조장은 옷을 벗고 맨몸을 몽땅 드러낸 신병 얼굴에 방독면을, 머리 위엔 철모를, 어깨엔 카빈 소총을 지워주었다.

"앞으로 갓. 하낫, 둘, 하낫, 둘."

맨몸의 병정이 걸어가고 있었다. 그를 군인같이 보이게 하는 것은 오로지 서너 가지의 철제 기구뿐이었고 그것이 아니라면 그는 목욕탕에서 몸무게를 달기 위해 저울대로 다가가는 사내일 수밖에 없었다.

그러자 갑자기 사병들이 노래를 부르기 시작했다.

> 양양한 급양대를 바라볼 때에
> 쇠고기 두 조각은 장교가 먹고,
> 우리들은 콩나물뿐인데
> 그나마 건더기는 하사가 먹고
> 보아라 우리들은 국물뿐이다.
> 천지를 진동하는 배고픈 소리, 배고픈 소리.

내무반은 터져나가고 있었다. 하기야 휴일이었으므로 병영은 텅 비어 있었고 남아 있는 것은 주번 사관을 제외한 사병들뿐이었으므로 그야말로 사병들은 있는 힘껏 소리를 내뿜고 있었다.

어느 정도 합창이 가라앉자 고참 병장이 맥빠진 표정으로 하품을 했다.

"좋았어. 빤쓰 입어. 하아, 동작이 뜨다. 동작이 떠. 빤쓰 벗어. 다시 입어. 동작은 0.5초다. 바지 입어."

무성영화 시대 때 부분 연결이 잘 안 된 필름처럼 신병의 행동은 반사적으로 튀었다.

"저길 봐라. 저게 바로 유명한 금남의 집 교환양들의 변소다. 방금 들어온 정확한 소식통에 의하면 세 아가씨가 라면 끓여먹는 주전자와 세면기를 들고 그리로 들어갔다 전한다. 지금 수색대의 임무를 띠고 본 사령관이 귀관을 그리로 급파한다. 자네는 필히 그 변소 앞에 가서 용감히 원산폭격을 실시해줄 것을 부탁한다. 실시."

"실시."

"실시라니까 이 쌔끼가."

"실싯!"

신병은 총알처럼 뛰쳐나갔다.

그는 폭탄을 만재하고 나는 폭격기처럼 날쌔게 너부죽이, 오물 냄새 나는 변소 앞 땅바닥에 머리를 박았다.

사병들은 창문을 통해 멍하니 신병을 바라보았다. 신병대에서 기합에 익숙해진 신병의 자세는 매우 안정되어 보였다.

이미 그들은 신병에게서 흥미를 잃어버리고 있었다.

이제 저 녀석도 늙어갈 것이다. 작업복에 때를 묻히고, 모자 챙을 구부리며, 공연히 술을 마시려 드는 사병처럼 낡아갈 것이다.

봉급을 초과하고, 월요일 아침엔 F.O.D., 아침마다 체조집합, 여름에는 제초작업, 겨울엔 난로사역. 저 손바닥 빳빳이 펴고 경례하던 경례자세는 점점 나태해지고, 요령을 피우려 들 것이다.

이미 십 년 전에 돌아가신 할아버지를 또다시 돌아가시게 하는 거짓말로 특별 외출을 신청하려 들 것이고, 저 날 선 면도칼처럼 빠릿빠릿한 몸매는 녹이 슬 것이다. 보리밥 두 그릇 먹던 이등병 시절 후에는 보리밥에 염증을 느끼며 급양대 사병들과 공연히 말다툼을 벌일 것이다.

어쩌면 주간지에서 읽은 내용을 과장해서 음담패설을 하려 들 것이며 점점 고참들이 아니꼬워질 것이다.

가끔 웃고, 가끔 성욕을 느낄 것이다. 외출날이면 사병답게 모자를 삐뚜로 쓰고, 헌병에게는 오백원가량 뜯길 것을 각오할 것이다.

그는 또 외로워질 것이다. 몹쓸 전염병에 걸린 것처럼 격리되어 있는 장소에 대해 비애를 느끼게 되고 어쩌면 성병에 걸릴지도 모른다.

사병들은 멍하니 그 신병을 쳐다보고 있었다.

매일 저녁 물을 주던 호박 구덩이 밭이랑 너머로 핏빛보다 진한 저

녘놀이 퍼지고 있었다. 수상스런 어둠이 먼 곳 시야가 차단되는 곳에서부터 조용히 다가오고 있었다.

바람이 불어올 때마다 병원 쪽에서 에테르 냄새가 나기도 했고, 가까운 공항에서 비행기가 쇳소리를 내었다.

땡 때앵, 때앵, 앵, 앵.

교회당에서 종소리가 울렸고 조종사 숙소에서는 불고기 파티가 벌어지고 있는지 파라슈트가 바람을 품고 저녁놀 짙은 하늘 위로 나부끼고 있었다.

아, 아, 아, 아. 고참 병장님은 기지개를 켰다. 오늘 하루도 저물고 말았군.

"당번 조장."

"옛."

"신고 끝이다."

창문 너머 원산폭격을 실시하고 있는 신병을 가리키면서 고참 병장님이 벌렁 베드에 누웠다.

그러고는 벽에 붙은 달력을 쳐다보았다.

6월 29일. 앞으로 정확히 이십 일이 남은 것이다. 이십 일이면 완전히 군복을 벗는 것이다.

아, 아, 아, 아.

그는 다시 기지개를 켰다. 무엇을 할 것인가. 제대증을 받고 나서는 무엇을 할 것인가.

그는 사나운 인파에 휩쓸리면서 이리 기웃, 저리 기웃 하고 있을 자신의 남루한 모습을 생각해냈다.

"아아. 전쟁이나 터졌으면."

그는 사납게 씹어뱉었다.

"전쟁이 없는 군대야 어디 해먹겠나. 이봐 박일병."

"옛."

"노래 한 곡 불러라."

"옛. 무슨 노래를 원하십니까?"

"왜 거 소녀에게 주는 사랑인가, 말뼈다귄가 하는 거 있잖아? 그거 불러라."

"옛."

입대하기 전에 무슨 맥주홀에서 기타를 쳤다는 박일병은 내무반 구석에서 구르는 줄 세 개만 남아 있는 기타를 손에 들고 노래를 부르기 시작했다.

"오늘은 참으로 외롭구나. 정말 외로워. 슬프게 부서진 마음은……"

마치 밤 열두시 넘어 희망음악회, 저 북아현동에 사는 김순자라는 아가씨가 마포에 사는 박연구에게 드리는 노래. 사연. 연구씨, 우리의 헤어짐은 운명적이었어요. 어쩌고저쩌고 하는 내용의 프로그램을 부대 안에서 불침번 서며 듣는, 바로 그런 막연한 기분으로 내무반원들은 아무런 느낌 없이 그의 노래를 듣고 그리고 앵콜을 청했다.

노래는 자꾸자꾸 계속되었다.

사병들은 침대에 벌렁벌렁 미친년처럼 누워서 화랑 담배를 피우며 멍하니 무언가 신병이 주고 간 끈적끈적이는 외로움을 풀 씹는 소처럼 되새김질하고 있었다.

"야."

"옛."

내무반 제일 말단이 자기 졸병이 들어와서 이제는 빗자루 신세 면했다는 밝은 표정으로 시원시원한 대답을 했다.

"내무반 회식이다. 각자 봉급에서 삼십원씩 떼기로 하고 소주 두 병하고 마른 안주 가져와."

"피엑스에서 우리 내무반은 봉급 초과가 되었답니다."

"뭐라구? 죽인다고 그래. 피엑스에 가서 내무반 김호남 병장이 까불면 제대하는 날까지 들들 볶는다고 그래. 알겠어?"

"알겠습니다."

그날 밤 여덟시부터 내무반 회식은 시작되었다. 뚜렷한 명목이 없었으므로 외출금지를 핑계삼아 모두들 꿀껙꿀껙 잘도 마셨다. 안주 없이 마신 술이라 금세 취기가 오르고 모두들 벌게져서 노래노래 부르기 시작했다.

고참 축들은 술이 모자라서 더 가져오게 했다. 그리고 굉장히 취하기로 작정했다.

졸병들은 눈을 감고 막연한 고향을 생각하고 있었다. 그들은 이렇게 즐거운 회식이 끝난 후에도 어쩌면 이 새끼들 잘 놀 줄도 모르는군 하며 청천 날벼락식의 집합이 있을지도 모른다는 생각으로 고래고래 소리를 지르고 있었다.

사물통을 두드리고 발 닦는 대야가 쭈그러졌다. 트위스트를 추고 누구는 웩웩 변소에다 토해놓았다.

신병도 불려왔다.

그 녀석도 술 몇 잔에 잔뜩 취해선 자기 누나가 대학교 다닌다는 것은 거짓말이었고 실은 방직공장에 다닌다고 고백하였다. 그 대신 고참 병장에게 틀림없이 자기 누나를 소개해주겠다고 맹세했다.

그들은 정말 잘들 놀았다. 강아지처럼 즐겁게 잘 놀았다. 그래서 그들은 진짜 사병 같았다. 주인의 명령에 절대복종하고 배반할 줄도 모르는 잘 훈련된 사병 같았다. 그거야 정말 병정놀이, 즐거운 병정놀이가 아니고 무엇이랴.

그래서 그들이 노는 꼴을 보던 주번 사관이 껄껄 웃으며,

"자아식들, 잘들 노는군, 정말 잘들 놀아."

했던 것도 무리는 아니었다. 그래서 주번 사관은 점호형식을 물으러 오는 주번 하사에게 오늘밤 점호는 사병들이 술에 취했으니 취침점호를 취해야겠다, 그러니 각자 옷 벗고 침대에 누워 있으라는 말을 하리라고 생각했다.

그는 방금 이웃 소대 주번 사관과 내기장기를 둬서 이겼던 것이다.

그것도 비길 판이었는데 평소 그답지 않게 졸(卒)을 버리지 않고 살려두었던 것이 양수겸장을 부르는 데 기막힌 역할을 했던 것이다.

(1972년)

기묘한 직업

그가 버스에서 내려 동대문을 지나 창신동 골목으로 접어들기 시작했을 때부터 눈발이 흩날리기 시작했다.

지나가는 사람에게 물을 필요도 없이 가는 곳이 뻔했기 때문에 그는 골목길에 들어서자마자 손에 들었던 약도를 꾸겨버렸다.

희뜩희뜩하던 눈발이 곧 무성해지더니 갓 어둠이 빛 바래고 있었다. 골목길에 머플러를 두른 계집애 하나가 무심코 그의 어깨를 잡으면서 목쉰 소리를 내었다.

"쉬었다 가세요, 아저씨."

또다른 골목으로 들어서자 색 바랜 털 스웨터를 입고 긴 치마에 고무신을 신고 있던 나이 든 계집년이 그를 잡았다.

"놀다 가, 총각."

그가 피하려다가 쌓인 눈에 미끄러져 넘어지자 그년은 깔깔 소리 높여 웃었다.

"아따, 되게 급하군."

언덕바지 꺾인 골목을 몇 개 지나고 또 지나서야 그는 낮에 만났던 사내의 집 앞에 닿을 수 있었다.

그는 문을 쾅쾅 두드렸다. 그러자 곧 문이 열리면서 늙은 노파가 나타났다.

"누굴 찾으슈?"

그는 가만히 서 있었다.

"색시 찾아?"

"아니."

그는 말을 막았다.

"털보를 만나러 왔어."

노파는 무언가 우물우물 씹으면서 그를 잠깐 보았다.

"첨 보는 얼굴인데."

"오라구 했어."

"누가?"

노파는 반쯤 열린 문으로 고개만 내밀고 물었다.

"털보가."

한참 후에 노파는 대답했다.

"들어가봐. 맨 끝방에 있어."

그는 대문 안으로 들어섰다. 마당 한구석에서 벌거벗은 계집년이 요강을 부시고 있었다.

끝방 앞엔 신발이 세 켤레 놓여 있었다. 그 위에 눈이 쌓여 있었다. 닫힌 방들 저편에서 신음 소리가 흘러나오고 있었다.

그가 문을 열자 방 안에 누워 있던 세 명의 사내가 그를 보았다. 털보는 벽에 몸을 기대고 아편을 태우고 있었고 다른 두 명은 팔베개를 하고 누워 있었다.

"넌 누구야?"

방문 가장자리에 누워 있던 사내가 벌떡 몸을 일으키더니 그를 노려보았다.

"놔둬."

털보는 손끝까지 타들어간 아편을 바들바들 떨리는 손으로 집요하게 빨아들이면서 맥빠진 소리를 냈다.

"오늘부터 우리 친구야. 들어와."

그는 몸에 쌓인 눈을 털었다.

"눈이 오나?"

"예."

그는 대답했다.

"괜찮군. 좋은 징존대."

그가 들어서자 방 안이 꽉 찼다. 문 가장자리의 사내가 몸을 틀어 앉을 자리를 만들어주었다. 방 안은 아편 타는 냄새로 꽉 차 있었다. 그는 밭은기침을 했다.

"누구야?"

가운데 끼어앉은 사내가 이빨 새는 소리를 냈다.

"낮에 만났어."

"어디서?"

"혈액원에서. 피 팔러 왔더군."

털보가 귀찮은 듯 대답했다.

"그런데?"

"저 친구는 딱지 맞았어. 간호원년이 저 친구를 보더니 빈혈이래. 딱지맞았어. 그래서 얘기했지, 돈이 필요하냐구. 그랬더니 필요하다는 거야. 그래 내가 저녁때 들르라고 했어. 됐지? 말 시키지 마. 난 귀찮아."

털보가 벽을 보고 누웠다.

"나이가 몇 살인데?"

가장자리에 앉은 대머리가 물었다.

"스물둘."

"새파란 나이야. 그 나이엔 노동일이라두 할 수 있잖아. 그 나이에 이 짓을 한다는 건 곤란해."

"괜찮아."

이빨 빠진 사내가 말을 했다.

"나두 그 나이 때부터 시작했어."

"그 나이 땐 계집질하는 게 차라리 나아."

"계집질두 돈 있어야 하는 거야."

이빨 빠진 사내가 그를 쳐다보았다.

"튼튼하게 생겼어. 이빨 아픈 데 없지?"

"없어요."

"빠진 이빨 없어?"

"없어요."

"그것 참…… 자넨 부자야. 윗니 아랫니 모두 있다는 건 장땡잡은 거야."

이빨 빠진 사내가 한숨을 쉬었다.

"자네 나이 때 난 이 짓을 시작했어. 군대에서 갓 제대했을 때였지. 동대문 시장에서 야채 장살 하는데 하루는 싸움이 벌어졌어. 팔팔한 나이라 그땐 물불을 가리지 않고 덤벼들었어. 이빨이 두 대 부러졌어. 병원에 갔지. 전치 삼 주 진단을 받았어. 상대편에서 일만원을 주더군. 이빨 한 대에 오천원씩 주었던 거야. 그때 돈 일만원이라면 지금 돈 사만원이 될 거야. 그렇지?"

"그럴 거야."

대머리가 맞장구쳤다.

"그 정도 될 거야."

"그후부턴 매달 하나씩 뺐지. 일 년 지나니까 앞니는 윗니 아랫니 할 것 없이 다 빠지더군. 이젠 뺄 이빨도 없어. 저 새긴 내 이빨 부러뜨리는 데 선수였어. 인정사정 봐주지 않고 망치로 두들겨패는 거야. 핏물이 입에 가득 괴곤 했다니까. 아픈 것은 고사하고라도 말이야. 돈 떨어지면 이빨 하나씩 뺐으니까 말야."

"이빨이 어떻게 돈이 되나요?"

그가 참다 물었다.

이빨 빠진 사내가 호호호 웃었다.

"그것 봐. 이 친구는 곤란하다니까 그러네."

대머리도 힛히히 웃었다.

"이 친구야."

이빨 빠진 사내가 말을 이었다.

"자넨 오늘 아침에 피 팔러 갔었다며?"

"예에."

"피가 그럼 어떻게 돈이 되나?"

"그거야."

그는 머리를 숙여 곰곰이 생각했다.

"그거야 피는 뜨거우니까요. 남이 필요하니까요."

"피나 이빨이나 똑같아. 팔려구만 들면 눈까지 팔아도 살 수 있는 세상이거든. 이것 봐."

이빨 빠진 사내가 자꾸 웃었다.

"우리 몸은 돈이야. 허허 그것 참. 손가락 하나하나, 발가락 하나하나, 그것 모두 돈이라니까. 이봐, 이 친구야. 머리칼도 돈이 될 수가 있어. 계집년은 태어날 때부터 죽을 때까지 써먹을 수 있는 돈덩어리를 두 다리 새에 끼고 태어났지만. 그래서 저것 봐. 이 집에 있는 다섯 명의 계집년들은 자나깨나 그것 팔아 처먹구들 있거든. 그러나 우리야 그게 있나."

"먹으려구 들면 손톱 발톱도 국 끓여 먹을 수 있지."

대머리가 말참견을 했다.

"연장 좋은 그것만 가지구 있다면 사내새끼두 그것 팔아먹을 수는 있긴 하지."

"하지만 니 새끼 건 썩었어. 어물전에 거저 갖다놔둬도 안 가져갈 거야."

"먹으려구 들면 콧물 눈물도 국 끓여 먹을 수가 있어요."

"이봐."

이빨 빠진 사내가 그를 불렀다.

"예."

그는 대답했다.

"아까 자네는 이빨 가지구 어떻게 돈 버는가 물었지?"

"예에."

"그건 말야, 저 털보새끼가 내 이빨을 망치로 두들겨패는 거야. 그래서 이빨 하나를 부러뜨려놓는 거지. 그러고는 말야, 거리로 나가 차하구 정통으로 부딪친다는 말씀이야. 그야 물론 죽지 않을 정도로 부딪쳐야지. 한 바퀴 공중에 떴다가 땅바닥에 떨어진 후 엉기는 거야. 게거품을 물고 죽은 체를 해야지. 그러고는 입을 벌려 고인 핏물과 더불어 부러진 이빨을 뱉는 거야. 알겠지? 내 말이 무슨 소린지."

"예에."

"내 이빨은 요 꼴로 몽땅 나갔지. 그래도 이빨이 있었을 땐 좋았어. 난 이빨이 빠지면 새로 나와줬으면 해. 아이새끼들처럼."

"내 머리도 그렇게 빠졌어. 뿌리째 뽑아 가발로 팔아버렸지."

대머리가 힛히히 웃었다.

"저 새끼 말은 공갈이야. 저 새낀 매독이야. 그래 머리가 다 빠졌어. 내일이면 코가 떨어질 거야."

"죽일 놈!"

대머리가 화를 냈다.

"저 새끼 말 듣지 마."

"죽어두 괜찮아. 죽은 놈도 팔려가. 이 새끼야, 니 새끼 죽으면 병원에 갖다 팔아먹을 테니까. 난 니 새끼가 빨리 뒈져버렸으면 좋겠어. 니 손가락 다 뜯어 없어진 후 죽어버렸으면 좋겠어."

"죽일 새끼! 넌 내가 죽으면 심장 따로, 허파 따로, 불알 따로 떼다 중국집 만두소로 팔아먹을 새끼야."

털보가 이쪽으로 신음 소리를 내면서 돌아누웠다. 입가에 침이 흐르고 있었다.

"누가 문 좀 열어."

그는 문을 열었다.

좁은 마당 가득히 눈발이 쏟아지고 있었다. 흰 냉기가 갑자기 밀려들어왔다.

"털보새끼야."

오랜 후에 대머리가 말을 했다.

"일을 할 때가 되었어. 그만 일어나."

"내버려둬. 좋은 꿈을 꾸고 있는 중이야."

"저 새낀."

이빨 빠진 사내가 투덜거렸다.

"한 대만 빨면 늘 저 모양이라니까."

"일어나지."

대머리가 상체를 일으켰다.

"어때, 한 대 빨겠어?"

"예?"

그는 얼빠진 소릴 냈다.

"강아지 한 대 빨겠냐구?"

"아뇨."

그는 고개를 흔들었다.

"피워두는 게 좋을걸. 우린 지금 이 나이에두 겁이 나는데."

"저 친구는 아편보단 마이날이나 두어 알 주는 게 나아."

이빨 빠진 사내가 주머니를 뒤져 하얀 알약 두 알을 꺼내었다.

"삼켜둬. 그저 감기약으로만 생각해둬."

"이게 뭔데요?"

그가 무심코 그 약을 손에 받아들며 물었다.

"먹어두면 돼."

"차라리 술을 먹이는 게 낫지 않아?"

"안 돼."

털보가 부스스 몸을 일으키며 잘라말했다.

"자칫하면 순경새끼들이 술 먹었다고 족칠걸. 술은 안 돼. 냄새가 나니까. 그걸 먹어."

그는, 그러나 먹지 않았다. 먹는 체하다가 바지 주머니에 넣었다.

"이봐, 나 단추 좀 채워줘."

대머리가 그의 눈앞에 서서 말을 했다.

"난 손가락을 움직일 수 없어."

대머리는 싱글싱글 웃으면서 그의 얼굴 앞에 자기의 손을 펼쳐 보였다. 그의 손은 굳은 석고처럼 굳어 있었다. 그는 얼굴을 찡그렸다.

"자네두."

대머리가 싱글싱글 웃었다.

"곧 우리처럼 돼."

네 명은 신발을 신고 집을 나왔다. 언덕 아래로 꿈결처럼 소음이 들려왔다. 눈발 사이로 불을 켠 차들의 행렬이 물처럼 흘러가고 있었다.

"눈이 오시는 건 좋은 일이야. 차들이 모두 벌벌 기어다닐 테니까."

"그 대신 위험해."

이빨 빠진 사내가 털보를 보았다.

"잘못하다간 죽는 수가 있어."

"그래두 지랄 같은 운전사새끼들이 안면 바꾸지는 못하거든. 길이 미끄러우니까 말야."

그는 맨 뒤쪽에서 천천히 따라갔다.

"장충동으로 가는 게 낫겠지?"

"명륜동이 나을지도 모르겠어."

"그래두 장충동이 나아."

대머리가 단정을 내렸다.

"자가용은 장충동이 많아. 언덕길두 있으니까."

"저 새긴 내가 말하면 늘 반대야. 죽일 새끼!"

이빨 빠진 사내가 투덜거렸다.

"장충동으로 가."

털보가 귀찮은 듯 말했다.

그들은 말없이 걸었다. 언덕길을 내려와 눈 쌓인 거리를 가로질러서 동대문을 돌아 걸어가고 있었다. 앞장선 털보는 눈에 띄게 발을 절고 있었다. 그들은 좋은 의미로 사냥이나 한탕 나가는 사냥꾼 같아 보였다.

장충단 공원이 내려다보이는 언덕길을 올라가서 골목길로 접어들자 털보는 뒤를 돌아서서 나머지 사람들이 모이기를 기다렸다.

"누가 먼저 할 거야?"

"내가 먼저 하겠어."

대머리가 말을 받았다.

털보가 멍하니 대머리의 얼굴을 쳐다보았다.

이빨 빠진 사내가 가래침을 돋워 뱉었다.

눈 쌓인 언덕길을 헤드라이트 켠 자동차가 스릉스릉 미끄러져내려오고 있었다. 그들의 얼굴이 순간 번쩍이는 라이트에 드러났다. 그들은 몸을 비틀었다.

차는 언덕길을 내려갔다.

"손을 내밀어."

털보가 대머리에게 꿈꾸듯 중얼거렸다.

대머리는 손을 내밀었다. 털보가 그 손을 강하게 주먹으로 내리쳤다. 무언가 둔탁한 소리가 났다. 곧 손이 흔들흔들거렸다.

"골목길을 꺾어내려올 때 부딪치는 게 낫다. 커브를 틀려면 차가 속도를 죽이니까."

"알구 있어."

흔들거리는 손을 제멋대로 건들거리며 대머리가 이빨을 보이며 웃었다.

"주의해."

이빨 빠진 사내가 빈정거렸다.

"영업용 택시를 들이받지는 마."

"니 걱정이나 하렴."

"다른 골목길에 숨기로 하지. 따로따로 숨어 있어."

털보가 그를 보았다.

"저쪽 골목에서 지켜보고 있어. 우리들은 이미 얼굴이 팔렸으니까 니가 먼저 뛰어나가도록 해. 감쪽같이 시치밀 떼려구 들면 쌍소리나 해대면 돼."

그는 고개를 끄덕였다.

몸을 돌려 골목길에 숨었다. 긴 담장에 몸을 붙였다. 가슴이 뛰고 있었다. 그는 심호흡을 했다. 추운 날씨인데도 구슬땀이 얼굴 위로 흘러내리고 있었다. 그는 언덕길을 쳐다보았다.

대머리가 혼자서 언덕길에 서 있었다. 대머리는 휘파람을 불고 있었다. 팔이 흔들흔들거리고 있었다. 바람에 흔들리는 풍선처럼.

어디선가 갑자기 차의 발동 소리가 들려왔다. 그러더니 회전하는 차의 헤드라이트가 조금씩 꺾어졌다. 대머리의 몸이 순간 긴장으로 수축되었다. 그는 빠르게 몸을 움직였다. 차가 언덕길 아래로 방향을 완전히 잡고 천천히 미끄러져오는 순간 대머리의 몸이 차와 부딪쳤다.

대머리의 몸은 허공으로 떴다. 그리고 떨어졌다. 빠른 시간이었다.

미끄러지던 차가 급정거를 했지만 눈길이라 조금씩 밀려내려갔다.

그는 무서움에 목이 타고 있었다. 그는 대머리가 죽었으리라고 짐작했다.

선 차에서 두 사람이 문을 열고 뛰쳐나왔다. 그들은 차 앞에 누운 대머리의 몸을 잡아 일으켜세웠다.

대머리가 큰 신음 소리를 내었다. 두 사내는 대머리를 차 속에 넣으려고 하였다.

"뭐야?"

털보가 어느 틈에 뛰쳐나왔다. 그리고 그는 두 사람을 밀어헤치고 대머리를 쳐다보았다.

"손이 부러졌어. 이봐, 이 사람 손이 부러졌어."

이빨 빠진 사내가 합세하였다.

"얼굴도 엉망진창이야."

"당신들은 뭐요?"

차 뒤쪽에 탔던 비대한 사람이 털보를 쳐다보았다.

"우린 친구야."

"누구 친구?"

"이 사람 친구야."

대머리가 신음 소리를 냈다.

"경찰서로 갑시다."

털보가 큰 소리로 소리쳤다.

"가만있어봐요!"

비대한 사내가 털보의 손을 잡았다.

"좀 조용히 얘기합시다."

"뭘 조용히 얘기해?"

이빨 빠진 사내가 소리를 질렀다.

"사람이 다쳤는데 뭘 조용히 이야기해?"

"우린 죄가 없어요."

운전사가 어눌하게 더듬거렸다.

"이 사람이 차 속으로 뛰어들었을 뿐이지."

"뭐라구!"

털보가 운전사의 멱살을 쥐었다.

"다시 한번 말해봐. 이 새끼야, 제정신이 아닌 다음에야 차 속으로 뛰어드는 새끼가 어디 있어?"

"경찰서로 가!"

이빨 빠진 사내가 소리를 질렀다.

대머리가 신음 소리를 냈다.

"좀 작은 소리로 얘기할 수 있지 않소?"

비대한 사내가 주의를 꺼리면서 속삭였다.

"뭘 어떻게 하자는 거야? 이것 봐. 이 친군 손이 부러졌어."

털보는 대머리의 손을 들었다 놨다.

"치료비 드리지."

"치료비?"

이빨 빠진 사내가 고함쳤다.

"병원도 안 가고 무슨 치료비야?"

"얼마를 원하오?"

비대한 사내가 단도직입적으로 물었다.

"보아하니 당신들도 보통은 아냐. 난 당신들이 뭘 하는 사람들인지쯤은 알고 있어."

"뭐라구?"

"제 발로 차 속으로 뛰어들어오는 사람들이 뭐 하는 사람들인지쯤은 나도 안다구. 이것이 당신들의 직업이라는 것도 나는 알고 있어."

"무슨 얼어죽을 소리야."

털보가 소리를 높여서, 그러나 기가 죽어서 공허한 말대꾸를 하였다.

"어떤 시러베아들새끼가 차 속으로 뛰어들어?"

비대한 사내가 주머니에서 지갑을 꺼냈다. 그는 말없이 지폐를 꺼내서 털보에게 주었다.

털보는 그것을 받아서 한 장 한 장 세었다.

"이것뿐이야? 더 내놔."

"없소."

"이것으론 치료비도 안 돼."

비대한 사내가 다시 지갑을 꺼냈다. 대머리가 크게 신음 소리를 냈다.

그는 다시 몇 장의 지폐를 더 꺼내주었다. 털보가 그것을 받아 한 장 한 장 침을 발라 세었다.

어느 틈에 눈발은 그쳐 있었다.

"적은걸. 더 없어?"

"없소."

사내가 잘라말했다.

헤드라이트 켜진 차 앞에 대머리는 누워 있었다. 찬 땅바닥 위에. 달리는 차바퀴를 막아세운 나무로 만든 저지선처럼 몸으로 차를 막고 있었다.

"저 친구를 들어내줘요."

비대한 사내가 털보에게 말을 했다.

털보와 이빨 빠진 사내는 차 앞으로 가 대머리를 양 옆에서 부축해 일으켰다.

헤드라이트가 켜졌다. 빠앙빠앙 경적 소리를 내면서 차가 스릉스릉 움직였다. 그러고는 사라져버렸다.

"이봐!"

차가 사라지자 털보가 그를 향해 소리쳤다.

"어디 있어!"

그는 와들와들 떨면서 언덕길로 나섰다.

"뭘 벌벌 떠는 거야? 부축해."

이빨 빠진 사내가 걸레 조각처럼 축 늘어진 대머리를 가리켰다.

"이봐, 이봐."

털보가 대머리의 얼굴을 두어 번 때렸다.

"정신 차려, 이 새끼야."

대머리의 얼굴에서 피가 흘러내렸다.

"걸을 수 있어. 넌 발은 성한 새끼 아냐."

"운수 나빴어."

대머리가 힘없이 중얼거렸다.

"정통으로 부딪혔어. 난 죽는 줄 알았어."

"어 이 친구 봐."

이빨 빠진 사내가 그를 쳐다보면서 웃었다.

"이 친구 울고 있잖아."

그는 훌쩍거렸다.

"울긴 왜 울어."

털보가 짜증을 부렸다.

"울 생각 말고 우리들이 하는 짓이나 잘 봐둬. 금방 배울 수 있어."

"그럼. 자넨 아직 젊구 온몸이 다 성해. 그럼 됐지 뭘 그래."

셋은 대머리를 부축하고 언덕길을 내려왔다.

(1974년)

전쟁우화

'가만있어보자. 26에다 365를 곱하면 얼마가 되지.'

김일병은 갑자기 이상하게 숫자놀이를 하고픈 욕망이 일어났다.

그따위 하나라는 개념이나 둘이라는 개념, 일테면 하나에다 둘을 보태기도 하고 빼기도 한다는 숫자놀이는 여물통 앞에 누워 먹이를 반추하는 한가한 소에게나 맡겨둘 일이지 무엇 때문에 상처를 입어 암석에 상체를 기대고, 다리의 출혈을 최대한 막기 위해 꼼짝도 않는 부동자세로 위생병을 기다리고 앉아 있는 자기에게 불쑥 떠올라야 하는지 김일병 자신이 볼 때도 어이없는 일이었다.

물론 지금도 김일병이 여느 때처럼 자신의 나이를 생각해보았던 것은 사실이었다. 김일병은 삶이란 이토록 뒤범벅된 유희로구나 하는 지극히 안이한 체념 같은 것이 엄습해오면 언제나 자신의 나이를 의식하는 버릇이 있었다. 그것은 그가 최초로 죽인 괴뢰군이 의외로 열여덟 살짜리밖에 안 된 애송이였다는 사실을 알았을 때부터 버릇된 것이었다.

　모든 병정은 자기가 최초로 사살한 적의 인상을 영원토록 지우지 못하는 것으로, 김일병도 그처럼 젊은 나이로 자신의 손에 죽은 녀석의 얼굴을 영원히 지워버릴 수가 없었다. 말하자면 조금 전만 해도 숨을 죽이며 언덕을 기어오르던 빡빡머리 괴뢰군 병졸이 유독 수십만 병졸 중에서 선택된 자신의 방아쇠 놀림에 소리도 없이 쓰러진다는 사실이 너무 무책임한 일이란 생각이 들었고 자신도 어느 때엔가는 생명을 주머니 속에 몇 개씩 '스페어'로 가지고 다니지 않는 바에야 저런 꼴이 되지 않는다는 보장을 누가 하겠느냐는 일종의 우울한 비애에 빠졌기 때문이었다.

　때문에 김일병은 한바탕의 전투가 끝난 후면 총대를 세우고 자기의 나이를 한 살 한 살 점검해나가고 총알 닦듯 그것을 닦고 윤을 낸 후 아직 그것이 충실도(充實度)를 상실치 않았다는 생생한 감격을 몇 번이고 되새김질해나가는 것으로 자위하곤 했다. 그런데 이번에는 유독 자신의 나이보다도 자신이 살아온 일수(日數)가 문제되어오는 것이었다.

　도대체 나는 며칠을 살아온 것일까? 그렇다! 나는 9490일을 살아온 것이다. 나는 그 수많은 날들과 악수를 하며 지내온 것이다. 그리고 나는 실로 8억1천9백9십 3만6천 초의 세월을 살아온 것이다.

　저 까마득한 우주 속에 유성과의 거리를 셈할 때나 계산해볼 수 있는 천문학적 숫자 안에서 자신의 삶이 영위되어왔다는 사실에 그는 그 개미떼같이 오밀조밀한 숫자들을 닭이 모이 쪼듯 꼭꼭 집어먹어 버리고 싶은 충동을 받았다.

　다행히 위생병은 때맞춰 달려와주었다. 김일병은 우두커니 암벽에 상체를 기댄 채 위생병이 자기의 책임이나 되듯이 당황해하면서 한편으로는 적당히 웃어대면서 응급치료한 자기의 다리 상처를 내려다보았다. 그곳에선 방금 붉은 선혈이 새어나와 붕대를 타원형으로 채색시킨 후 이윽고 한 방울 한 방울 군화 밑으로 흘러내리고 있었다.

그날 밤 정확히 말해서 새벽 세시 삼십오분경 전쟁놀음을 혼자서 청부맡아 하는 소대장이 미친 듯이 흰 이빨을 드러내고 "쏘아!" "쏘아!" 할 때마다 총을 쏘아서 맞추어야 할 뚜렷한 적군도 발견치 못한 채 아무런 느낌도 없이 방아쇠를 당기던 때, 그는 순간 가까운 곳에서 황토가 튀고 귀청이 째지는 듯한 폭발음을 보고 들었다.

연 이틀 내리 계속된 전투라 분대원들은 그냥 며칠째 우향우한 총신을 들고 꾸벅꾸벅 조는 축도 있었고, 에잇 될 대로 되라는 표정으로 명절날 골목에서 화약을 터뜨리는 동리 개구쟁이들처럼 마구 총알만 난발하는 축들도 있었다. 그러다가 소대장의 "돌격!" 하는 고함 소리, 일테면 우리가 지금 엎드려 있는 것은 노루 사냥하는 것이 아니고 전쟁, 전쟁을 하고 있다는 실감을 일깨워주는 고함 소리에 불바다가 되어 있는 산정(山頂)을 향해 뛰어가곤 했다.

단지 동일한 국방색 전투복을 입고 동일한 모양의 계급장을 달았다는 점과 동일한 전진과 동일한 후퇴, 동일한 총신의 방향과 동일한 암호를 알고 있다는 사실 때문에 상이한 계급장을 달고 상이한 암호를 외우고 있는 녀석들을 살상한다는 것은 너무 형이상학적인 일이 아닌가. 인간이 살아가는 데는 하등 필요도 없는 공통분모, 일테면 녀석의 전투복 색깔과 내 전투복 색깔이 동일하다는 개념과 상이하다는 개념 때문에 서로 죽인다는 사실은 너무 가공(架空)스런 일이 아닐까.

김일병은 그런 생각을 하던 순간 파편을 맞았다. 그전까지는 손끝 하나 다치지 않았던 김일병이었기 때문에 그는 본능적으로 산비탈을 구르면서 언뜻 '올 것이 왔구나' 하는 느낌을 받았다. 가파른 경사를 구르던 그의 몸뚱이가 이윽고 탄 소나무에 걸려 서자 그는 어깨를 누르는 짙은 긴장의 농도 속에서 천천히 입 안에 가득한 황토를 뱉어버렸다. 그리고 차례차례 시계 부속품을 분해하듯 자기 몸뚱이를 각기 떼어내어 점호해보기 시작했다.

그는 피아노 건반 누르듯 손가락을 하나하나 펴보았고 후에는 서서히 팔을, 목을, 허리를 움직여보았다. 이윽고 그가 왼쪽 다리를 점검하려 했을 때 어딘가 쿡 쏘는 듯한 통증을 받았다. 소대장 말마따나 이미 그의 왼쪽 다리는 '불명예 제대신고'를 끝마친 셈인 것이었다.

김일병은 주머니를 뒤져 담배를 한 개비 찾아내었다. 그리고 그 비장해둔 담배 한 대를 태우기 시작했다.

동굴 입구엔 어스름한 새벽 인광이 쓸쓸히 머무르고 있었고 밤새 치열했던 폭탄 소리는 간혹 들리는 폭발음을 제외한다면 완전히 가라앉아 있었다. 그것은 어느 편에게 고지가 점령된 것 아니면 양편이 다 지쳐버려 휴전상태에 들어갔다는 것을 의미한다. 동굴 입구 저편으로 보이는 손바닥만한 하늘로는 아침 햇살이 부챗살을 펴들었고 그것은 밤새도록 타오른 다음 이젠 제풀에 꺼져가는 나목(裸木)들과 언덕마다 쓰러진 시체들과 참호에 기대어 죽은 듯이 잠자고 있는 병졸들의 등허리를 비추기 시작할 것이다.

다행히 아군이 이 고지를 점령했다면 그는 야전 베드에 누워 편안하게 후송될 수 있을 것이고, 만일 적군이 이 고지를 점령했다면 그는 아마 전쟁터에 나왔다가 총탄에 맞아 죽지도 못하고 비참하게 이 동굴 속에서 아사(餓死)해버릴지도 모르는 일이었다. 때문에 자기를 이 동굴까지 업어다 준 위생병 녀석은 "날이 밝으면 자네를 데려가겠네"라며 김일병보다도 더 심한 상처를 입은 부상병 쪽으로 달려가다가 묵묵히 몸을 돌리고 "행운을 비네"라는 제법 의미심장한 소리를 남기고 사라져버린 것이었다.

　김일병은 잠자코 담배만 태웠다. 그러자 문득 바로 세워 털면 그 알맹이가 와그르르 떨어져버리는 담배를 태우고 있다는 사실이 무슨 의미를 가진 것처럼 다가오는 것이었다. 마치 전에 본 어느 영화에서처럼 담배 한 대 태우기까지의 추억, 주인공은 영화 첫 장면에서 담배를 피워무는 것으로 회상을 시작하고 다 타버린 담배를 안개 촉촉한 포도 위에 던져버림으로 말미암아 끝이 나는 스토리. 그렇게 생각하노라니 이곳에 앉아 있는 자신이 필름 마지막 부분에서 비극을 연기하는 주인공처럼 생각되었고 그는 우울했다.

　녀석들, 이미 녀석들은 제 돈을 치르고 영화를 보고 나온 관객들처럼 나를 까마득히 잊어버렸을 것이다. 우리가 소설을 읽고 그후에 주인공을 상상해보지 않는 것처럼 녀석들은 건빵을 씹고 담배를 피우며 "좋은 녀석이었지"라고 자기네들끼리 중얼거릴 것이다. 누구든 날 기억해주지 않을 것이다. 제 이빨의 수효를 정확히 알고 있고 제 마누라와의 밀어를 모조리 기억할 수 있는 소대장조차도 날 오래 기억하지는 못할 것이다. 위생병까지도 좀처럼 피곤한 몸을 뉘고 잠을 자면서 '녀석은 벌써 죽어버렸을 거야. 출혈이 굉장했으니까……' 라며 귀에 걸면 귀걸이, 코에 걸면 코걸이식 자기 나름대로의 핑계로 이미 나를 잊어버렸을지도 모르는 일이다.

　제기랄, 삶이란 살아갈 자신이 있고 그만한 합리화의 배짱마저 두둑한 녀석들에게나 맡겨버리라지. 일테면 돈이 많다든가 계급이 높다든가 소대장처럼 지독한 애국주의자라든가 유창한 거짓말쟁이 그들에게나 다 줘버리라지. 현숙한 아내의 충실한 남편, 총명한 자식의 인자한 아버지, 위엄 있는 상사 밑의 틀림없는 그 부하, 가장 노릇, 부모 노릇, 교수 노릇, 작가 노릇, 배우 노릇…… 이 모든 것을 쪼개서 자기네들끼리 서로 훈장을 수여하고 견장을 나눠달기도 해서 가슴 가득히 열쇠 장수들처럼 그것들을 쩔그렁대며 붙이고 다니라지.

김일병은 자기 상처 위로 한줌 정도의 햇살이 머물러 있는 모양을 멍하니 바라보고 있었다. 한 방울 두 방울 돋던 핏방울은 어느새 응고해버렸는지 멎어 있었고 대신 굉장한 아픔이 하체를 짓누르고 있었다.

내게 수류탄을 던진 녀석은 어떻게 생긴 녀석이었을까? 멋대가리 없이 키만 큰 함경도 간나녀석이라도 억울한 일이고 우유통에서 갓 뽑아낸 양돼지 같은 평안도 녀석이라도 억울하기는 매일반이다. 어쩌면 녀석은 용천 지방에서 해바라기씨를 버릇없이 툭툭 내뱉던 만주산(産) 비적떼 후예일는지도 모른다. 문제는 그 녀석이 누구든 간에 일본놈들에게 "닌니쿠 쿠사이"라는 소리쯤은 아침저녁으로 얻어먹고 자라던 '조센징'임엔 틀림이 없다는 사실이었다.

김일병은 천천히 일 년 전 오늘 자기가 어디에 있었으며 무엇을 하고 있었는가를 기억하려고 애를 썼다. 아니면 이 년 전 오늘 바로 이 시각엔 어디서 무엇을 하고 있었는가? 그리고 더 오래 전에는……

김일병은 언제든 이 망할 놈의 전쟁터에서 자신의 과거를 기억해 보노라면 마치 변색해버린 조부의 옛 사진이나 도저히 자기라고 믿어지지 않는 부옇게 퇴색한 자신의 첫돌 사진 보는 기분이 들곤 했다. 펑 하니 마그네슘 터지는 소리에 혼이 나가서 눈을 동그라니 뜨고 있는 첫돌 사진 속의 아기는 분명 그가 누려온 삶의 절편(切片)이었는데도 옆집 아기를 생각하게 할 뿐 그 얼굴에서 자신의 이미지를 상상해본다는 것은 어딘지 낯간지럽고 생경한 느낌이 드는 바로 그런 감정이었다.

과거란 언제나 부옇게 변색한 사진 속에서나 찾을 수 있는 것이었다. 말하자면 무엇 하나 자기의 과거를 연상시켜줄 작은 편린조차 없는 전쟁터에서 과거를 생각한다는 것은 너무도 값비싼 사치품이었던 것이다. 때문에 그는 항상 눈앞에 보이는 현재, 불쑥 초원에 뛰어들어 길을 잃은 인디언 같은 현존하는 자신만을 의식했으며 순간의 위험에서 벗어나기 위해서 언제나 허둥지둥 안간힘을 써야 했다. 그는 미래라는 것은 현재 눈앞에서 반짝하고 스러지는 찰나와 찰나로 이어진 긴 징검다리와 같은 거라고 생각하고 있었다.

김일병은 자신의 상처 부근을 어루만지고 있던 동전닢만한 햇볕이 서서히 이동해서 이번에는 자신의 군화짝을 비추고 있는 모습을 보았다. 어느새 간헐적으로 들려오던 둔한 폭발음마저 끊겨져 있었고 사방엔 괴괴한 정적뿐이었다.

김일병은 한잠 자리라 작정하고 눈을 감았다. 연 이틀 동안이나 한번도 눈을 붙여보지 못했던 터라 눈이 쓰려왔고 이상하게도 포식한 후의 나른한 권태 같은 것이 온몸에 충만해왔기 때문이었다. 다행히도 잠은 슬금슬금 발바닥에서부터 침수해들어오기 시작했다. 그는 만족한 상태로 까무룩 잠이 들었다.

그때였다. 그는 분명 무슨 소리를 들었다. 스적스적 공기를 가르는 듯한 소리가 가늘게 이어지고 있었고 옅은 탄성 비슷한 신음 소리가 몽롱한 그의 의식을 긁어대기 시작했다. 처음에 그는 잠결에 어렴풋이 그 소리를 듣고는 낮잠을 잘 때 마당 수도꼭지에서 수돗물이 한 방울 두 방울 단조로운 소리로 떨어지는 듯한 유쾌한 소리로 착각하고 있었다.

그러다가 언뜻 의식이 고개를 들었고 그는 순간 긴장했다. 그는 눈을 감은 채로 그 소리가 들려오는 곳을 향해 필사적으로 귀를 모았다. 분명히 무슨 소리가 들려오고 있었다. 공기를 가볍게 비비는 곤충의 날갯짓 같은 조용한 미동이 가까운 곳에서부터 전해오고 있었다.

그는 천천히 눈을 떴다. 그리고 벽에 기대어놓은 엠원총을 끌어잡았다. 묵직한 총신의 중량이 손아귀에 느껴지자 그는 본능적으로 낙관했다.

이미 동굴 안으로는 투명한 햇살이 꽃씨처럼 쏟아져들어와 동굴은 햇빛으로 가득 차 있었다. 그는 벽에 상체를 기대고 천천히 몸을 일으켰다. 하체의 상처가 지독한 아픔으로 그를 괴롭혔으나 그런 아픔쯤은 이미 참을 수 있었다.

그는 이윽고 암벽 건너편 신음 소리가 이어지는 곳을 더듬어서 조용히 몸을 움직였다. 그는 자신의 총알 한 방이 상대편의 심장을 명중시킬 수 있음을 확신했고 때문에 만족했다.

그는 안전장치를 끌렀다. 차디찬 금속성 소리가 햇볕에 번득이자 순간 몸을 날쌔게 암벽 건너편을 향해 돌렸고 그의 엠원총은 미지의 사내를 향해 조준되었다.

"손 들엇!"

그는 나지막하게 명령했다. 암벽 건너편에 누워 있던 녀석은 인민군으로 그와 마찬가지로 부상당한 녀석이었다. 방금 그 녀석은 쉰 목소리로 신음 소리를 내고 있었고 고통이 심해 이 불쑥 뛰어든 침입자가 적군이라는 것을 알아차리기엔 약간 시간이 걸렸는지 주저하다가 엉거주춤 양손을 들었다.

김일병은 빠른 동작으로 녀석의 총을 빼앗았다. 그러고 나서야 그는 자신의 상처를 의식했고 전신이 찢어지는 듯한 아픔을 느꼈다. 그는 녀석에게 총을 겨눈 채 몸을 빼어 맞은편 암벽에 기대었다. 그리고 찬찬히 그의 포로를 뜯어보기 시작했다.

녀석은 관목(灌木)처럼 바짝 마른 녀석이었다. 그래서 그런지 목이 기형적으로 길어 보였으며 눈은 유난히 커서 마치 울기를 끝마친 아이처럼 맥이 풀려 있었다. 그가 노획한 포로는 다행히도 양같이 양순한 포유동물이었다. 그는 커다란 눈 가득히 공포를 담고 있으면서 종례시간까지 벌을 받는 국민학교 아동같이 양손을 머리 위로 치켜 들고 있었다. 녀석의 하체는 온통 가제로 둘러싸여 있었으나 피가 밴 탓인지 벌겋게 채색되어 있었다. 자신이 노획한 포로가 목이 긴 기린 처럼 양순하고 더구나 심한 상처를 입은 부상병임을 의식하자 그는 긴장이 풀렸고 다시 나른한 권태에 빠졌다. 그는 재처럼 피어오르는 햇살 속에서 녀석의 이마 위로 구슬 같은 땀방울이 흘러내리는 모습을 멍하니 쳐다보았다.

"너 몇 살이냐?"

김일병은 비스듬히 어깨를 기대며 낮은 소리로 물어보았다.

"스물야숫 살올시다."

포로는 목을 비틀어 간신히 소리를 내는 것처럼 힘주어 대답했다.

"생일은?"

"시월 뉵일이야요."

"나보다 두 달 밑이군그래."

김일병은 자신의 말투가 제법 승자처럼 부드럽게 나와주었다는 것에 유쾌해졌다. 말하자면 전쟁 전 자기네 학교가 축구시합에서 이 겨줄 것을 응원하다가도 스코어 차가 너무 벌어져 이제는 도저히 상 대편 학교가 제한된 시간 내에 실점을 만회할 수 없으리라는 안도감 이 들 때는 언제나 상대편 학교를 응원하던 소위 동정적인 쾌감의 묘 미를 다시 한번 맛보고 있는 셈이었다.

더구나 책갈피에 끼인 철 지난 나뭇잎처럼 바삭바삭 메말라버린 두 사내가 우연히 부상을 입고 만난 자리에서까지 야유하는 행동을 보인다는 것은 너무나 유치하다는 생각이 들었기 때문이었다.

"너 이 자식, 아주 악질적으로 생겨먹었는데, 도대체 넌 우리 편을 몇 명이나 죽였어?"

"……"

"난 일곱 명. 도합 일곱 명을 죽였어. 확실히 기억할 수는 없지만 내 눈으로 확인된 것이 일곱 명이었지. 맨 처음에 죽인 녀석은 열여덟 살짜리 함경도 간나새끼였지. 제 어머니에게 보내는 유서를 가슴에 차고 있었어. 난 지금까지 그것을 간직하고 있었는데 어젯밤에 그만 잊어버리고 말았어! 참 자네 담배 가지고 있나?"

"가디고 있시요."

"한 대만 빌릴 수 없을까?"

김일병은 도대체 아무리 상이점을 추구해봐야 두 사내 모두 몽고족의 후예로서 같은 황인종이며 한쪽은 총을 겨누고 있고 또 한쪽은 벌서는 아동처럼 양손을 올리고 있는 것밖에는 없다는 사실에 기묘한 즐거움을 맛보았다. 녀석은 손을 내리는 것을 허락해줄까 눈치를 살피면서 쭈뼛쭈뼛 윗호주머니에서 자그마한 꽁초를 꺼내었고 그것이 자신의 삶을 연장시키기 위한 미끼나 되는 듯 소중히 김일병에게로 내밀었다. 김일병은 그것을 받아 입에 물고 성냥을 그었다. 녀석은 불투명한 눈으로 자연(紫煙)을 뿜어대고 있는 김일병을 쳐다보았다. 김일병은 자연을 한 모금 한 모금 빨아들일 때마다 자신의 생명이 조금씩조금씩 엿가락 늘이듯 보장되는 듯한 착각을 느꼈으며 그는 자신이 아직까지 살아 있다는 사실에 감사했다.

"피워보겠나?"

녀석은 의아한 표정으로 그의 승자를 쳐다보았다. 그러나 이미 그는 이긴 자의 여유 속에 조롱당하고 있는 한 마리의 상한 짐승 같은 자신을 의식하고 있었는지 비굴하게 웃으며 그 꽁초를 받았다.

"자넨 어디서 왔나?"

"폐양도에서 왔시요."

"평안도라면 북돈가?"

"남도, 폐양이야요."

"평양이라면……"

김일병은 엠원총을 가슴에 대고 쿡쿡 어깨로만 웃었다.

"나두 평양에서 살았었지. 내 고향도 평양이야."

김일병은 비스듬히 몸을 기대고 그의 포로가 예의 바른 단정한 모습으로 담배를 모이처럼 소중히 피우고 있는 모습을 쳐다보았다.

"나는 해방 직후에 삼팔선을 넘어왔어."

그는 조용히 기지개를 켰다. 햇살은 거의 온몸을 부드럽게 애무했고 그의 온몸에서는 단내가 나기 시작했다. 미열이 다시 재발해서 내다보이는 동굴 밖은 발그스레하니 상기해 있었고 솔개 한 마리가 동굴 밖 푸른 하늘을 유유히 맴돌고 있었다.

"어디서 살았었나? 평양 어디서?"

"화신 앞에서 살구 있댔시요."

"아, 아! 화신 앞. 맞았어! 우리집두 그쪽이었어. 우리집은 화신에서 대동강 쪽으로 가다가 오른쪽 골목에 있었지. 오른편으로 하나, 둘, 세번째 골목, 왜 골목 입구에 빨간 벽돌집이 있었던 것 기억하나?"

"기억하구말구요."

갑자기 녀석의 얼굴이 기쁨으로 충만하기 시작했다.

"난 모조리 기억할 수 있시요. 그 집에서 가끔 키 작은 여인네가 나와 '늬들 큰길루 나가들 놀아라' 하곤 했었시요. 물론 아주 어릴 때 기억이디만."

"그분은 우리 어머닐세."

"아, 아!"

둘은 순간 말을 끊었다. 그리고 놀란 나머지 혹 상대편이 어릴 때 골목길에서 같이 구슬치기를 하며 놀던 소꿉친구가 아닌가 하는 마음으로 서로를 쳐다보았다. 제기랄, 이 얼마나 망할 놈의 해후냐. 망할 놈의 동굴 속에서 얼마나 유치한 망할 놈의 해후냐. 무엇 하나 되

어먹지 않은 전쟁터에서 추레한 옷차림으로 고향 친구를 만난다는
사실은 또 얼마나 틀려먹은 우연이냐.

"우리집은 화신 건너편 약국 뒤에 있시요."

"그렇다면 자넨 혹시 약국 건너편에서 큰 책방을 하던 집을 알지
도 모르겠구먼."

"모를 리가 있나요. 알구말구요. 그 집이 오씨 집이었디요, 아마."

"자네 기억력이 좋구먼. 맞았어. 오씨 집이었어. 턱 가득히 수염을
기르고 있던 노인이었지."

김일병은 그 노인이 지팡이를 짚고 아침마다 자기집 앞을 지나 동
광정까지 갔다가 돌아오던 모습을 기억해냈다. 무슨 날이었던가. 거
리거리마다 소음이 일고 꽃불이 튀던 축제날 김일병은 누이동생과
이층에서 한길을 내려다보고 있었다. 어른들은 아래층에서 술을 마
시며 마작을 하고 있었고 여인들은 부엌에서 음식들을 먹고 있었다.
집 안은 온통 구릿빛처럼 은밀한 감사의 기쁨으로 충일되고 있었다.

밤이 깊어가자 어른들은 하나둘 비틀거리면서 집을 빠져나갔다.
부모들은 대문가까지 그들을 바래다주었고 그들은 대문가에서 긴
악수를 나누었다.

김일병과 그의 누이동생은 졸음을 참으며 낱낱이 그 모습을 쳐다
보고 있었다. 손님 몇 명은 푸르게 빛나는 대동강 쪽을 향해서 선 채
로 오줌을 갈겼고 그러자 그들의 부인네들은 부끄러운 척 뒤로 돌아
서서 곁눈질하며 웃어댔다. 그리고 그들은 차가운 밤길로 노래를 흥
얼대며 사라져갔다. 최후로 나간 것은 오노인이었다. 오노인은 부모
들과 굉장히 정중한 인사를 나눈 다음 전등불이 꺼져가는 화신 쪽으
로 자기의 손주딸에게 한 손을 이끌리어 사라져갔다. 김일병은 지금
도 기억하고 있다. 그 치렁치렁한 머리칼을 양 옆으로 땋은 계집애가
제 할아버지의 손을 잡고 수은처럼 빛나는 거리를 헤쳐가던 모습

을……

"자네 혹시 그 오노인에게 딸이 하나 있었던 것을 기억하나?"

"기억하구말구요. 그 방면에 사는 사내녀석들이라면 누구든 걔를 알구 있다요. 이름이 오……"

"미경이었지, 오미경."

"맞았시요. 오미경!"

언젠가 봄날 그애는 목욕탕을 다녀오는지 아직 머리칼에 물기도 사라지지 않은 채 우윳빛 살결로 로터리를 건너오고 있었다. 다소 장난기 어린 걸음에 치렁한 머리칼은 나풀나풀 춤추었고 그애는 자기를 쳐다보고 있는 그와 시선이 마주치자 순간 비밀스런 웃음을 그에게 보여주었다.

김일병은 자기가 그 계집애를 사랑했던 것을 기억한다.

늦은 전차가 서평양 쪽으로 삑삑거리며 달려간 뒤 오직 퇴폐적인 정적이 감싸고 가까운 강변에서 물내를 풍기는 잔바람이 불어오는 그 거리를 몇 번이나 설레는 마음을 안고 걸었던가. 그때 그 계집아이는 전등불이 환한 책방 안에서 깎아세운 듯한 모습으로 책을 읽고 있었다.

북쪽의 봄날 모란봉 뒷길에서 마주친 그 계집애는 까만 고동치마에 감싸들듯 시집을 들고 있었고 약간 눈이 부어 있었다. 김일병은 그 계집애가 숲속에 혼자 앉아 강물을 바라보며 조용히 울었음을 알고 있었다. 웃기도 잘하고 울기도 잘하는 계집애, 작은 아기처럼 앙증스런 고독을 얹고 다니던 계집애, 그는 자기가 그 계집앨 사랑했음을 기억한다.

"미경인 참 예쁜 계집애였어."

"남자녀석들이 늘 졸졸 따라다녔댔구 그러다가 오노인에게 혼이 나군 했었다요."

한번은 그의 집에서 '노티'를 만들어 동리 사람에게 돌린 적이 있었다. 그때 오노인 집에 그가 가게 되었다. 마침 늦가을 비가 부옇게 내리고 있어 거리는 온통 후줄그레하니 젖어 있었다. 그는 유리창 너머로 그 계집애가 고개를 들고 책을 읽고 있는 모습을 보았다. 그러자 그의 가슴은 휘발유 마신 후처럼 확확 달아올랐으며 심장이 뛰기 시작했다. 그는 자기가 밤마다 그 계집애의 몸을 학대하는 꿈을 꾸는 비굴한 녀석임을 잘 알고 있었다.

그가 책방 문을 열었을 때 그 계집애는 버릇처럼 비밀스런 웃음을 보여주었다. 밤에 빛나는 야광충의 인광처럼 눈짓으로만 전전해오는 미소. 그 찰랑찰랑 넘치는 듯한 싱싱한 웃음에 벌써 그는 자기의 임무를 잊어버리고 말았다. 그는 그 계집애가 순설(純雪)로 빚은 설인(雪人) 같다고 생각했다.

"어떡허나, 할아버님은 인응리 친척집에 가셔서 늦게 오실 텐데……"

"괜찮아요."

그는 서가에 꽂힌 시집들을 쳐다보며 대답했다.

"아무래도 괜찮아요."

비가 내리는 창 밖으로 전차가 역마(驛馬) 같은 울음을 발하고 가는 것이 내다보였고 어디선가 목쉰 소리로 기적이 울렸다.

"비 좋아하세요?"

"비라구요? 예. 좋아합니다."

그는 유리창을 부드럽게 스치는 가을비 소리에 선뜻선뜻 놀라면서 그애의 눈을 피하고 있었다.

"폐양 밖을 나가본 적이 있나요?"

갑자기 그 계집애는 그가 싸온 '노티' 한 조각을 입에 베어물고 그를 쳐다보았다. 또 시작한 것이다. 이 계집애는 아름다운 눈싸움을 걸어온 것이다. 그리고 잔뜩 불을 지르곤 나비처럼 나풀나풀 도망가 버릴 것이다. 언제나 소녀처럼 잘 웃고 또 잘 우는 계집애.

"아, 예, 있습니다."

"어디어디요?"

"금강산에 가봤지요."

"금강산쯤이라면 저두 가봤어요."

계집애는 피이 하는 듯한 표정으로 얘기를 했고 그는 금세 풀이 죽었다.

"만주에는 가보셨나요?"

"아니오."

"난 만주에 한번 가봤으면 싶어요."

계집애는 손으로 턱을 고이며 비가 내리는 창 밖을 내다보았다. 철 책 안에 갇힌 새처럼 피로한 고독이 그애의 눈동자를 스쳐 지나갔고 그는 그녀의 오똑한 콧날을 보며 멈추지 않는 춤추는 신발을 신어버 린 동화 속의 소녀를 생각했다.

"난 바이칼 호반에 가보고 싶어요."

계집애는 순간 그를 쳐다보았다. 그는 그애의 눈짓을 받으며 그 계 집애도 자기를 필요로 하고 있는 깊은 사랑에 빠져 있음을 알 수 있 었다.

"한 번두 가보지 않았지만 난 밤마다 바이칼 호반의 꿈을 꾸어요. 바이칼 호반이란 어감이 주는 풍요한 경치를 한번 상상해보세요. 청 둥오리가 꾸룩꾸룩 우는 바이칼 호반을 말이에요."

그녀는 외어두었던 시를 읊는 것처럼 조용히 속삭였다. 그날 밤 그 는 밤새도록 오두막집에서 새어나오는 불빛이 둥둥 떠서 흐르고 있 는 바이칼 호반의 꿈을 꾸었다.

"미경이가 결혼한 것을 알고 있댔나요?"

녀석은 불쑥 편안한 자세로 몸을 바꾸며 말을 꺼냈다.

"얘기는 들었어. 거리에서 만난 고향 사람이 알려주었지."

"초라한 결혼식이었댔지요. 그리고 어린앨 배구 결혼식을 했으니 끼니 오노인은 숫제 소문이 부끄럽다구 화병으로 끙끙 앓아누웠디 요. 결혼식엔 우리 몇 명만이 갔디요. 그애는 당최 결혼 같은 게 어울 리지 않는 아인데……"

"그래, 그애는 영원히 결혼하지 않아야 하는 계집애였어."

"결혼한 상대자가 뉘군 줄 아나요?"

"알구 있지. 책방 뒤에서 방앗간을 하던 집 녀석이었지. 그 자식의 상판은 아직도 기억하고 있지. 어렸을 때 언젠가 한번 나하구 싸운 적이 있는 녀석이었어. 유난히 눈매가 매운 녀석이었지. 해방되자 맨 먼저 일본인 공장을 때려부셨고 후에는 만수대 양촌에 불을 질렀 던 녀석이었지."

"그리고 미경일 죽자구 따라다녔던 사람 중의 하나였디요. 인민보 위부 간부 중의 한 사람이었디요."

"아, 아, 인민보위부."

지난 10월 하순경 김일병의 부대는 연도에 늘어선 수많은 시민들 의 환영을 받으며 평양 시가로 들어섰다. 언제 어디서나 최후의 구원 처럼 환히 눈을 뜨고 있던 그의 고향 냄새를 맡았을 때 그는 거의 울 고 있었다. 허나 거리는 완전히 폐허로 변해 있었다. 찬 북부의 가을 바람이 온종일 거리거리를 누비었고 거리에는 망가진 전차와 파편 조각이 해골처럼 뒹굴고 있었다. 거미줄처럼 끊긴 전신선이 도로 가 운데에 디룽디룽 매달려서 바람에 휘파람 소리를 내며 울고 있었고 폭격에 주저앉아버린 집들이 처참하게 뼈다귀를 드러내고 누워 있 었다.

김일병. 미친 듯이 그가 살던 집과 집 뜰에 핀 오동나무 보랏빛 잎새, 그 계집애가 봐주기를 기대하며 몇 번이나 굴렁쇠를 굴리며 오르내리던 로터리……를 돌기 시작했다. 모든 것은 너무나 참혹하게 무너져 있었고 파괴되어 있었다.

치열한 한바탕의 전투가 끝난 후 아무런 이유도 없이 참호 속에 틀어박혀 한 사람 두 사람 울기 시작할 때 가슴에 조용히 안식의 불빛을 켜들고 그를 속삭이며 위로하던 고향은 처참하게 질식하고 드디어는 임종 단계에 놓여 있는 것이었다. 그가 술래잡기를 하던 골목골목에는 삐라가 어지럽게 붙어 있었고 그가 화약딱총을 쏘던 거리로는 가끔 패잔 잔류병을 소탕하는 총성이 기분 나쁘게 반복되고 있을 뿐이었다. 그의 기억을 되살려줄 모든 과거는 전쟁으로 사라져버렸고 그는 기억의 녹을 벗기려는 듯 미친 듯이 폐허를 비집고 다녔다.

책방도 폐허로 변해 있었다. 언제나 그 예쁜 계집애가 턱을 고이고 앉아서 창 밖을 내다보던 그의 청춘의 요람은 이미 어지러운 파편 조각 틈새에서 형적도 없이 사라져버린 것이었다. 너무나도 젊은 나이에 그는 고향을 잃어버린 셈이었다.

그는 그날 밤 성큼성큼 밤이 폐허 위로 내릴 때까지 그 무너진 폐허에 몸을 파묻고 몇 시간이고 귀를 기울이고 있었다. 가만히 듣고 있노라면 가느다란 한 줄기의 부르짖음이 강물 냄새를 품고 불어오는 눅눅하고 찬 북풍 속에서 끊임없이 이어지고 있었기 때문이었다.

"미경이가 둑은 것을 알구 있나요?"

녀석은 조용히 두 손을 마주 모으며 김일병을 쳐다보았다.

"알구 있어. 평양 거리에서 만난 노파가 알려주더군."

"대동강에 몸을 던졌시요. 결혼한 지 반년도 채 못 넘기구 물귀신이 되고 말았디요."

"어린애는?"

"딸을 낳았었디요. 허지만 그애두 곧 둑구 말았시요. 둑기 며칠 전부터 미경인 제정신이 아니었댔시요. 참 너무나 아까운 여인이었디요. 우리 모두가 그애를 좋아했었는데……"

"그래 우리 모두가 사랑하던 여인이었지."

평양의 첫날 밤 김일병은 굉장히 술에 취했다. 술에 취한 후 그는 대동강 쪽으로 걷기 시작했다. 하늘엔 별도 없었고 완전한 암흑뿐이었다. 그는 비틀거리며 대동강변에 서서 단추를 끄르고 배설을 했다.

그는 자기가 몇 년 전 이 강변 송림 속에서 미경이의 동정을 빼앗아버린 사실을 기억해냈다. 미경이. 그녀는 푸르스레 빛나는 달빛 아래서 그의 어깨를 붙잡고 눈물을 흘리고 있었다.

"처음이에요."

그애는 그의 귀를 씹으며 나지막이 말했다.

"허지만 전 후회하지 않아요. 당신의 애를 낳고 싶을 뿐이에요. 난 이제 엄마가 되고 싶어요."

그는 야전용 삽을 들고 사장을 파기 시작했다. 언젠가 아주 어렸을 때 대동강변에서 놀다가 호루라기 하나를 모래사장 속에 파묻었던 일이 생각났기 때문이었다.

그는 그 호루라기를 사랑했다. 새벽녘에 일어나서도 호루라기를 불었고 학교 갔다 돌아오는 길에서도 그는 호루라기만 불었다. 지금도 그는 날카로운 소리로 거리를 빠져나가던 그 호루라기의 경쾌한 소리를 기억할 수 있었다.

그는 그 호루라기를 파들고 힘주어 그것을 불어보고 싶었다. 그러면 폭격에 잠들어버린 자기의 동화가 다시 잠에서 깨어날지도 모른다.

그때였다. 동굴 밖에서 무슨 소리가 들려왔다. 순간 두 사내의 시선은 동굴 밖을 향해서 반짝이었으며 조심스레 두 사내는 숨을 죽였다. 왁자지껄한 한 떼의 얘기 소리와 껄껄 웃어대는 웃음소리, 저벅이는 발걸음 소리가 바람 속의 돛폭처럼 휘날리면서 선명히 들려오고 있었다.

두 사내는 그 왁자지껄 몰려오는 소음 속에서 자신들의 위치를 발견하려고 필사적으로 귀를 기울였다. 그들은 비로소 서로 상이한 두 개의 나침반을 꺼낸 셈이었다. 그저 파란 모자를 썼으면 청군이요 하얀 모자를 썼으면 백군으로, 단지 그 모자 색깔에 따라 어느 때에는 같이 뒷산에서 머루를 따던 짝애가 이제는 적군이 되어버린 국민학교 운동회처럼 두 사내는 막연한 적의를 가지고 흐린 눈으로 서로의 얼굴을 쳐다보았다.

이윽고 잔잔한 수면 위에 돌팔매질한 격인 떠들썩한 소리가 어느 편의 소리인지 구별될 수 있을 만큼 점점 동굴 입구로 가까이 오자 두 사내는 약속이나 한 듯이 천천히 자신들의 귀를 틀어막았다.

그리고 둘은 안심해버렸다.

(1974년)

더러운 손

교수님과 나는 연구실에 앉아 있었다.

초가을이었으므로 열린 창문으로 가을햇볕이 뉘엿뉘엿하고, 담쟁이 덩굴이 바람에 흔들리고 있었다. 교수님은 서서 창 밖을 내다보고 있었다. 반백의 머리칼이 다소 흩날리고 있었다.

"가을이군, 벌써 가을이야."

교수님은 뒷짐을 진 채 눈을 가느다랗게 뜨고 투명한 가을햇살이 넘쳐흐르고 있는 교정을 내려다보시면서 무심코 말씀을 했다.

"은행나무가 노오랗게 물들어가고 있군."

나는 책을 읽다 말고 교수님을 올려다보았다.

교수님은 공연히 방 안을 서성거리면서 마치 집에 들어가기 싫은 사람처럼 늑장을 부리고 있었다. 그런데 교수님의 손은 무심코 창가에 놓인 화분의 국화 꽃잎을 한 잎 두 잎 뜯어내리고 있었다. 갓 피어난 국화꽃을 보고 교수님이 언젠가 "역시 가을의 꽃은 국화로군. 어

느새 국화가 피었어" 하면서 손수 물까지 주시며 꽤 애지중지하시던
터라, 왜 저렇게 심통 사나운 사람처럼 국화 꽃잎을 뜯어내리시는가
의아해서, 나는 아, 하고 조그맣게 신음 소리를 내었다.

"주의하세요."

나는 큰 소리로 교수님을 향해 부르짖었다.

"뭘 말인가?"

여전히 교수님은 무엇을 주의하라는가 실감이 오지 않는 모양인
지, 꽃잎을 뜯어내리면서 나를 돌아보았다.

"꽃 말입니다. 꽃이 지고 있어요."

"아차차."

교수님은 그제야 알겠다는 듯 혀를 끌끌 차면서 자신이 뜯은 눈썹
모양의 흰 국화 꽃잎이 시멘트 바닥에 어지러이 눈썹처럼 떨어져 있
는 것을 참담한 표정으로 내려다보았다.

"야단났군. 내가 꽃잎을 뜯고 말았군."

교수님은 허리를 굽혀 흩날린 국화 꽃잎을 한 잎 집어들었다. 그리
고 그것을 도로 입김으로 후- 불어날리더니, 일순 소년처럼 명랑한
얼굴로 나를 쳐다보았다.

"최군은 손금을 볼 줄 아나?"

"손금요?"

나는 힛히히 웃었다.

"손금 볼 줄 알아요. 왜요?"

교수님은 느닷없이 손을 내 앞으로 내어밀었다. 나는 망설이다가
교수님의 손을 잡았다.

"남자는 왼손, 여자는 오른손이라지, 아마."

"그래요."

나는 대충대충 상식으로 아는 손금에 관한 지식으로 교수님의 손

을 잡고 들여다보았다.

선생님의 손은 생각보다 작았다. 그러나 매우 두툼해서 막일하는 사람처럼 단단하고 차돌처럼 굳은살이 박여 있었다. 굵은 매듭이 져 있었고, 세 개의 긴 손금이 주름진 손바닥에 깊게 패어 있었다. 좋은 손금이었다. 특히 생명선이 분명하게 손목 아래로 흘러내리고 있었다.

"좋은데요, 뭘."

내가 웃으면서 손을 놓자, 교수님도 껄껄 웃으면서 손을 정든 나이프처럼 끌어다가 주머니에 찔렀다.

"그래 한 백년 살겠지?"

"그래요, 오래오래 사실 겝니다."

나는 힛히히 웃었다.

"그런가? 그렇군. 그럴 수도 있겠지."

교수님도 내 웃음에 따라 웃으며 다시 창 밖을 내다보았다.

"좋은 손금을 가졌지. 이봐, 최군. 자넨 편견이 심한 편인가? 일테면 사람을 처음 볼 때부터 자네가 평소에 생각하는 가치 기준대로 평가해버리는 타입인가? 아마 그럴걸. 어때, 내 말이 맞지?"

"그래요."

나는 읽던 책을 덮었다. 그래, 그것은 교수님이 정확히 보았다.

언제부터 생긴 버릇인지 확실치 않지만 나는 사람을 처음 보았을 때부터 내 나름대로 평가를 해버린다. 그것은 무슨 미신적인 근거나 과학적인 근거에서 출발하는 것이 아니고, 그냥 내가 지금껏 만나보았던 사람들 개개인의 인상과 다정하거나 비정했던 나와의 인간관계를 종합해서 처음부터 상대편을 어떠어떠한 성질의 사람일 것이라고 평가해버리는 것이다.

물론 곁눈질하는 사람은 교활하다거나 눈웃음치는 사람은 비겁하다거나 하는 따위의 상식적인 기준을 빌리지 않더라도, 이상하게도 그 사람이 살아온 분위기가 얼굴 어딘가에 엿보여서 애써 숨기려는 수상스런 기미조차 나는 놓치지 않았다. 말하자면 나는 상대방을 심한 편견으로 판단해버리는 단점을 가지고 있는데, 바로 교수님이 그 버릇을 찔렀기 때문에 나는 별수 없이 힛히히 웃을 수밖에 없었던 것이다.

"어떠세요? 선생님은 어떻게 생각하세요? 사람을 어떤 식으로 평가하세요?"

"난 사람의 코를 보지. 코가 크면 그것도 크다고 하지 않던가. 헛허허."

교수님은 자기가 말하고 큰 소리로 유쾌하게 웃었다.

"최군의 코도 그만하면 중 이상은 되겠으니 알 만허이."

교수님은 담배에 불을 붙이면서 차분하게 말씀을 계속했다.

"만약에 말일세. 최군이 처음에 나쁘게 생각했던 사람이 알고 보니 좋은 사람인 것이 드러나면 당황스럽지 않나?"

"그런 적이 한두 번이 아니에요. 우리 여편네도 그중에 하난데요, 뭘."

"그렇군. 그럴 수도 있겠지."

교수님은 의자에 몸을 던지면서 눈을 가느다랗게 떴다.

"그런 자네의 판단이 그냥 오해에 그치는 것은 문제가 안 되네. 그런 것은 왕왕 있는 일이니까 말일세. 문제는 그런 오해가 어떤 때는 생명에 관계될 수도 있다는 거지. 일테면 어떤 샤머니즘화되었을 때는 곤란하단 얘기야. 가끔 우리는 사람을 만나면 악수를 나눠. 그런데 개중에는 자기의 힘을 과시하기 위해서 손을 꽉 잡아서 흔들어대는 강경파가 있지. 이 손 말일세."

교수님은 새삼스럽게 자신의 손을 부챗살처럼 활짝 펴 보였다. 교수님은 '반짝반짝 작은 별' 하고 무용을 하는 소년처럼 손의 앞뒤를 번갈아 보여주었다.

"인간이 동물과 다른 것이 무엇인 줄 아나?"

"글쎄요."

나는 애매하게 웃었다.

"헛배웠군. 그러고도 소설이라는 것을 쓰고 있나."

나는 굉장히 송구스러운 표정을 지었다.

"인간이 동물과 다른 것은 간단해. 네 발을 쓰지 않고 두 발로 직립하고 두 손을 쓴다는 것에 있어. 인간이 동물에서 탈피한 것은 바로 이 두 손 때문일세. 처음에 네 발로 기어다닐 때는 그야말로 짐승이지. 그런데 섰거든. 두 발로 섰단 말야. 그러니 자연 두 발이 남을 수밖에. 그러니까 남는 손을 비벼보기도 하고 공연히 나무 위의 열매를 따보기도 하고 끄적거려보기도 하고 파괴해보기도 하고 글쓰기도 했지. 어떤가? 내 이론이."

"그럴듯합니다."

"고맙군, 수긍을 해주니. 매우 반가우이."

교수님은 크게 고개를 숙여 깍듯이 감사의 표정을 지었다.

"인간의 모든 비극이 그때부터 이 손에 의해 시작되었네. 손에 매니큐어를 칠하기도 하고 손에 반지를 끼기도 하고 가스 사형실의 단추를 누르기도 하는가 하면, 유태인 수십만을 이 손으로 죽였지. 예술을 창조하는가 하면 여인의 성감대를 어루만지지. 또 경례도 올려붙이고. 장님들이 손가락으로 먼저 확인하는 것은 손이 가장 예민한 부분이라고 생각하기 때문이야. 그런데…… 그런데 말일세. 어떤 극한상황에 도달하면 이 손이 발이 되어야 하는 야만의 시대가 오곤 한다고. 말하자면 퇴화의 상태로 돌아가야 한다니까. 무슨 소린지 알겠나?"

"모르겠습니다."

나는 솔직하게 대답하였다. 그러자 교수님은 스르르 눈을 감았다.

"이 손은 말일세, 이미 손이라곤 할 수 없어."

"그럼 뭡니까?"

"발이지. 손이 아닌 발일세. 더러운 손일세."

성교수는 원래 성격이 느릿느릿하고 게으른 탓으로 서울 근교에 폭탄 떨어지는 소리가 쿵쿵 들려오고 거리거리로 수많은 사람들이 피난을 가는데도 학교 연구실에 남아서 책을 읽고 있었다. 라디오에 서는 국군이 북진중이라고 호언장담을 하고 있었으므로 낙천적인 게으름을 핑계삼아 애써 모른 체 빈 학교를 지키고 있었는데, 어쩐지 이상한 기분이 들어 부랴부랴 한강으로 나가보니 이미 다리는 끊겨 있었다. 아차 늦었구나 후회했을 때는 이미 서울 시내로 붉은 깃발이 나부끼며 거리거리로 구호를 외치는 광란의 행렬이 오가고, 북한 인 민군이 진주해 있었다.

그래도 별탈은 없겠지…… 집으로 돌아와서 불안한 마음으로 하 룻밤을 자고 난 새벽, 대문을 두드리는 소리에 잠을 깨니 총을 앞에 든 군인 두서너 명이 들어오고, 바로 며칠 전까지 자기가 가르치던 학생 한 명이 기세등등하게 밀어닥치고 있었다.

"자네가 웬일인가?"

성교수는 제자가 반갑기도 했지만 어쩐지 그 제자의 웃음이 오히 려 무서운 기분을 주었다. 그 제자는 일언반구도 없이 성교수의 얼굴 을 노려보았다.

"선생님, 선생님은 선생님의 말에 책임을 져야 합니다."

그것이 그 청년의 첫마디 말이었다.

그 말은 나중에 확인된 거지만 무심코 성교수가 강의시간에 공산 당의 이론은 사실 이론에 불과할 수도 있다고 지나가는 말 비슷하게 했던 적이 있었는데, 용케도 그 청년은 그 말을 정확히 기억하고 있었던 모양이었다. 그리고 그 청년은 세상이 하루아침에 바뀌자 맨 처음 반공 교수로 성교수를 떠올린 모양이었다. 평소에는 말도 잘 하지 않고 그저 강의시간에 앞자리에 앉아 열심히 강의만 듣던 청년이었다. 그래서 성교수뿐 아니라 주위의 학생들도 그 학생을 좌익 계통의 청년으로 생각지 않았다.

그런데 하루아침에 그 학생의 태도는 달라져 있었다. 내성적이며 겸손하던 그의 얼굴은 성난 독사처럼 부풀어 있었으며, 지나치게 어깨를 펴고 있었다.

성교수는 그 학생에게 끌려 학교로 갔다. 이미 붉은 깃발과 붉은 구호가 어지럽게 휘갈겨 낙서된 학교 안 교정에는 미처 피난 못 간 교수들이 모여 있었다. 그들은 성교수가 잡혀오자 애애하면서도 반가운 눈치를 보였다.

"다들 모였군요."

누군가 소곤대는 목소리로 성교수에게 말을 붙였다. 교수들의 주위로는 총을 멘 군인과 어제까지만 해도 제자였던 청년들이 침을 퉤퉤 뱉으면서 감시하고 있었다. 소위 그들의 재판이 시작된 것은 오후도 훨씬 넘어서였다. 그래서 대부분 아침과 점심까지 거르고 허기에 차 있었지만 어느 누구도 입을 벌려 불평을 하지 않았다. 그들은 자기들의 스승에 대한 죄상을 낱낱이 낭독하였다. 잘도 기억한 물샐 틈 없는 기록이었다.

낭독이 끝났다.

"이제는 새 세상이 되었다. 교수동무들은 이 대열에 앞장서서 인민을 위해 매진해야만 하겠다. 이의 있는 사람 손 들어라. 좋다. 한 사람도 손 들지 않았으니 찬성한 것으로 간주하겠다. 한 사람 한 사람 나와서 죄상을 기록한 조서 밑에 도장을 찍고 오늘은 이만 해산하겠다. 그리고 내일 이 시간엔 자진 출두해주기 바란다"라는 내용의 연설이 있었다.

그리고 한 사람씩 한 사람씩 차례로 나서서 지장을 찍었다. 성교수는 듬뿍 인주를 묻혀 지장을 찍고는 부랴부랴 집으로 돌아왔다.

성교수는 그날 밤 안으로 피난을 가기로 결심했다. 그 뜻을 아내에게 얘기했더니, 아내는 대답 대신 장롱을 뒤져 금 패물을 성교수에게 주었다.

"돈보다 이게 나을 거예요."

그리고 아내는 어디서 구해왔는지 농모 한 개와 고무신 한 켤레, 여름용 베옷을 꺼내주고는 입도록 권했다. 밤새 만들어준 미숫가루를 허리에 차고 성교수는 이른 새벽 길을 나섰다.

차마 떨어지지 않는 발길을 도와 한길 쪽으로 나가다 말고 원효로 근방에 이르렀을 때, 성교수는 문득 아직 새벽 기운이 사라지지 않은 어둠 속에서 한마디 말이 솟아나와 자기의 귀를 찌르는 것을 들었다.

"네 이놈, 가기는 어딜 가느냐."

성교수는 걷던 걸음을 되돌려 집으로 돌아왔다. 대문을 두드리니 그의 아내가 놀란 눈을 둥그렇게 뜨고 웬일이냐고 물었다.

차마 혼자 떠날 수가 없었다고 성교수는 말했다.

"홍역을 앓는 어린 것을 두고 나만 떠날 수가 없다. 그리고 한강 다리도 이미 끊겼다. 죽어도 같이 죽겠다. 떠나려면 시골 집으로 같이 떠나자."

아내는 말도 안 되는 소리라고 한 다음, 그냥 떠나라고 대문을 덜컹 닫았다. 빗장 잠그는 소리를 듣고서야 성교수는 이를 악물고 빠른 걸음으로 걸었다.

한강에 이르러 가뭄에 마른 얕은 강물을 용케도 나룻배를 숨어타고 건넜다. 아내의 금반지가 뱃삯으로 주어졌다.

강을 건너 허이허이 시골길을 달리는데, 정오 무렵 성교수는 마침내 총을 메고 지나가던 인민군들과 민병대의 검문에 걸리고 말았다.

그들은 성교수에게 무엇을 하는 사람이냐고 물었다. 성교수는 이곳에 사는 농민인데 건넛마을 처가집에 간다고 거짓말을 하였다. 그러자 그들은 성교수의 모습을 위아래로 훑어보더니 그렇다면 손 좀 보자고 손을 내밀라고 하였다.

무심코 성교수가 손을 내밀자 그 사람들은 찬찬히 성교수의 손을 훑어보더니 다짜고짜 성교수의 몸을 강타하였다.

"이 쌔끼야!"

민병대의 청년이 소리를 버럭 질렀다.

"이 쌔끼, 이거 악질분자 아냐. 손을 보니까 농민의 손이 아냐. 이 쌔끼, 따라와. 생전 곡괭이라곤 만져도 못 본 손이야. 부르주아 손이란 말야. 이 반동분자 쌔끼야."

성교수는 그들의 뒤를 따라 어떤 사무실로 끌려갔다.

"사실대로 대라. 안 대면 즉결처분하겠다. 어디 사는 누구냐? 너 이 쌔끼, 간첩 아냐?"

손을 보고 판단을 내렸던 청년이 으름장을 놓았다. 성교수는 진짜 자기는 농민이라고 사정을 하였다. 그러자 매가, 사정없는 매가 성교수를 향해 퍼부어졌다. 매질 끝에 기절을 한 성교수는 헛간 같은 곳에 던져졌다. 눈을 뜨니 짚덤불 위에 자기가 내던져져 있었다. 헛간의 높은 창문으로 햇빛 기둥이 쏟아져들어오고 있었다. 성교수는 통증을 참으면서 창으로 기어올라갔다.

도망쳐야 한다. 한시라도 빨리 이곳에서 도망쳐야 한다. 그래야만 내가 산다. 그래야만 내가 살 수 있다.

다행히 그들은 성교수에게 신경을 쓰지 않았던지 창문 쪽은 감시병이 없었다. 성교수는 창문을 통해 밖으로 나왔다.

벼이삭이 파랗게 키가 자라고 있었다. 그 사이를 미친 듯이 뛰어 숨어들었다. 성교수는 기어서, 개처럼 기어서 도망쳤다. 얼마만큼 왔을 때 성교수는 강렬한 허기를 느꼈다. 벼이삭 사이에 주저앉아 성교수는 논물에 미숫가루를 타서 마셨다.

그리고 걷기 시작하였다. 걷다가 문득 자신의 손을 투명한 햇볕에 비춰보았다.

그렇군. 생전 일이라곤 해본 손이 아니군. 여인의 손처럼 고운 손이군. 잘 빚은 송편처럼 예쁜 손이군.

성교수는 길에 구르는 모가 진 돌을 집어들었다. 그리고 걸으면서 그 돌로 손을 비벼대었다. 아픈 것도 몰랐다. 피가 줄줄 배어나와 쓰라린 것도 몰랐다.

날이 저물어 누에를 치는 잠사실에서 모기에 뜯기며 잠을 잘 때에도 성교수는 그 돌을 놓지 않았다. 계속 그 돌로 손을 학대하였다. 어서 빨리 한시라도 손이, 그 손이 투박해지고 굳은살이 박이기를 기원하였다.

연 닷새를 걸으면서 성교수는 그 돌로 자신의 손을 문지르고 또 문질렀다.

고향에 거의 다 이르렀을 때 그는 또 검문을 당하였다.

어디 가는 길이냐고 젊은 청년이 물었다. 건넛마을 사는 사람인데 처가집에 아내가 해산을 했기 때문에 간다고 말을 했다. 그러자 청년은 성교수를 유심히 뜯어보았다.

수염이 자라 얼굴을 덮고 며칠 새 피로와 굶주림에 지쳤으므로 얼굴은 까맣게 찌들어 있었다.

청년은 성교수에게 손을 내밀어보라고 했다.

손. 손. 그때 성교수는 자신의 손에 생명을 걸었다. 가만히 손을, 그 불면의 일 주일간 학대받던 손을 내밀었다. 청년은 성교수의 손을 찬찬히 보더니 이윽고 "동무, 가시오" 하면서 성교수를 보내주었다.

말하자면 합격이었던 것이다.

고향집에 들러서 성교수는 그저 라디오만 듣고 지냈다. 낮에는 짚더미 사이에 숨고, 밤에만 방에 들어가서 잠을 잤다. 깨어 있을 때는 줄곧 돌로 손을 학대하였고, 그래서 성교수의 손은 매듭이 제법 지고 투박해져 있었다. 마치 그것이 구원의 길이나 되는 듯, 성교수는 손을 학대하였다.

성교수는 무더운 여름을 그렇게 지냈다. 초가을 무렵 성교수는 라디오에서 서울이 탈환되었다는 소식을 들었다.

너무나 기뻐서 웃음조차 나오질 않았다. 하룻밤을 자고 성교수는 다시 서울로 출발하였다. 이번에는 무서울 것이 없었다. 자유 천지에 무서울 것이 없어서 그는 활개를 치면서 걸음을 재촉하였다. 한강 다리에 이르렀을 때 성교수는 무너진 다리에 부교가 띄워져 있는 것을 보았다. 많은 사람들이 줄을 서서 다리를 건너고 있었다.

강 입구 초소에는 흑인 미군 병사가 껌을 씹으면서 사람들을 하나하나 체크하고 있었고, 그 옆에는 한국인 통역이 흑인 병사에게 설명을 해주고 있었다.

성교수 차례에 이르자 흑인 병사는 통역에게 어디서 오는, 무엇 하는 사람이냐고 말했다. 그러자 통역은 성교수에게 어디서 오는 무엇을 하는 사람이냐고 받아서 되물었다. 성교수는 피난 갔다 오는 길이라고 대답하였다. 그러자 통역은 흑인 병사에게 서투른 영어로 통역을 하였다.

흑인 병사는 껌을 씹으면서 성교수를 노려보았다. 무언가 수상스럽다는 듯 성교수를 막아세우고 어디로 가는 길이냐고 물었다. 성교수는 통역에게 말을 하려다 말고, 통역의 영어 실력이 시원치 않았으므로 통역에게 말을 하느니 아예 직접 얘기해야겠다고 유창한 영어로 흑인 병사에게 아내와 아이를 만나러 간다고 말을 하였다.

그때였다.

흑인 병사가 갑자기 총을 빼어들었다.

"갓뎀."

그리고는 손을 들라고 눈짓을 하였다. 성교수는 손을 번쩍 들었다. 도무지 알 수 없는 일이었다.

흑인 병사는 영어로 소리질렀다.

"네가 영어를 할 줄 아는 것을 보니 수상하다. 생김새는 수염도 자라고 영락없는 무식한 농군인데, 유창한 영어를 하니 수상하다. 네 직업이 뭐냐?"

성교수는 마지못해서 대답했다.

"나는 A대학의 철학과 교수다."

"교수라고?"

흑인 병사는 웃었다. 그러나 총은 여전히 성교수의 심장을 겨누고 있었다.

"손을 좀 내어봐라."

성교수는 할 수 없이 손을 내어밀었다. 그러자 흑인 병사는 성교수의 손을 들여다보았다.

"갓뎀!"

흑인 병사는 소리를 지르면서 성교수의 손을 잡아 비틀었다.

"이 자식은 간첩이다, 간첩."

흑인 병사는 의기양양하게 억센 힘으로 성교수의 팔을 등뒤로 꺾어돌리면서 통역에게 눈짓을 하였다.

"대학 교수의 손이 아니다. 농민의 손이다. 그러니 이 자식은 지금 거짓말을 하였다. 끌고 가야 되겠다."

흑인 헌병은 성교수의 손을 비틀고 초소에 앉아 있는 다른 헌병에게 눈짓을 한 다음 다리를 건너기 시작하였다.

다리 끝에는 장교가 지프에 앉아 있었다.

흑인 헌병은 장교에게 영어로 자초지종을 설명하였다.

선글라스를 쓴 장교는 흘깃 성교수를 노려보았다.

그때 성교수는 갑자기 울었다. 그처럼 많은 날과 그처럼 많은 고통에서도 흘리지 않았던 눈물이었다.

성교수는 목을 놓아 울었다. 그리고 장교한테 덤벼들었다.

"나는 프로페서다. A대학의 철학과 교수다. 나를 믿어다오. 나는 당신네들을 속이는 것이 아니다. 만약에 못 믿겠다면 증거를 보여주겠다."

그러자 장교는 성교수를 쳐다보며 물었다.

"어떻게 증거를 보여주겠느냐?"

"집에만 데려다다오."

"그것은 곤란하다. 집까지 갈 시간도 없거니와 그것은 곤란한 문제다."

"그렇다면 원효로에 내 제자가 하나 살고 있다. 피난 갔는지 안 갔는지는 알 수 없지만, 만일 안 갔다면 그 청년이 나를 증명해줄 것이다."

장교는 잠시 코를 만지작거리며 무엇을 생각하는 눈치였다.

"원효로라면 가까우니까 태워주겠다. 그 대신 조건이 있다. 당신이 교수라는 것이 증명이 되면 살려주겠지만, 아니라면 즉결처분하겠다. 또 한 가지, 상대편이 나오면 난 그 사람에게 담뱃불을 빌리겠다. 절대 당신이 먼저 아는 체해서는 안 된다. 담뱃불 빌릴 때까지 그 친구가 당신을 알아보지 못한다면 당신을 간첩으로 간주하겠다. 응낙하겠는가?"

"그것은 곤란하다. 나는 지금 수염도 자라고 몸도 반으로 줄었다. 담뱃불 빌리는 짧은 순간에 그 제자가 알아보지 못할지도 모른다."

그러자 장교는 웃었다.

"그것은 너의 운명이다, 운명."

"그래서 그 사람이 선생님을 알아보았습니까?"

나는 교수님을 쳐다보았다. 그러나 교수님은 눈을 뜨지 않았다.

"물론이지. 그러니까 내가 여기 있지 않나. 알겠지? 내가 왜 내 손을 믿지 않는가 하는 것을 말야."

"제 손도 더럽긴 마찬가지예요."

나는 우울하게 선생님의 얼굴에서 시선을 떨어뜨렸다.

"있으나마나 한 손이에요. 이미 결딴이 나버린 손인데요 뭘. 우리들의 손은 신문로 접골원 속에나 있어요."

"최군이 올해 몇 살이지?"

"스물일곱이에요."

"그런가? 그렇군."

교수님은 눈을 스르르 떴다.

"더 추워지기 전에 장갑이나 사야겠어."

"저도요."

"자, 일어나기로 하지. 네시에 회의가 있으니까."

"어때요, 요새 술 여전히 하시나요?"

"술 안 마신 지 사 개월이 지났어. 자 또 놀러 오게. 오늘은 아주 즐거운 하루였어."

교수님은 내게 손을 내밀었다.

나는 교수님의 더러운 손을 쥐었다.

교수님도 내 젊은, 그러나 더러운 손을 마주 쥐었다.

우리는 서로 상대방의 손을 흔들었다.

그리고 헤어졌다.

나는 가을햇볕이 아롱이는 대학 캠퍼스를 네 발로 기어서 학교를
나왔다.

(1974년)

죽은 사람

1

　나는 지금까지 죽은 사람을 본 적이 없다. 한 번도 죽은 사람을 본 적이 없다. 물론 살아오는 동안 나와 인연을 맺었던 사람 중에 많은 사람들이 벌써 세상을 떠났다. 그러나 그 아는 사람들의 임종에 내가 참석하거나 그 사람들의 얼굴을 본 적이 없다. 그러니까 나는 죽은 사람의 얼굴을 본 적이 없다.

　죽은 사람은 어떤 얼굴을 하고 있을까. 한때 살아 있어 내게 슬픔을 주고, 때로는 위안을 주던 그 사람의 얼굴은 어떤 표정을 하고 있을까. 그 사람은 죽는 순간에 무엇을 보았을까. 무엇을 느꼈을까. 그 찰나적인 느낌이 완고하게 굳어 있는 죽은 이의 데스마스크에 어떠한 미묘한 표정을 그리게 하고 있을 것인가.

　내 주위에 내가 기억하는 한 최초의 죽은 사람이 생겼던 것은 그러니까 내 나이 아홉 살 때 아버지가 돌아가신 일이었다. 간경화증으로 돌아가셨는데 이 년을 넘게 앓으시다가 돌아가셨다. 처음에는 고혈압인 줄 알고 겁 많은 아버지는 의사 말대로 술과 담배를 일시에 끊고 시름시름 누우시더니 얼굴이 까맣게 변하면서 까칠까칠해졌다.

병원으로 옮기자 의사들은 아버지의 피를 굉장히 뽑아버렸다. 그래서 아버지는 내내 헛소리만 하곤 하였다. 아마 몸의 피를 한꺼번에 뽑았기 때문에 정신이 몽롱해지고 현기증이 났기 때문일 것이다.

아버지가 누워 있는 병상 곁에서 나는 아버지가 아프시거나 말거나 종이학을 접고 있었는데 아버지는 누워서 앓고 있다가 내게 이렇게 말씀하셨던 것으로 기억된다.

"얘야, 그 사닥다리 좀 올라가지 마라. 위험하다. 그 사닥다리에서 내려와야지. 안 돼."

나는 누구보다도 아버지를 좋아하고 또 따르고 있었다. 나는 어릴 때부터 괴팍한 성질이라서 신경질이 많고 사람들을 싫어하고 있어서 집안 식구들도 나를 별로 좋아하지 않고 있었다. 나를 혈색 나쁜 녀석쯤으로 여기고, 말이 없고, 자기 성미에 맞지 않으면 순간 눈에 띄는 물건을 던져버리는 귀염성 없는 애로 간주하고 있었다.

나는 빈 시간이면 집 뒤뜰 오동나무 가지에 올라서 전쟁에 빈터가 된 개천 옆 마장동 언덕길을 바라보며 하모니카를 불곤 하였다. 나뭇가지 위에서 세상을 보면 모든 세상이 갑자기 달라져 보였다. 보랏빛 오동나무 잎새가 하늘하늘 떨어지는 나무 속은 온통 향그러운 꽃향기가 찬란했던 것으로 기억된다. 나는 나뭇가지 위에서 잠도 잤다. 한참 자고 나면 주위는 어두워져 으슬으슬 한기가 느껴지고 내려갈 일이 까마득해서 나뭇등걸을 타고 내려올 때 과연 내 발이 땅에 닿을 것인가, 어쩌면 이 어둠을 한없이 내려가도 땅에 발이 닿지 않을지도 모른다는 공포감에 손바닥은 나뭇등걸에 베이고 피가 자주 맺히곤 하였다.

아버지는 나를 유난히 귀여워했던 것으로 기억된다. 아버지는 가끔 나를 무릎 위에 앉히고 내게 장차 커서 무엇이 되겠느냐고 묻곤 했다.

나는 으레 발명가가 되겠다고 대답하였다. 동생녀석은 의사가 되겠다고 했고, 작은누이는 성악가가 되겠다고 했다. 그러나 이 꿈은 나중에 모두 바뀌고 말았다.

나는 글을 쓰는 사람이 되었으며 동생녀석은 물리학과를 나와 빌빌거리다가 미국 가서 돈 벌어오겠다고 큰소리를 치더니 미국으로 떠나버렸다. 그는 의사가 되지 않고 샌프란시스코에서 남의 집 잔디를 깎아서 용돈을 벌고 있다고 한다. 검사가 되고 싶다던 형은 넥타이 맨 회사원이 되었으며 성악가가 되겠다던 누이는 가난한 유학생과 결혼한 후 호텔에서 마룻바닥을 훔쳐 하루에 십 달러씩 번다고 전해진다.

내가 가끔 신경질을 부려 가지고 있던 물감 푼 설탕물이 든 과자병을 던져 유리창을 깨고 나서 집안 식구들에게 꾸중을 듣고 그 꾸중에 대해서 말대꾸를 하고 나면 아버지는 우리 형제들을 앉히고 큰누이는 작은누이에게, 작은누이는 형에게, 형은 막내누이에게, 막내누이는 내게, 나는 동생에게 뽀뽀할 것을 명령하곤 하였다.

이 줄다리기식 키스에서 내 차례가 되면 나는 동생녀석에게 뽀뽀하는 것이 쑥스러워 낯을 붉히곤 하였다.

나는 생김새 자체가 형제들과 다르게 생겨먹어 늘 다리 밑에서 주워왔다는 말을 듣고 자라왔다. 그래서 어느 날은 진짜로 다리 밑에까지 가보기도 했다.

환도 후여서 개천이 흐르는 다리 밑에는 으레 난민들이 떼지어 살고 있었다. 나는 다리 위에서 해가 질 때까지 그들의 모습을 지켜보다가 돌아오곤 하였다. 나는 은연중에 내가 이 집 형제가 아닐지도 모른다는 생각을 하고 있었고 그런 방정맞은 생각은 나를 비극적으로 만들기에 아주 마땅한 것이었으므로 그 생각을 할 때마다 나는 찔금찔금 울었고 울고 나면 기분이 말짱하게 풀리곤 하였다.

아버지는 우리 형제 중에서 유독 나만을 데리고 주무시곤 하였다.

나는 어릴 때 자다가 깨면 어둠 속에 걸린 옷들이나 바람에 덜컹이는 대문 소리에 진땀을 흘릴 정도로 무서워하곤 하였다. 한밤에 들으면 대문을 흔드는 바람 소리가 문풍지 사이를 빠져 달아나는 게 유령의 휘파람 소리처럼 무서워져서 이불이 젖도록 땀을 흘렸다. 그리고 종래는 곤히 주무시는 아버지를 깨울 것인가 말 것인가, 궁리궁리하다가 끝내는 아버지를 흔들어 깨우곤 하였다.

아버지는 늘 코를 골며 주무셨기 때문에 내가 참다못해 흔들어 깨우면 아버지는 그 요란스런 코고는 소리를 뚝 끊고 입맛을 쩝쩝 다시면서 나를 올려다보았다.

"누가 왔나봐요. 대문이, 대문이 흔들렸어요. 발걸음 소리가 났어요. 아버지."

그러면 아버지는 잠결에 반쯤 몸을 일으키고 귀를 기울여 바깥을 살피다가 말씀하였다.

"아니다. 저건 바람 소리야. 바람 소리일 뿐이다."

아버지는 머리맡을 더듬어 담배를 피우면서 땀에 젖은 내 몸을 껴안아주었다.

"땀에 젖었구나. 자거라, 자."

나는 잠결에 일어나면서 담배를 피워물던 아버지를 보는 게 가장 좋았다. 그러면 안심이 되곤 하였다.

그러나 또다시 밤이 오면 나는 어김없이 깨어 형광색으로 번쩍이는 야광시계를 보면서 무서움에 떨곤 하였다. 나는 어둠을 무서워하는 편이었다. 그러나 그 당시에는 전기 사정이 좋지 않아 한밤에 불을 켤 수는 없었다.

나는 또다시 어둠 속에서 더욱 부풀어오르는 바람 소리를 듣고 벽에 걸린 흰 옷들을 쳐다보며 진땀을 흘리곤 하였다.

참다참다 나는 버릇처럼 아버지를 흔들어 깨울 수밖에 없었다.

"누가 왔나봐요. 대문이 흔들렸어요. 발걸음 소리가 났어요, 아버지."

그러면 아버지는 잠결에 반쯤 몸을 일으키고 귀 기울여 바깥을 살피다가 말씀하였다.

"아니다. 저건 바람 소리야. 바람 소리일 뿐이야. 자라, 자거라."

그리고는 또 담배를 피우시곤 하였다. 그제야 나는 안심하고 잠에 빠져들었다. 한 번도 내가 깨우는 것을 귀찮아하신 적은 없었다. 내가 깨울 때마다 아버지는 진지하게 귀를 기울이고 내게 부드럽게 말씀해주셨다.

"아니다. 저건 바람 소리야. 바람 소리일 뿐이다. 자라, 자거라."

부산으로 피난 갔을 때 아버지는 늘 친구들과 사랑방에 모여 마작판을 벌였다. 파도 소리가 요란한 바닷가였다. 우리는 먹을 것이 없어서 늘 찐쌀만 먹었다.

그런데도 아버지는 저녁이면 돈내기 마작판만 벌였다. 가끔 어머니는 내게 저녁밥이 다 됐으니 아버지를 모셔오라고 심부름을 시켰다.

나는 바닷가를 뛰어서 아버지의 친구들이 모여 있는 사랑방으로 달려가곤 하였다. 파도가 제방을 때려서 물보라가 푸르르푸르르 흩어지고 있었다.

"아버지, 아버지. 저녁밥이 됐어요. 어머니가 오시래요."

그러면 달그락대던 마작패 가르는 소리가 멎고, 사랑방 문이 열리며 수염이 까칠한 아버지의 얼굴이 나타났다. 그 얼굴은 마치 남의 얼굴처럼 낯이 설어 보였다.

"곧 간다구 그래. 금방 간다구 그래. 먼저 밥을 먹으라구 그래라."

그러나 아버지가 밤이 깊도록 돌아오시지 않을 것이 뻔하기 때문에 나는 저녁밥도 굶고 제방 위에 앉아 아버지를 기다리곤 하였다.

파도가 칠 때마다 파란 일광이 돋아 부서지고 있는 바닷가 제방 위에서 나는 밤이 깊도록 배고픔도 참고 아버지가 돌아오시기를, 돈을 따서 돌아오시기를 기다리곤 하였다.

밤이 깊어서야 아버지는 둑 위를 걸어왔다.

"아버지."

내가 벌떡 일어서서 아버지에게 달려가면 아버지는 "너 여기서 기다렸구나, 기다렸어" 하고 나를 안아 목말을 태워주었다.

으레 아버지는 돈을 잃고 돌아오시곤 하였다. 돌아오시면 아버지는 늘 벽 쪽으로 몸을 돌리고 목침을 베고 누워 잠을 주무시는지, 그냥 누워 계시는 건지 아무런 말씀도 안 하시고 벽만 보고 있었다.

가끔 아버지는 내게 다리를 주물러달라고 했다. 나는 손길이 부드러운 편이었는지, 어릴 때부터 안마를 곧잘 하는 편이었다. 아버지의 차고 건강한 다리를 두드리는 것은 즐거운 일이었다. 아버지는 내게 오백 번을 두드리면 지금 돈 십원씩 주겠다고 했다. 나는 저녁마다 아버지의 다리를 천 번이 넘도록 두드렸다. 그러면 이십원을 버는 셈이었는데 아버지는 늘 외상이어서 돌아가시기까지 내게 그 부채를 갚지 않았다. 꽤 큰돈이 외상으로 되어 있는 것으로 안다.

그러나 나는 그 외상값을 되돌려받지 못했다. 왜냐하면 아버지는 이미 돌아가셨으니까. 돌아가셔서 무덤 속에 누워 있으니까.

아버지는 우리들 앞에서 절대로 눈물을 보이지 않았다. 아버지는 늘 웃고만 있었다.

그러나 나는 아버지의 눈물을 딱 한 번 본 적이 있다.

아버지와 같이 지금의 명동극장 자리에서 〈톰소여의 모험〉을 보고 있었는데 무슨 장면인가 딱히 기억될 수 없지만 그렇게 슬픈 장면이 아니었는데도 곁에 앉은 아버지가 어딘지 이상해서 갑자기 올려다 보니 그 큰 눈에서 거짓말처럼 눈물이 굴러떨어지고 있었다.

아버지는 내가 자기의 눈물을 본 것이 부끄러웠는지 머리를 긁는 척 손을 돌리더니 겸사해서 눈물을 닦았다.

우리 형제들은 아버지가 눈물이 많은 사람이라는 것을 은연중에 알고 있었다. 지금은 돌아가셨지만 고등학교 교장 선생님 한 분과 아버지는 절친한 사이였는데 두 분은 영화만 보면 우셨다고 하는 소문을 일찍이 들었기 때문이었다.

그 교장 선생님은 졸업식장에서 늘 우셨다고 한다. 그래서 졸업생들이 같이 따라 눈물을 흘렸다고 한다. 지각생을 쫓아가다가 다리가 부러질 정도로 엄격하기로 소문났던 사람인데 졸업식장에서는 엉엉 울면서 말씀을 하시곤 해서 평소에 유감이 많던 다 큰 학생들도 엉엉 따라 울었다고 한다.

그러니까 우리는, 아버지가 눈물을 잘 흘리신다는 소문은 들었지만 한 번도 눈물을 본 적이 없어서 늘 언제 아버지가 우시나 잘 관찰하고 있었는데 나 혼자만 그 눈물을 본 것이다.

그러나 나는 이 비밀을 아무에게도 얘기해본 적이 없었다. 집안 식구 누구에게도 이 비밀을 얘기해본 적은 없었다.

물론 내게도 비밀은 있었다.

언젠가 아버지와 같이 잠을 자다가 새벽녘에 아버지의 벌거벗은 몸을 만져본 적이 있었다. 아버지는 늘 벌거벗고 주무셨다. 그래서 가끔 우리는 이불을 차 내깔기고 주무시는 아버지의 벌거벗은 몸을 볼 때가 있을 정도였다.

어머니는 기겁을 해서 딸년들이 다 컸으니 하다못해 아래만은 가리라고 말을 했지만 아버지는 헛허허 웃으면서 역시 벌거벗고 주무시곤 했다. 어머니는 누이들에게 아버지의 방에 들어갈 일이 있으면 조심해서 들어가라고 얘기했다.

아버지는 새벽잠이 깊어서 늦잠을 잘 주무셨는데 그래서 새벽녘에 깨어보면 코를 골며 이불을 둘둘 말아 마치 누구를 껴안은 형상으로 잠에 곯아떨어져 있곤 하였다.

새벽녘에 나는 아버지의 벌거벗은 상체에서 좁쌀 같은 젖꼭지를 만져보곤 하였다.

아버지의 젖꼭지.

그것은 정말 신기한 물건이었다.

그 젖꼭지는 치솟던 원형 반점 위에 두어 가닥의 불확실한 털을 가지고 아버지의 넓은 가슴 양 옆에 떨어진 부스러기처럼 꽂혀 있었다.

내가 그날따라 왜 그랬던가 잘 기억할 수는 없지만 어느 날 아침 나는 그 젖꼭지를 만지작거리다가 한번 입을 가져다대고 빨아보았다.

그때의 기분을 잘 기억할 수는 없다. 내가 왜 그런 짓을 했던가도 잘 기억할 수 없다. 지금 생각하면 여러 가지 이유로 그 행동을 합리화할 수 있을 것이다.

나하고 두 살 차이 나는 동생녀석 때문에 내가 어머니의 품을 일찍 떠나, 어머니의 큰 젖가슴에 매달려 젖을 빠는 동생녀석에 대한 보상을 아버지의 퇴화된 젖꼭지에서 찾으려 했던 것이라고 할 수도 있을 것이다.

나는 내 그런 비밀스런 행동을 새벽잠이 깊은 아버지로서는 알지 못할 거라고 생각하고 있었는데 내 생각은 착각에 불과했다. 아버지는 내가 자신의 젖꼭지를 빠는 것을 잠결에 느끼고 있었던 것이다.

그 다음날 내가 이층에서 종이학을 접으며 놀고 있을 때 아버지는 집안 식구들의 눈을 피해 내 곁으로 올라와서 다음과 같이 말씀을 했다.

"간밤에 내 젖을 빤 것을 알고 있다. 아버지의 젖은 빠는 것 아니다. 젖을 빠는 것은 애기가 하는 짓이다. 봐라. 니 동생도 이젠 젖을 빨지 않지 않니."

그것은 사실이었다.

어머니는 그 작은 몸으로 딸 셋과 아들 셋, 죽은 누이까지 합하면 일곱을 낳고 막내동생으로 단산하였다. 동생녀석은 다 클 때까지 심심풀이로 어머니의 젖을 빨고 자랐는데 어머니는 그 젖을 떼기 위해서 머큐로크롬을 바르고 나중에는 금계랍까지 발랐지만 동생녀석이 아래위 이빨이 무성하게 자랐음에도 그 젖꼭지를 붙들고 놓지 않아 어머니의 젖꼭지는 동생의 이빨로 무참하게 상처를 당했고 친정으로 한 일 주일 도망가고 난 후에야 겨우 젖을 뗄 수 있었던 것이다.

나는 물론 아버지에게 들킨 그 비밀을 얼마나 부끄러워했는지 차라리 아버지가 모른 척하고 덮어두지 않은 것에 대해서 원망했을 정도였다.

그러나 다행히도 아버지는 집안 식구들 누구에게도 그 이야기를 하지 않았다. 내가 아버지의 눈물을 나 혼자만의 비밀로 간직하고 있는 것처럼 아버지는 아버지대로 내가 아버지의 젖가슴을 빨았던 것을 아버지 혼자만의 비밀로 간직했다.

내가 사춘기에 접어들어 어떤 여인을 사랑하고 있었을 때 큰누이에게 아버지가 혹 어머니 이외의 여인을 사랑했던 적이 있는가 하고 물어본 적이 있었다.

그러자 누이는 실꾸러미를 감으며 대답해주었다. 사랑한 적이 있었다는 것이다. 그 여인은 춤을 추는 발레리나로 참 예쁜 여인이었다는 것이다.

아버지는 그 여인을 혼자 몰래 애인으로 삼은 것이 아니고 천연덕스럽게 우리 형제 누이들에게 춤을 가르쳐준다는 명목하에 집에도 데리고 왔다는 것이다.

지금 생각하면 아주 지능적인 수법을 쓴 것 같다. 바깥에서 몰래 만나고 그러면 집에 대한 죄책감도 생길 텐데 누이들 춤을 가르쳐준다는 명목으로 집에 어색하지 않게 드나들게 하면 죄의식도 안 생기고 또 자신의 아내 옆에 사랑하는 젊은 여자를 나란히 세워두는 이중적인 즐거움을 맛볼 수 있다는 지능적인 수법을 쓴 것 같다.

그때 큰누이는 여고 삼학년으로 눈치가 말끔해서 아버지가 춤을 가르쳐주는 선생님과 보통 사이가 아니라는 것을 직감적으로 눈치를 챘던 것 같다.

누이는 그래서 일기장에 그 사실을 다음과 같이 썼다고 한다.

'오늘은 춤을 두 시간 배웠다. 춤 선생님에게 춤을 한참 배우고 있는데 아버님이 돌아오셨다. 아버님이 춤 선생님을 쳐다보시는 눈이 매우 정열적이었다.'

물론 나는 그 일기장을 본 적이 없다. 그러니까 그저 그렇게 썼을 거라고 추측할 수밖에 없다.

그러나 '아버님이 춤 선생님을 쳐다보시는 눈이 매우 정열적이었다' 라는 매우 의미심장한 표현으로 누이의 일기장을 공개할 수 있는 내 표현력은 그 나름대로 이유가 있다.

왜냐하면 누이는 그 무렵 작은누이와 함께 사를 보아이에와 로버트 테일러라는 외국 배우에게 홀딱 반해서 손수건을 만들고 그들의 풀 네임을 수를 놓아 미국 주소로 띄울 만큼 감상적인 데가 있었기 때문이었다. 그러니까 아버지의 눈빛을 그렇게 표현하고도 남음이 있을 게 아니겠는가.

일기는 계속된다.

'나의 귀여운 오브라이엔(이것은 누이가 자기의 일기장을 그렇게 불렀던 것이다. 오브라이엔은 막연한 이름이 아니라 〈악한 바스콤〉

이라는 영화에 나오는 예쁜 소녀 배우의 이름이었다), 어쩌면 좋겠니. 아버지가 어머니 이외의 여인을 사랑하고 있다는 것을 오브라이엔 너는 어떻게 생각하니. 그렇다고 아버지를 원망하는 것은 아니야. 하지만 날이 갈수록 아버지의 눈빛은 점점 더 정열적이 되어간다. 오늘만 해도 아버지는 초콜릿을 한 상자 사가지고 오셨단다. 춤선생님에게 수고하신다고 그것을 드렸단다. 어쩌면 좋겠니. 오브라이엔, 말 좀 해봐. 응.'

누이는 아버지를 낯선 젊은 여인에게 빼앗긴 분노와 어머니에 대한 동정보다는 딸이면 누구든 가질 수 있는 아버지에 대한 연인적 사랑을 빼앗긴 것에 더욱 슬퍼했을 것으로, 누이의 일기장은 아버지를 원망하는 내용으로 가득 차기 시작했던 것이다.

그러나 며칠 후 누이가 그 일기장을 보았을 때 누이는 놀랄 수밖에 없었다. 거기엔 낯선 글씨가 씌어 있었기 때문이었다.

'착한 나의 딸 경욱아, 네 일기를 보았다. 일기장을 훔쳐보는 것은 아버지라도 할 수 없는 점잖지 못한 짓이지만 우연히 네 방에 들어왔다가 봤다. 용서해주기 바란다. 네 일기장을 읽고 아버지는 좀 떨렸다. 너는 아빠의 마음을 모를 거야. 나는 내 딸 경욱이가 춤을 잘 추는 유명한 발레리나가 되어서 훌륭하게 되기만 바랐을 뿐이란다. 거기에 약간 오해가 있었던 모양인데 그 오해를 곧 씻어주겠다. 네 일기를 읽고 나서 나는 네가 얼마나 다 큰 처녀가 되었는가를 알게 되었단다. 그래서 이 아빠는 즐거웠어.'

아버지의 숨겨진 애인은 그로부터 일 주일 후 우리들의 집을 더이상 방문하지 않았다. 그리고 그로부터 일 년 뒤에 그 여인은 미국으로 떠났다.

누이는 그때 그렇게 얘기를 다 끝마치면서 한숨처럼 다음과 같이 말을 했다.

"아버지는 바람도 못 피우셨다. 일생 동안 바람 한번 못 피우셨다. 그렇게 일찍 돌아가실 것을 알았다면 그때 실컷 바람이나 피우시라고 내버려둘 걸 그랬어. 아, 아, 가엾은 아버지."

그럴까.

과연 아버지는 가엾은 아버지일까. 그렇다. 그럴지도 모른다.

왜냐하면 지금은 돌아가셨으니까. 돌아가셔서 무덤 속에 한 조각의 뼈가 되어 누워 있으니까.

돌아가셨으니까. 다시는 아버지의 눈물을 볼 수도 없고 아버지의 젖꼭지를 빨 수도 없고, 아버지는 사랑도 할 수 없으신 것이 아닌가.

한때의 사랑. 한때의 슬픔은 분묘 속에 담겨 흔적도 없다. 그래 아버지는 우리들이 거의 귀찮아하며 일 년 만에 찾아뵙는 천주교 무덤 속에 누워 있다. 혹은 무슨 일로 호적등본을 뗄 경우가 있으면 동회 서기가 ×자로 지운 칸막이 속에 부옇게 탈색되어 존재하고 있다.

돌아가시기 전날 아버님은 무슨 생각에서였는지 대문을 활짝 열고, 새옷을 달라고 했다. 어디서 기운이 났는지 뉘었던 몸을 벌떡 일으켜서 남의 부축도 없이 새옷을 갈아입었다고 한다. 그리고 면도기로 수염까지 깎았다고 한다.

그러고는 어머니에게 이렇게 말했다.

"곧 손님이 올 것이다. 이 집 안에 가득가득 손님이 차실 것이다. 그러면 큰 잔치가 벌어질 것이다. 잔치 준비를 해라."

아버지는 소설 속에 나오는 사람들처럼 죽음을 초월하지는 못했다. 늘 생에 대한 미련이 강해서 의사가 담배를 끊으라고 하면 금방 끊었고 의사가 짠 음식과 매운 음식을 먹지 말라고 하면 콩나물국이나 소금 안 친 김만 들었다.

슬프게도 아버지는 양약과 한약을 다 썼고 후에는 무당을 불러다가 굿까지 했다. 물론 그것은 답답한 어머니가 참다못해 불러온 것이

었지만 어머니는 무당이 아버지의 벌거벗은 몸에 물을 뿌릴 때도 이
맛살만 찌푸렸을 뿐 별로 불평은 하지 않았다고 한다. 돌아가시기 전
날 아버지는 오랜만에 맑은 정신으로 천주교 세례를 받았다.

내가 알고 있기로는 철저한 무신론자인 아버지가 자신의 친구인
김홍섭 판사의 권유대로 신부님을 모셔다가 세례를 받았다. 신부님
의 무릎에 머리를 기대고 세례명을 무어라고 하겠느냐 묻는 신부님
의 말씀에 아버지는 '베드로' 라고 하겠다고 대답했다.

생전에 교회와 성당에는 한 번도 간 적이 없는 아버지였는데 어디
서 배웠을까, 또박또박 대답하고 성호까지 그었다는 것이다.

그리고 그날 밤 아버지는 혼수상태에 들었다. 새벽녘에 큰누이 곁에
서 아버지는 세상을 떠났다. 유언은 없으셨다고 큰누이는 말을 했다.

'최 베드로.'

참으로 낯선 이름을 우리는 돌아가신 아버지의 이름으로 가지고
있다.

예수께서 자기를 세 번 배반할 것이라고 예언했던 베드로를 무엇
때문에 아버지는 세례명으로 택했을까.

아버지의 유해는 성당에서 영결식을 가졌는데 과연 아버지의 약
속대로 집 안은 손님들로 가득가득 찼다.

동생과 나는 슬프지도 않았고 그저 경마장의 말처럼 집 안을 뛰놀
았다.

나는 제법 어머니에게 이렇게 청승을 떨어서 어머니를 울렸다고
한다.

"엄마. 이제 우리는 어떻게 살지? 아버지가 없으니 어떻게 살지?"

나는 아마 그따위 말을 어느 소설 속에서 배웠을 것이다.

『톰소여의 모험』 가운데 톰소여가 자기의 이모에게 싫은 말을 듣
자, 에라 미시시피 강에 나가 죽어버릴까, 그러면 이모님이 나를 보

고 마구 우시겠지, 하는 대목이 있는데 아마 그런 말을 흉내내어 제법 청승을 떨고 얘기했을 것이다.

그런데 이상하게도 나는 그때 아버지의 유해를 본 기억이 없는 것이다. 그때 내 나이 아홉 살이어서 웬만한 기억쯤은 다 가질 수 있는 나이였는데도 그리고 분명히 아버지의 유해를 보았을 텐데도 아버지의 유해가 조금도 생각나지 않는 것이다.

마치 그 부분만은 내 기억 속에서 돌팔매질쳐진 조약돌처럼 가라앉아버린 것 같았다. 그래서 나는 이 세상에 태어나 처음으로 죽은 사람을 볼 수 있는 기회를 기억의 불투명으로 놓쳐버리고 만 것이다.

일 년에 한 번씩 우리 형제들은 제사를 지내곤 한다. 변호사 법복을 입고 단정하게 법모까지 쓴 잘생긴 아버님의 사진 밑에 우리 형제들은 싸움터에 나가는 비장한 돌격대원처럼 인사를 드리고 우리들의 행복과 건강을 빌곤 하는데 그때마다 나는 아버지의 유해를 기억나는 대로 떠올리려고 했지만 통 기억해내질 못했다.

차라리 나는 나이가 들어서 아버지를 원망하는 편이 되어갔다.

우리집이 아버지의 부재로 점점 쪼들려가자 젊은 나이로 돌아가신 아버지가 공연히 원망스러워 나는 제삿날 일부러 외박을 하거나 작업복 입고 수염 기른 문학청년의 특권처럼 아버지를 공공연하게 비판까지 하곤 했다.

"낳아서 기를 수 없으면 낳지나 말 일이지. 당신이 뭐요, 쌍."

그러면 어머니는 기가 죽어서 제삿날이면 더욱더 슬프게 울곤 했다. 그러나 그렇게 큰소리를 치고 난 밤 자려고 자리에 누우면 아버지의 눈을 쳐다보기가 공연히 두려워서 일부러 이불을 뒤집어쓰곤 했다.

사진 속의 아버지 눈은 어떤 각도에서 보아도 우리들의 눈과 정면으로 마주친다. 아마 카메라의 렌즈를 쳐다보고 찍었기 때문에 그러하겠지만 나는 솔직하게 그 아버지의 눈빛이 내가 서러울 때나 괴로울 때나 무슨 주문처럼 용기를 불러일으켰던 것은 부인하지 못한다.

아버지는 아버지이기 전에 거의 신앙처럼 내 가슴속에 녹아 있어서 나는 막연하게 아버지가 우리를 돌봐주고 계시니까, 아버지가 있으니까 하고 위안을 삼곤 했다.

지금 우리들에겐 아버지를 상기시켜줄 유물이 아무것도 남아 있지 않다.

아버지가 입었던 법복은 어머니가 보관하신 모양인데 그 행방은 잘 모르겠고, 아버지가 썼던 법률에 관한 원고뭉치가 있었는데 그것도 행방을 모른다. 언젠가 서랍을 뒤지다가 아버지가 사용하던 명함 한 장을 발견해서 가슴속에 부적처럼 품고 다녔다. 그러다가 어찌어찌해서 그것을 잃어버렸다.

언젠가 어머니에게 들렀다 나오는데 어머니가 네 아파트에 햇볕이 잘 든다고 하니 화분 하나를 가져가거라 하고 말했다. 화분은 무슨 화분입니까 하고 반문하자 그 옛날 이십 년 전 아버지가 사가지고 왔던 난초 화분인데 가져가거라 하고 말한 적이 있었다.

나는 화분이나 꽃을 키우거나 짐승을 기르는 것을 싫어한다. 누구든 집에 올 때 꽃을 사다주면 겉으로는 좋아하는 척하지만 속으로는 싫다.

꽃은 지기 때문에, 만개한 꽃에서도 나는 그 꽃이 지는 모습까지 미리 보아버리는 괴상한 구석이 있어서 꽃이 시들려고 하면 아예 쓰레기통에 버려버린다.

같은 아파트에 살던 고은(高銀) 선생이 내가 딸을 낳았을 때 십자매 한 쌍을 사다준 적이 있다. 고은 선생은 이해할 수 없는 곳이 있다. 만날 때는 굉장히 반가워하는데 헤어질 때는 인사도 없이 헤어지는 데 명수다.

나는 사람과 만나서 헤어질 때도 미련이 있고 공연히 미적거리고 그래서 몸이 아프면서도 술 마시고 꿱꿱 토하고 고등학교 때는 친구와 헤어지기가 싫어 신문로에서 청량리까지 걸어간 적이 있는데, 고은 선생은 만나서 얘기하다 잠시 한눈을 팔면 획하니 바람 한 점만 남기고 사라져버린다.

내가 왜 그럽니까, 어떻게 그럴 수가 있습니까 하고 쏘아묻자 고은 선생은 특유의 힛히히 바람 새는 웃음을 웃더니 칸타라베라 칸타라베라 어쩌고저쩌고 스페인 혼합 용어를 불경처럼 외더니 불교 체험이 남아서 그래, 불교 체험이, 하고 대수롭지 않게 말한 적이 있다.

처음엔 무심코 들었던 말이었지만 나는 그 말의 의미를 점점 깨닫고 있다.

그래. 헤어진다는 것에 미련을 가지지 말자. 어차피 우리가 살아서 만난다는 것은 우연이고 떠도는 것일 뿐 지난 것에 매달리지 말자 하고 내 나름대로 생각하고 있다.

그런 고은 선생이 어느 날은 연애편지 들이미는 사춘기 소년처럼 매우 부끄럽게 들르더니 십자매 한 쌍이 든 새장을 선물로 주었다.

나는 그것을 햇볕 잘 드는 창 곁에 매달아놓고 제법 열심히 키우고 있었는데 어느 날 암놈이 새장을 뛰쳐나가더니 행방불명이 되어버렸다. 그렇게 다정했던 한 쌍의 울음소리 생각에 가슴이 아파서 온 동네를 돌아다니며 동네 조무래기들에게 십자매를 보지 못했느냐고 물었다. 십자매는 야생 조류가 아니기 때문에 잘 날지도 못한다는 것을 알고 있었기 때문이었다.

나는 겨우 그것을 아파트 광장 굴뚝 밑에서 찾았다. 그러나 새장 속에 넣자 더이상 키우고 싶은 생각이 들지 않아 어머니가 오셨기에 주어버렸는데 어머니는 지금도 그 새를 정성 들여 키운다. 당신 방에 놓고 김장 배춧잎 떨어진 것을 주워다가 정성껏 키운다.

그 어머니가 옛날 아버지를 보듯 키우던 난초를 내게 준 이유는 무엇일까. 나는 잘 모르겠다.

어쨌든 그 난초를 나는 집에 갖다놓고 키우고 있는데 가끔씩 어머니로부터 그 난초에 물을 주었느냐 하는 안부전화가 걸려오곤 한다.

물론 그 난초에서 돌아가신 아버지의 흔적을 보고 있다는 말은 거짓부렁이다. 하지만 그것은 아버지의 생전부터 내게 이어진 유일한 물건이므로 나는 그 난초를 볼 때마다 그렇군, 산다는 게 별게 아니로군, 난초와 같군, 바람에 흔들리는 풀잎이 딴 게 아니군, 하고 허무주의적 생각에 빠져들곤 한다.

그런가. 그런지도 모른다. 산다는 것은 정말 별것이 아닐지도 모른다.

하지만 죽은 사람.

나는 죽은 사람을 한 번도 보지 못했다. 나이 서른에, 죽은 사람의 모습을 보지 못했다. 온통 죽은 사람들과 만나서 귀신 얘기를 하다가 돌아오고 돌아가고 있으면서도 정작 죽은 사람의 모습을 한 번도 보지 못했다. 그들은 어떤 표정을 하고 있을까.

그러나 내 곁을 스쳐 지나간 죽은 사람들은 많이 있다. 나는 그들을 잊지 못한다. 그들이 내게 주었던 추억이 즐거워서가 아니다. 그들이 죽었으므로, 그들이 죽은 사람이므로 그리하여 땅에 묻혀 있으므로 나는 그들을 잊지 못한다.

죽은 사람들은 죽었으므로 이 세상 어디서도 만나볼 수 없지만 차라리 그래서 내게는 더 소중할지도 모른다.

군대에 있을 때였다. 우리 내무반에 다른 대대에서 전임되어온 고참이 있었다. 꽤 학벌이 좋은 청년으로 마음씨도 고운 친구였다.

그 친구와 나는 갑자기 친해졌는데 우리는 계급 명칭을 붙이지 않고 주보에서 술을 마시면서 이형 최형 하고 말을 했다. 얼굴빛이 희고 손마디가 여린 청년이었다.

그 친구가 하루는 외출 나가기 전 나를 부르더니 자기가 가지고 있던 만년필을 주었다. 내가 웬 거냐고 묻자 그냥 가지라고 했다. 그리고 자기의 사물함 열쇠를 내게 주었다.

내가 이것은 또 웬 거냐고 묻자 그는 그냥 보관하고 있으라고 했다. 그리고 딱 한잔만 하자고 나를 꾀었다. 그래서 우리는 대낮부터 술을 마셨는데 그는 술을 마시다 말고 지금 몇 살이냐고 물었다.

나는 스물넷이라고 대답했다. 그러자 그는 자기는 스물다섯이라고 대답했다.

딱 한잔만 하고 우리는 헤어졌다. 그는 외출을 나갔고 나는 잔류 병력으로 남아 침대에서 잠만 잤다.

그날 밤 나는 주번 사관에게서 그 청년이 자살을 했다는 소리를 들었다. 그냥 자살이 아니라 대대 본부에 있던 파일럿의 권총을 훔쳐서 실탄을 열 발 장전하고 외출을 나가 여인 하나를 쏴 죽이고 자기도 숨을 끊었다고 했다.

서로 사랑하던 사이로 그 여인은 대학 재학중이었는데 집안에서 그 청년과 사귀는 것을 반대하자 그 여인이 마음이 변해 그 청년을 피했다는 것이다. 그러자 그는 대로에서 그 여인을 향해 두 발을 쏘고 나머지 한 발을 자기를 향해 쏘고 목숨을 끊었다는 것이다.

신문에 사진이 나왔다. 여인의 고무신이 거기에 팽개쳐져 있었고 두 시체는 나란히 포개져서 쓰러져 있었다. 군 수사대에서 나와 그의 사물함을 부쉈다.

나는 그 옆에서 보고 있었다. 주머니에 감춰진 열쇠를 주고 싶었지만 나는 그냥 가만히 보고만 있었다.

사물함을 부수자 그 안에서 유서가 나왔다. 죽은 애인의 사진과 그녀에게서 받은 편지도 있었다. 그들은 그것을 추렸다. 나는 그 일을 도와주었다. 사랑한다는 내용의 편지도 있었다. 둘이 같이 놀러 가서 찍은 사진도 있었다.

유서에는, 그저 미안하다, 어머님께 미안하고 모든 사람에게 미안하다는 내용이 씌어 있었다.

수사에 필요한 몇 가지만 빼어놓고 나는 그것을 소각장에 가지고 나가 불로 태웠다. 그의 옷가지와 자질구레한 종이들을 태웠다. 바람이 없었는데도 잘 탔다. 스물다섯 살에 그는 그렇게 목숨을 끊었다.

나는 가지고 있던 열쇠와 만년필을 타는 불 속에 집어넣었다.

며칠 후 그의 시체가 앰뷸런스에 실려 병원 시체실로 왔을 때 나는 시체실을 지키는 사역병으로 차출되어 시체실 앞에서 하룻밤을 꼬박 새웠다.

먼 논에서 개구리만 울고 있었다. 밤하늘의 별이 너무 맑아서 무섭기까지 한 밤이었다. 달도 떴다. 시체실 유리창 너머로 시체가 사각형의 콘크리트대 위에 얹혀 있었다. 나는 무서움에 떨고 있었다.

그가 죽었으므로, 그가 죽어서 돌아왔으므로, 그가 시체이므로 나는 될 수 있는 한 그쪽을 쳐다보려 하지 않고 밤을 새웠다. 죽은 이의 넋이 내 눈을 가리고 빈정댈 것만 같았다. 새벽닭이 울고 날이 훤히 샌 후 찬이슬에 젖은 경직된 다리를 굽히며 대대로 돌아오며 나는 다시 한번 유리창 너머로 죽은 이를 보았다.

그제야 눈물이 흘러내렸다.

마음은 교활해서 여유가 있어야만 진실의 눈을 보여주는 것인가. 나는 자신을 저주했다.

나를 스쳐갔던 죽은 사람은 그 외에 수없이 많다. 외할머니는 거의 아흔 살까지 살았다.

이름도 없이 그저 성씨만 한일 뿐이었던, 무척 고운 할머니였다. 슬하에 외아들인 삼촌과 어머니 두 분을 두었는데 초년에 할아버지를 여의고 무척 고독하게 지내신 할머님이었다.

외삼촌은 효자인데 한때는 어찌나 궁핍하였던지 어머니가 외가에 다녀오면 내게 쌀 한 말을 퍼서 자루에 담아주며 보문동에 다녀오라고 말했다.

내가 쌀 한 말을 들고 버스를 타고 외가에 가면 외삼촌네 식구들은 화실에 누워 천장만 바라보고 있었다.

외할머니도 누워 있었다.

내가 왜 대낮에 이렇게 다들 누워 있냐고 묻자 외숙모는 배가 고파서 그렇다고 말하며 소녀처럼 웃었다. 그런데도 외삼촌은 꿀물을 타서 들고 있었던 것으로 기억된다.

외삼촌은 언젠가 그림에 자기의 배내옷을 그리고 그 밑에 다음과 같은 글을 정교하게 써넣었던 것으로 기억한다.

'언젠가는 하도 배가 고파 어머니의 금 틀니를 빼다가 전당포에 가져간 일이 있었다. 어머님이 그 전성시대에 자랑하시던 금이빨을 빼어들고 전당포로 갔을 때……'

물론 외삼촌은 예술가 특유의 엄살이 좀 심한 편이다.

그러나 나는 그 엄살이 거짓 없는 사실이라고 믿고 싶다. 먹을 것이 없는 집에서 어머니의 틀니, 그것도 전성시대(외할머니댁은 일제시대에 장안 제일의 비단 장사였다고 그런다)에 해박은 금 틀니를 보는 괴로움은 당자 아니면 모를 테니까 말이다.

외할머니는 곧잘 외삼촌의 모델 노릇도 했다.

최근에 외삼촌의 화실에 들렀을 때 외삼촌은 자신의 어머니의 그것처럼 금으로 만든 틀니를 끼고 말이 좀 뜨는 채로 재미나는 음담패설을 해주었다.

아마 이젠 내가 나이가 들고 여편네도 얻고 딸도 낳았으니까 한몫 잡아주느라 그러는 모양이었는데, 그때 나는 화실 한구석에서 외할머님의 반신상을 보았다.

아아, 나는 까맣게 잊었던 외할머니를 떠올렸다. 그림 속에 외할머니는 곱게 한복을 입고 두 손을 단정하게 모으고 앉아 있었다.

군대에 있을 때 돌아가셨는데 부대의 비상으로 외출금지를 당해 장례식에도 참석하지 못했던 나로서는 그림 속에 남아 있는 외할머니의 모습이 의외였던 것이 당연한 일일 것이다.

죽은 사람은 또 많이 있다.

친척이 별로 없는 우리 집안에 이북 평안도에서 같이 넘어온 아저씨가 작년에 세상을 떴다. 팔팔한 나이였다.

머리를 단정히 깎고 오시겠다고 나선 길에 길거리에서 쓰러졌다고 한다. 한번 쓰러졌다가 거의 회복되어 이제 완쾌만 되면 새 생활을 하겠다고 밝은 얼굴로 길게 자란 머리를 깎으러 나갔다가 쓰러진 모양이었다.

돌아가셨다는 소식을 듣고 찾아간 나는 수많은 골목길을 돌고돌아 산꼭대기의 단칸방에 마련된 빈소에 아저씨의 사진이 들어 있는 것을 보았다.

오래된 사진이었는지 50년대식 넥타이와 50년대식 미소를 띠고 서 있는 아저씨 사진 옆에 향불이 타오르고 있었다. 올망졸망한 어린애들은 거리에서 무심히 땅뺏기놀이만 하고 있었고 아주머니는 퉁퉁 눈이 부은 얼굴로 그 아저씨가 생전에 이웃들에게 내게는 조카가 있다, 글을 쓰는 조카가 있는데 가끔 신문에도 나고 〈유쾌한 응접실〉에 양주동 박사하고 나온다, 신문소설도 연재하고 있다라고 자랑했다고 말해주었다.

그 아저씨는 언제나 자기를 문학청년으로 생각하고 있었고, 그래서 내 글을 찾아서 읽고 제법 날카로운 비판을 해주곤 하였다.

한번은 다방에서 만나 커피를 한잔 얻어먹은 적이 있었는데 얘기도중에 레지가 아저씨에게 "김사장님 전화 왔어요" 하고 전갈을 하자 아저씨는 쑥스럽게 웃으면서 "이봐. 난 사장이다, 사장. 다방 사장이다"라고 말한 적이 있었다. 그리고 그 아저씨는 늘 내게 "자네는 이담에 돈을 벌 거야. 수없이 돈을 벌 거야" 하고 말했는데 내가 "글 써서 무슨 돈을 법니까" 하고 반문하면 "아냐, 글 쓰는 사람도 좋은 집 갖고, 자가용 갖고 사는 시대가 온다. 암 오고말고" 하며 자신있게 대답하곤 했다.

그 아저씨도 그렇게 세상을 떠났다. 웃으면 눈가에 잔주름이 생긴다고 웃을 때마다 눈가를 손가락으로 꼭 짚고 웃던 아저씨는 이제 그 눈가의 잔주름을 걱정하지 않아도 될 것이다.

그날 저녁 아저씨의 형제들이 몰려와 입관을 하려 하는데 나보고 마지막으로 죽은 아저씨를 보겠느냐고 물었다. 생전에 나를 그렇게 좋아했기 때문에 마지막으로 한번 보라는 것이었다. 그러나 나는 보지 않겠다고 대답했다. 그것은 다소 무례한 대답이었지만 그들은 별로 개의치 않았다. 아마 좋은 의미로 그들은 저 녀석은 문학을 하는 놈이니까 아저씨의 얼굴을 보면 다른 사람보다 더 다른 방법으로 비통해할지 모르니까 그렇게 대답했겠지 하는 생각으로 내 대답에 개의치 않은 모양이었다.

나는 문학적으로 절을 하고 문학적인 인사 몇 마디 나누고 문학적으로 그 집을 나와 문학적으로 교활하게 아저씨의 어린아이들에게 오백원짜리 한 장씩을 집어준 다음 문학적으로 언덕길을 내려왔다.

길고 긴 몇 개의 골목길을 꺾어내려오는 동안에 나는 비로소 문학적인 행동을 버리면서 내가 만일에 그 자리에서 죽은 아저씨의 얼굴을 보았다면 그 얼굴은 어떤 얼굴을 하고 있었을까 곰곰이 생각해보았다.

그러나 나는 아무런 그림도 떠올리지 못했다. 나는 상상조차 하지 못했다. 단지 퇴색된 사진틀 속에서 웃고 있던 아저씨의 새파란 웃음만이 내 가슴에 강렬하게 남아 있을 뿐이었다.

내가 죽은 사람의 흔적이라도 본 것은 작년 가을이 처음이었다.

아버지의 묘소를 이장하느라 무덤을 파헤치고 본 아버지의 뼈가 처음이었다.

원래 아버지의 묘소는 면목동 근처였는데 서울이 발전해서 그곳이 시가지로 변하자 천주교측에서 이장 공고를 내고 몇 월 며칠까지 분묘를 이장하지 않으면 임의처분하겠다고 말을 했으므로 우리는 서둘러서 이장을 하였다. 영구차를 불러다가 대기시켜놓고 묘지기에게 사례를 하고 우리는 무덤을 파헤치기 시작했다.

매우 따스한 가을날로 기억된다.

황금의 햇볕이 적철(赤鐵)색으로 빛나는 풀잎 위에 떨어지고 있던 가을날이었다.

우리 형제들은 묘 주위에 둘러서서 묘지기가 힘차게 곡괭이질을 할 때마다 드러나는 검은 흙을 내려다보고 있었다. 나는 짐짓 딴전을 피우고 있었지만 어렸을 때 묻은 아버지를 다시 보게 된다는 두려움으로 차라리 바쁘다고 도망가고 싶은 충동을 겨우 참고 있었다.

나는 아들이므로 무덤 속에 누워 있는 최 베드로의 아들이므로, 묵묵히 아버지의 시체를 보아야 한다는 의무가 있었으므로, 두근대는 가슴을 진정시키고 뜨거운 침을 삼키고 있었다.

이십 년 전에 묻었던 흙이 다시 파헤쳐지고 있었다.

이십 년 전의 기억이 되살려지고 있었다.

이십 년 전 며칠 전까지만 해도 숨을 쉬고 넋을 소유하고 한숨 쉬고, 웃고 사랑하던 아버지가 또다시 파헤쳐지고 있었다.

나는 무엇을 보게 될 것인가.

얼음에 냉동한 툰드라 지대의 고생대 동물처럼 조금도 썩지 않은 아버지의 유해를 발견하게 될지도 모른다.

아니다. 설마 그럴 리가 있을 것인가. 이십 년이 흘렀는데 그럴 수가 있겠는가. 흙을 파헤치던 묘지기의 손끝이 잠시 멈칫거렸다 싶었는데 관이 썩어서 단숨에 나타났다.

묘지기는 우리들을 무시하고 몇 차례의 의식을 거행하더니 관 뚜껑을 벗겼다.

나는 보았다.

몇 조각의 흰 뼈가 그곳에 누워 있는 것을 보았다. 두려워하고 무서워하던 외경스러운 생각은 씻은 듯이 사라져버리고 그저 고마울 뿐이었다.

고맙게도 아버지의 유해는 잘 썩어 진득이는 흙 속에 조용히 누워 있었다.

"아이구. 아이구. 어쩌면 이렇게 고맙게도 곱게 썩으셨을까."

어머니는 으레 묘소에 올 때마다 울었으므로 우리 형제들은 그날도 어머니를 모시고 오지 않으려고 했다.

어머니는 묘소에만 다녀오시면 몸살이 났기 때문에 더구나 이번엔 단순한 참배가 아니라 분묘 이장이었으므로 집에서 쉬시라고 간곡히 말씀드려도 따라나서서 어쩐지 불안불안하고 위태위태하였는데 어머니는 오히려 기쁜 모양이었다. 돌아가셔서 그리하여 고맙게도 잘 썩으셔서 그것이 즐거운 표정이었다.

뼈는 정결하였다.

누워 있었던 흔적으로 조금도 흐트러진 곳 없이 단정하게 놓여 있었다.

묘지기가 그 위에 술을 뿌렸다.

뼈를 추려서 준비하였던 천으로 감싸고 우리는 그 무덤을 떠났다. 차가 달리자 나는 고개를 돌려 파헤쳐진 무덤을 보았다.

저것인가. 내가 지금까지 한 번도 보지 못했던 죽은 사람이.

아니다.

저것은 아닐 것이다. 저것은 단지 뼈에 불과하다. 흙에 불과하다.

2

나는 지금까지 죽은 사람을 본 적이 없다. 그것은 이상한 일일 것이다. 만나면 만난 대로 기쁘고 헤어지면 헤어지는 것이 슬픈 대로 익숙해진 지금에 와서도 죽은 사람을 보지 못했다.

그것은 이상한 일일까.

그러나 나는 죽은 사람의 모습을 애써서 보고 싶지는 않다. 그저 우연히 길거리 모퉁이에서 아는 이를 만나서 악수하듯 보고 싶다.

실제로 가끔 죽음에 대해서 생각해보기는 한다. 구체적으로 그려볼 정도로 생각하지는 못하지만 어느 순간엔 지금 이 순간 내가 죽은 사람이었으면, 그리하여 떠도는 혼이었으면 하고 바랄 때도 있다. 물론 실행에 옮길 만큼 용기도 없는 주제에 사는 것과 죽는 것을 동시에 딛고 서서 아는 이를 만나 악수 나누듯 죽음을 나누고 싶다는 생각도 틀려먹은 일일 것이다.

하지만 실제로 우리 모두는 살아 있다는 것보다는 죽음에 가까운 죽은 사람들이 아닌가.

우연히 만나는 우리들의 모습에서 죽음 냄새가 나고 있다면 지나친 미화일까. 죽은 사람들이 모여서 이 세상에 한이 많아 저승에도 못 가고, 귀신 얘기만 하다가 헤어지고 있지 않은가.

피어 있는 꽃에서도 지는 모습은 볼 수 있듯이 살아 있는 이에게서도 죽은 이가 보인다. 오랜만에 날아온 멀리 떨어진 벗의 편지에서도 죽음이 보인다.

잘 있니. 나도 잘 있다. 그럼 잘 있거라.

술 취해서 돌아오는 내 발자국이 내 방 앞으로 다가올수록, 방 안에 갇힌 처와 내 아이의 존재가 내가 방문을 여는 순간 죽은 이로 변해 다가와 인사를 차리지나 않을까, 나는 언제나 겁이 난다.

한밤중에 걸려오는 전화 소리는 늘 죽음과 마주 닿아 있다. 내가 방정맞은 녀석이기 때문일까.

집의 아이가 급성폐렴으로 입원한 적이 있었을 때 나는 아이가 죽어버릴까봐 늘 걱정하고 있었다. 어머니가 작년에 수술을 했을 때 나는 생전 처음 성모 마리아상 앞에서 눈물을 뚝뚝 흘리면서 문학적으로 빌었다.

그런가. 그렇다면 죽음이라는 것은 그렇게 낯선 것이 아닐지도 모른다. 서로가 서로의 죽음을 조상하면서, 증언하면서, 비석만 깔린 거리를 머리칼을 풀어헤치며 걸어다니고 있는 우리들은 실제로 죽은 혼일지도 모른다.

아, 아. 가엾은 죽은 혼.

아, 아. 가엾은 죽은 사람.

아, 아. 죽은 사람. 죽은 사람들이여.

(1975년)

신혼 일기

결혼식

내가 우리 여편네에게 빠져버린 것은 우리 여편네가 남달리 이쁘다거나 시쳇말로 육체파가 되어놔서 남달리 몸이 좋다거나 하다못해 지참금이 두둑해서 어쩌면 처가 덕이나 좀 볼 수 있겠다는 생각 때문은 아니올습니다. 그저 어쩌다보니 그렇게 된 것인데 그 망할 놈의 군대에서 사람 환장하게 지루한 생활을 보내다가 가끔 입대하기 전 학교 앞 다방에서 커피나 나누던 인연이라는 것을 핑계삼아 소위 남녀친구라는 명목하에 만나고, 아시는 분은 아시겠지만 남자 여자가 자주 만나면 손목이나 쥐어보게 되고 그 손목이 점점 대담해져 뽀뽀도 하게 되고 그러다가 도둑놈의 심보로 싸구려 여관 같은 곳에서 최면술로 눈 깜짝할 사이에 겁탈 비슷한 짓도 해보았더니 에라 이제는 다른 여자 꼬셔서 커피 마시고, 영화 구경 가고, T. S. 엘리엇의 작품은 어떻게 생각하세요, 무슨 색깔 좋아하세요, 무슨 책을 감명 깊게 보셨나요, 영화배우 누구를 좋아하세요 하는 식의 과정이 귀찮아져서 억울하지만 대강대강 이 정도의 여자면 괜찮겠다 싶어 그럼 어디 한번 사랑이라는 것을 해볼까 결심해서 그러다가 소위 부부가 되어버린 것이올습니다.

사실 여자란 남자에게 가택수색당하고 불법침입당하면 몸도 마음도 시들어 이제는 다른 남자 앞에서 생처녀 행세한들 누가 믿어주거나 속아주지 않을 것이 뻔하기 때문에 우리 여편네는 필사적으로 내게 매달린 것이올습니다.

내가 비록 잘생기지 못했고, 키까지 작고, 돈도 없고, 부모 덕도 없는 자식이지만 사람이야 틀림없이 그야말로 똑똑한 똘똘이 정도는 되어 보이니까 나한테 달라붙는다고 해도 밑져야 본전은 되지 않겠느냐는 말입니다.

너무 내 자랑만 하고 말았지만 아니꼽게 생각하실 필요는 없고, 얘기인즉슨 이렇게 해서 소위 애인이 되었다는 말입니다. 그러나, 처음 몇 달간은 눈이 벌게져서 반찬 투정하는 아이처럼 만나면 빈말이나 하고 입바른 소리로 나는 너를 사랑한다, 나는 너를 좋아한다, 하고 부도수표를 남발하였지만 실상 서너 달 만나고 나니 공연히 짜증이 나고 이 여자한테 물렸구나 하는 생각이 들고 길거리의 다른 여자들이 너무나 예뻐 보이고 그래서, 에라 좀 미안한 얘기이지만 미친 척하고 우리 헤어지자 하는 절교의 선언을 해버리고 말까 하고도 생각했습니다.

사실 언젠가 실제로 심각하게 양미간을 찌푸리면서 우리 이제 헤어집시다, 하고 말을 했더니 이건 또 무슨 일인가, 여편네는 자존심이고 나발이고 다 팽개치고 눈물 뚝뚝 흘리더니 아 길거리에서 십 년 전에 곗돈 떼먹고 도망간 빚쟁이 만난 것처럼 나를 붙들고 "그럼 나

는 죽어요. 아시겠어요. 그럼 나는 타락한단 말이에요" 하고 반공갈
적인 협박을 했다는 말입니다.

나는 이런 돌발한 태도에 혼이 나가서 "아니다. 어디 농담 한번 해
보았다. 내가 어떻게 너를 버릴 수가 있는가" 하고 무마를 시켰건만 그
날 밤 집에 들어와서 생각하니 야야, 큰일났다. 물려도 되게 물렸다.
빼도 박도 못 하겠다. 젊은 나이에, 스물여섯이란 젊은 나이에 이게 무
슨 꼴이람. 한심스러워서 애꿎은 담배나 한 갑 피워댔던 것입니다.

그런 일이 있은 후 여편네는 결혼을 조르기 시작했습니다.

저 자식 평소에 봐도 난봉기는 있는 편이고, 자칫 내버려두었다간
어디론가 도망쳐버릴지 모르니 아예 결혼이라는 그물로 묶어두겠다
고 이를 악물었던 모양입니다.

그러나 결혼이라는 것이 불알 두 쪽 가지고 되는 것입니까.

군대에서 제대하고 학교에 복학한 대학교 삼학년 학생인 주제에,
셰익스피어의 「한여름밤의 꿈」이나 배우고 교수 찾아다니면서 늙은
학생 행세하며 학점 구걸이나 해대는 내가 결혼이라니 마른하늘에
날벼락이지 그게 될 법이나 한 소리입니까. 물론 나는 소설을 쓴다고
하지만 그게 밥벌이 되는 것도 아니고 내가 가지고 있는 것이란 책
몇 권, 러닝셔츠 두 벌, 무명 팬티 세 벌, 형이 입던 것 불하받아 입고
다니던 낡은 신사복 한 벌 따위인데 결혼이라니 될 법이나 한 소리입
니까.

나는 여편네에게서 그런 제안을 들었을 때 눈앞이 캄캄했습니다.

아, 이게 무슨 소리야. 무슨 개수작이야. 일생일대에 딱 한 번 있는
결혼식이 무슨 주택복권 사는 일인 줄 아느냐, 하고 타이르는 식의
말을 했더니 여편네는 무슨 생각에서인지 해버리자는 것입니다.

그 동안 취직해서 십만원 적금 들어놓은 게 있으니까 그것으로 해
버리자는 것입니다.

나는 곰곰이 생각했습니다. 석 달 열흘은 아니지만 일 주일 밤낮을 궁리궁리하였습니다. 그러다가 중대한 단안을 내렸습니다. 매도 먼저 맞는 게 낫다고 아무래도 살다보면 해야 할 것인데 해버리고 말자고 결심했던 것입니다. 물론 나는 친구들의 결혼식이나 친척들의 결혼식에 참가해본 적은 있습니다. 그러나 면사포 쓴 신부와 갓 면도해서 어딘지 이발관 면도사처럼 보이는 신랑이 웨딩마치에 맞추어 결혼식을 올리는 것이 내게는 참 요원한 것처럼 보였습니다. 마치 강 건너 불 보듯이 생각했던 것입니다. 그러나 막상 그것이 나의 문제로 다가왔을 때 나는 당황하지 않을 수 없었습니다. 그러나 이제 더 기다려본댔자 어디 부잣집 무남독녀가 생길 처지도 아니고 그러니까 이런 기회에 얼렁뚱땅 해치우는 게 낫지 않겠나 하는 생각도 들었던 것입니다.

그래서 나는 집안 식구들 모인 자리에서 밥을 먹다 말고 지나가는 말 비슷하게 타진해보았습니다. 그러자 다들 이게 무슨 꿩 구워먹는 소리냐는 식의 놀란 눈으로 나를 쳐다보았습니다.

"너 미쳤냐?"

어머니가 틀니를 오물대면서 물었습니다.

"너 돌았니?"

이건 형의 말씀.

"형 어디 불편한 것 아니오?"

이건 동생의 말이었습니다.

"아니야."

나는 친자식의, 동생의, 형의 말을 그런 식으로 들어주는 부모 형제들이 아니꼬워서 꾸역꾸역 밥을 퍼먹기 시작했습니다.

"난 미치지 않았소. 멀쩡하오."

"상대는 누구냐?"

어머니가 미친 소리이긴 하지만 자식 입에서 아닌 밤중에 홍두깨
격으로 결혼 얘기가 나오니 기특도 해 보였고, 또 며느리 하나 데려
다 밥 짓게 하고 시장 보내고, 저 자식 고린 양말 대충 빨게 하면 어
쩌면 손해는 아닐 것이다, 하고 생각했는지 조심스럽게 전당포 주인
처럼 물었습니다.

나는 더듬더듬 미사여구를 동원하여 여편네 자랑을 시작했습니다.

"아아, 너 해치웠구나. 해치웠어."

얘기를 다 듣고 나더니 어머니가 점쟁이 같은 결론을 내렸습니다.

"지금 임신한 모양이구나."

"예?"

나는 놀라서 반문했습니다.

"그렇지 않다면 네가 그렇게 서두를 리 없지 않니."

나는 어안이 벙벙해서 대꾸할 말을 잊었습니다.

그러자 형이 한마디 했습니다.

"그래 니놈이 결혼한다고 치자, 그렇지만 도대체 뭘 먹고살 작정
이냐?"

형은 나이 먹은 사람 특유의 신중론과 경제이론을 얘기하기 시작
했습니다.

"알다시피 우리집은 니가 장가간다고 해서 뭘 해준다거나, 남들처
럼 뚝 떼어줄 돈도 없어."

"각오했습니다."

나는 내친걸음이라 신병처럼 큰 소리로 부르짖었습니다.

"아무것도 필요 없습니다. 결혼식을 올리고 나서 먹고살 게 없으
면 가정교사를 하겠습니다. 그저 밑지는 셈 치고 이십만원만 만들어
주쇼. 그거야 나 장가보내지 않더라도 매일 용돈 주는 액수와 같지
않습니까? 아랫방에 세를 주고 이십만원만 적선하쇼."

"미쳤군."

어머니가 말했습니다.

"아까운 나이에 미쳤어."

"난 미치지 않았소."

나는 항의하였습니다.

"정신이 멀쩡합니다."

"남자애들은 저래요. 키워만 놓으면 저런 식으로 나온다니까. 그건 그렇구 니 색싯감 얼굴이라도 봐야 할 게 아니냐."

"좋습니다. 내일 데리고 오겠습니다."

다음날 나는 여편네를 만나자 우리 오마니가 너를 보겠다고 했다는 것을 얘기했습니다. 그러자 여편네는 얼굴이 파랗게 질렸습니다. 장래 시어머니 될 사람이 알현을 하겠다니 겁에 질리기도 한 거지만 그보다도 노인네 같은 사람 앞에서 잘 보이는 스타일이 아닌 자신을 잘 알고 있었기 때문입니다.

노인들이 좋아하는 며느릿감이란 두덕두덕 살찌고 엉덩이가 커서 애쯤이야 쑤욱쑤욱 생산하고 입이 커서 식복 타고났겠고 몸이 튼튼해 이것저것 부려먹어도 감기 몸살은 안 걸리게 생긴, 그런 여인이라는 것을 어느 주간지에서 읽은 여편네는 이미 만나기도 전에 주눅이 들어버렸습니다. 그러나 어쨌든 간에 아무래도 언젠가는 어머니나 집안 식구들에게 선을 보여야 하는 것이기 때문에 여편네는 미장원에 간다, 어쩐다 수선을 떨기 시작했습니다. 그리고, 어머니가 좋아하는 중국과자까지 사들고 우리는 우리집으로 향하였습니다.

어머니는 어제 저녁, 말은 그렇게 했지만, 저 자식 평소에 식은 죽 먹는 소리 노상 하는 자식이라 설마설마하였다가 어떤 여자 꿰어차고 들어오는 나를 보자 당황하기 시작했습니다.

"인사드려, 어머니한테. 인사드려. 어머니, 며느리 왔습니다. 둘째

며느리 왔어요."

나는 기세 좋게 소리를 빽빽 질렀습니다.

"안녕하세요."

여편네가 제법 공손하게 고등학교 가정시간에 배운 대로 인사를 드렸습니다. 갑자기 방 안이 술렁이기 시작했습니다. 어머니는 시집 간 누이를 전화로 부르기 시작했습니다. 시집간 누이는 뚱뚱하고 대부분의 딸들이 그러하듯 어머니와 짝짜꿍이 맞아 집안일에는 모두 간섭하고 참견해야만 직성이 풀리는 민비 같은 독재자였습니다. 형과 동생과 형수는 창경원의 원숭이 보는 식으로 여편네를 평면도로, 측면도로, 입면도로, 투시도로 노려보기 시작했습니다. 안 보는 척 실눈을 뜨고 관찰하기 시작했습니다.

가난한 우리집 사람들은 물건 하나 사려고 시장을 한바퀴 도는 버릇이 있는데 그렇게 산 물건이라도 어딘가에 치명적인 약점이 있었던 경험이 있었으므로 혹 이 여자가 첫눈엔 쓸 만하지만 실은 어딘가 결점이 있는 게 아닌가 전당포 주인처럼 물건 값을 매기고 있었습니다. 거기에다 시집간 누이가 오자 이 집 수색작전은 가열되었습니다. 누이는 여편네의 걸음걸이를 시험해보기 위해서 부엌에 나가서 물 한 그릇 떠오라고 명령했습니다. 혹시 안짱다리가 아닌가 어쩐가 보려는 듯 말입니다.

동생은 여편네를 장래 형수님으로 가끔 용돈 탈 수 있게 길들이기 위해서 천연스럽게 위엄을 가장하고 있었습니다. 단지 형수만이 자기의 동서감이 나왔으므로 싱글벙글 웃으면서 신바람이 나 있었습니다.

이 회견이 끝나고 여편네를 집에 가는 버스 정류장까지 바래다 주고 집에 오자 집 안 식구들은 다들 모여서 나를 기다리고 있었습니다. 역적모의하는 모리배들처럼 안방에 자리 깔고 앉아서 내가 들어가자 한마디 말도 없이 적대시하였습니다.

"어때요? 괜찮죠, 괜찮죠?"

"좋아하네."

동생이 한마디 했습니다.

"얘, 틀렸다."

어머니가 중대 발언을 했습니다. 언제 왔는지 매형까지 와서 앉아 있었습니다.

"넌 어떻게 생각하니?"

어머니가 누이를 돌아보았습니다.

"틀렸어. 곁눈질하는 버릇이 있더구나. 건강한 얼굴빛이 아니야. 여자는 콧날이 오똑해야 좋은데 콧날이 죽었어. 아무리 수줍다 하더래도 말을 할 때는 사람의 얼굴을 쳐다봐야 하는데 그렇지 않아요."

"가정교육이 틀려먹었더군."

어머니가 한마디 첨가했습니다.

"예쁘지도 못해."

동생이 말했습니다.

"깍쟁이 같아."

"철부지더군. 그렇게 철이 없어가지고 가정생활이라는 중대한 일을 감당해낼 수 있을까?"

형이 한마디 했습니다. 나는 기가 푹 죽었습니다.

"여보쇼. 아, 난 뭐 잘난 사람이요. 아들도 신통치 않은데 그게 무슨 소리예요."

"닥쳐라 이놈."

누군가 호령을 했습니다. 놀라서 소리나는 쪽을 쳐다보니 돌아가신 아버지의 초상이 나를 보고 눈을 부릅뜨고 있었습니다.

"네 이놈, 그게 무슨 말버릇이냐?"

"잘못했습니다."

나는 백번 사과를 했습니다.

"그럼 어째요?"

"떼어버려."

매형이 말했습니다.

"예?"

나는 놀라서 고개를 쳐들었습니다.

"차버리란 말야."

동생이 통역을 했습니다.

"할 수 없다. 투표를 해야겠다. 오늘 여기 모인 사람은 나, 너희 누이, 매형, 형, 동생 그리고 형수 이렇게 여섯 명인데 잠시 후에 투표로 결정하겠다."

동네 반장인 어머니가 자못 민주주의의 기수 같은 발언을 했습니다.

"넌 투표권이 없다. 그리고 가족 여러분께 미리 말해두겠다. 이건 중대한 문제니까 잘 생각해서 투표해주기 바란다. 투표는 삼십 분 후에 실시하겠다."

나는 기가 막히고 초조해지기 시작했습니다. 그래서 삼십 분 후에 있을 투표에 대비 동분서주하기로 했습니다. 우선 나는 형수님을 찾아나섰습니다. 형수님은 부엌에서 반찬을 만들고 있었습니다.

"형수님, 난 형수님을 믿습니다."

나는 아부를 했습니다.

"형수님은 형수님이 시집올 때 나의 찬동표에 힘입어 합격하셨던 과거를 잊지는 않으셨죠? 난 형수님을 존경하고 있습니다. 누구보다도 존경하고 있습니다. 그리고 형수님의 은혜 때문에 살이 삼 킬로 늘었습니다."

"염려 마세요. 난 도련님 편이니까요. 다른 사람이나 찾아보세요."

나는 기뻐서 형수님의 얼굴에 키스를 하려고 했는데, 문득 이 여자는 형 여편네지 내 여편네가 아니므로 그따위 짓을 해서는 안 될 것 같아 그냥 인사만 드리고 동생을 찾아갔습니다.

동생은 자기 방에서 기타를 두드리고 있었습니다.

"봐줘. 인마. 봐줘."

"안 되겠다면?"

"야 인마, 이 다음에 너 장가갈 때 봐줄게. 잘 봐주라."

"안 되겠다면?"

"이 쌔끼가."

나는 주먹으로 한 대 때릴 것처럼 흥분했습니다. 그러나 들었던 주먹을 놓으면서 이래서는 안 되지, 이렇게 흥분할 때가 아니지, 이 자식도 엄연한 참정권이 있으니까, 하고 마음을 진정하였습니다.

"야, 높은 자리 있을 때 봐주라."

"안 되겠어."

"아니 왜?"

"맨입으로는 안 되겠어."

"그럼?"

"내놔."

"뭘 내놔?"

"돈 좀 내놔."

"야, 너도 알다시피 내가 무슨 돈이 있니?"

나는 사정하기 시작했습니다.

"야, 내가 무슨 돈 있어. 주머니를 뒤져볼게 봐라."

나는 입으로 동전을 먹고 귀에서 그것을 꺼내는 마술사처럼 주머니를 뒤져 돈이 없음을 증명했습니다.

"그럼 안 되겠는데."

"야, 봐줘. 임마. 이 다음에 떼돈 벌면 너 봐줄게."

"그걸 어떻게 믿어?"

"이 새끼가."

나는 또 주먹이 앞섰습니다. 그러나 참아야지. 참는 자에게 복이 있나니, 천국은 저의 것이요.

"봐주라. 봐줘."

"그럼 맹세해."

"뭘 맹세해?"

"후불로 하겠다고."

"그래 맹세한다. 맹세해."

"그럼 됐어, 가봐."

"난 널 믿는다."

나는 악수를 청했습니다.

"난 누구보다도 널 사랑하고 있어."

"좋아하네."

동생은 웃었습니다.

두 표 확보. 나는 가슴이 두근거렸습니다. 나는 뛰어서 형에게로 갔습니다. 형은 녹음 테이프를 가져다놓고 일본어를 공부하고 있었습니다.

"안녕하쇼?"

"바쁘다, 바빠. 무슨 소리 하러 왔는지 알겠다. 알겠어."

"형, 난 형 믿소."

"믿어봐라. 난 안 찍을 테니."

"형."

"귀찮아 임마. 방해하지 마."

"형."

"이 자식이 귀찮대두."

"형은 내 은덕 잊었소? 형이 결혼할 때 내가 찍은 한 표 때문에 과반수 넘은 것을 잊었소?"

"안 잊었다."

"그럼 봐주쇼."

나는 두 손을 싹싹 빌었습니다.

"니놈이 봐줬기 때문에 못 찍겠다."

"아니 이건 또 무슨 해괴망측한 소리요?"

"이 자식아. 니놈이 한 표 찍어서 난 잡혔어. 잡혔다구. 너 지금은 후끈 달아서 이러는 모양인데 해봐라. 결혼해봐. 인마, 본전 생각 난다니까. 날 원망한다구. 난 차라리 니놈이 나를 안 찍어주어서 그때 결혼식이 성사 안 되었더라면 하는 쪽이야. 알겠니?"

"모르겠소."

나는 머리가 아파오기 시작했습니다.

"난 모르겠소."

"찍어주마."

한참 후에 형은 길게 한숨을 쉬었습니다.

"만세. 형 만세."

나는 만세삼창을 하였습니다. 물론 속으로. 이제는 한 표만, 한 표만 더 확보하면 문제는 없었습니다. 나는 심각하게 고민하기 시작했습니다. 자 이제는 누구를 설득할 것인가. 어머니를, 누이를, 그리고 매형을. 그러나 세 사람은 다같이 난공불락이었습니다. 그들은 자기들의 역할, 즉 가정을 돌보고 가꾸고 이끌어나가는 일에 기가 막힌 고집과 보수주의를 고수하고 있었습니다. 그들은 정말 청렴결백하였습니다. 뇌물이 통하지 않았습니다. 나는 눈앞이 캄캄하였습니다. 내가 왜 이러는 것일까. 내가 왜 이렇게 봄닭처럼 뛰고 있는 것일까.

장가가 뭐 그리 대단한 일이라고 이처럼 아부하고, 치사스럽게 행동하고 있는 것일까. 나는 우울한 모습으로 어머니를 찾아뵈었습니다. 어머니는 벽을 보고 누워 있었습니다.

"누구냐?"

"접니다. 둘째아들입니다."

"앉아라. 다리를 주물러다오."

"예."

나는 이게 웬 떡이냐, 하며 어머니를 앞에 두고 앉아서 어머니의 주름진 다리를 주무르기 시작했습니다. 어머니는 누운 채로 가늘게 노래를 부르고 있었습니다.

나의 사랑하는 책 비록 해어졌으나
어머님의 무릎 위에 앉아서
재미있게 듣던 말 그때 일을 지금도
내가 잊지 않고 기억합니다
귀하고 귀하다. 우리 어머님이 불러주시던
재미있게 듣던 말 이 책 중에 있으니
이 성경 심히 사랑합니다.

어머니의 목소리는 가늘었지만 부드럽고 편물기 속에서 직조되는 실처럼 탄력이 있었습니다.

"걔가 어디가 좋으냐?"

벽 쪽을 향해 노래를 부르다 말고 어머니가 웃었습니다.

"착합니다. 그앤 착해요."

"착하기만 해서는 못쓴단다."

어머니는 점잖게 말을 막았습니다.

"그애가 어떻게 너 같은 바보자식을 좋아하게 되었는지 모르겠더라. 니가 어디 잘났냐, 돈이 있냐. 철없는 불한당 같은 녀석을 말이야."

나는 부끄러워서 힛히히 웃었습니다.

"살 자신 있냐?"

"예."

"둘이서 고생하면서 살 자신 있어?"

"예."

나는 이를 악물었습니다.

"실은 그애가 썩 마음에 들었단다. 아주 여간 마음에 들지 않았어."

"아니 뭐라고요?"

나는 놀라서 기절할 뻔했습니다.

"젊었을 때의 나같이 예쁘더라. 난 여자가 예뻐야 된다고 생각한다. 예쁘면 마음도 예뻐. 손도 이쁘고. 발도 보니까 예쁘더라."

"감사합니다. 어머니."

어머니는 다시 노래를 부르기 시작했습니다.

태산을 넘어 험곡에 가도 빛 가운데로 걸어가면
주께서 항상 지키시기로 약속한 말씀 변치 않네
하늘의 영광. 하늘의 영광. 나의 맘속에 차고도 넘쳐
할렐루야를 힘차게 불러 영원히 주를 찬양하리.

나는 어머니의 다리를 주무르면서 나의 핏줄 사이로 어머니의 피가 스며드는 착각을 받았습니다.

내 아버지가 어머니를 가졌듯, 내 할아버지가 할머니를 가졌듯, 증조할아버지가 증조할머니를 가졌듯, 그가 그녀를 가지고, 그녀가 그를 가지고, 그가 그를 낳고, 그가 그녀를 낳고, 낳고 낳아서 이곳에 앉은 나는 그녀의 다리를 주무르고 있으며, 언젠가는 내가 그녀를 가지고 그녀 또한 나를 가지고 그리하여 내가 그를 낳으면 그는 나의 다리를 주무르고 있겠고, 또 그는 그를 낳은 것이므로 우리의 생은 이어지고 이어져 그 끝간 데를 모르겠으니, 우리는 실은 우리가 소유한 우리의 생은 단순히 나 혼자만의 것이 아님을 터득하였던 것입니다.

그날 밤 나는 만장일치로 결혼을 승낙받았습니다. 참으로 이상하고 이상한 결론이었습니다.

한 달 뒤 나는 싸구려 예식장에서 결혼식을 올렸습니다. 가장 싸구려 선물용 플라스틱 세트를 구비하고 축의금을 받아서 식장비를 내고 존경하는 황순원 선생님을 주례로 모시고 결혼식을 올렸습니다.

난생 처음 머리를 가르마 타고 기름까지 바르고 신부측에서 얻어 입은 제일모직 양복을 입고, 모범운전사처럼 손에 흰 장갑까지 끼고 엄숙하게 결혼식을 진행했습니다. 신부는 식장에서 빌린 때문은 드레스를 입고, 인근 미장원에서 신부 화장을 하고 결사적으로 예뻐야겠다는 식으로 만면에 웃음까지 띠고 아주 여유 있게 웃었습니다.

나는 그날 감기에 걸려 기침을 하면서 생전 처음 연습도 못 한 결혼식을 별 큰 실수 없이 치르고 말았습니다.

식이 끝나고 형 친구에게서 빌린 차에 올라타고서야 나는 긴장이 풀려 아, 이제 결혼식을 올렸다 올렸어, 하는 실감이 나고 진짜 어른이 되었으니 어딘가 달라져야 되는데 일테면 머리를 상투 틀어올리거나 키가 부쩍 크는 식으로 만져서 확인할 수 있는 뚜렷한 차이가 있어야 할 텐데 그냥 아무것도 달라진 게 없었으므로 이게 결혼식인가, 남들이 하고 싶어하는 결혼식인가, 어쩐지 씁쓸하고 우울해서 달리는 신혼차를 세우고 소변보러 가는 척 어디론가 도망가서 숨어버리고 싶었던 것입니다.

아기

아내가 애를 밴 것은 결혼하고 삼 년 만의 일이었습니다. 물론 당연하게도 피임을 했습니다. 내가 무어 용감하다고 다른 사람들처럼 결혼하기가 무섭게 떡두꺼비 같은 자식을 낳을 재주도 없었거니와 실상 애를 키울 능력도 없었습니다. 처음 일 년간은 그냥 지냈지만 차츰 주위에서 놀리는 소리가 들려왔습니다. 고 우장춘 박사가 발명한 씨 없는 수박이라느니 어쩌고 하는 놀림을 많이 들어왔습니다.

결혼이라는 것은 합법적으로 뽀뽀하고 합법적으로 애 낳기 위한 것인데 애를 안 낳으려면 무엇 때문에 서둘러서 결혼을 했느냐는 애기였습니다. 그래서 나는 애를 낳기로 결심하고 가족계획협회와 등졌습니다. 그러나 이상하게도 기다리는 님은 오지 않는 법이랬다고 진짜, 기다리는 꽃 소식은 감감소식이었습니다.

나는 내가 정말 씨 없는 수박이 아닌가 의심스러워졌을 정도였습니다. 그래서 초조하고 또 불안했습니다. 그러다가 아내의 조심스러운 임신 고백을 들었을 때 나는 올 것이 오고야 말았다고 기뻐했지만 한편 겁이 덜컥덜컥 났습니다.

어쩌다 들여오는 돈으로 열 달 후에 있을 아기를 위해서 기저귀다 뭐다 장만하는 모양이었지만 나는 날로 불러가는 아내의 배를 보면서 저 속에서 애가 과연 나오는가 어쩐가, 나온다면 재수없는 얘기지만 멀쩡한 녀석이 나올까, 어쩌다 바보 같은 자식이 나오는 게 아닌가, 나도 모르는 우리집 가계에 몹쓸 유전병이 있어서 어쩌다 괴상한 녀석이 나오는 게 아닌가 어쩐가 염려스러웠던 것입니다. 그리고 입덧을 웩웩 하면 무어 맛있는 것 사다주기는커녕 여자들은 임신했을 때 오히려 움직이는 편이 낫다는 말을 신봉해서 일부러 임신하기 전

보다 더 부려먹고 나중에는 머리맡에 있는 담뱃갑 집어오라고 부엌에 있는 아내에게 심부름을 시키곤 했습니다. 또 재수없는 얘기지만 혹시 제왕절개 수술인가 뭔가 하고 나오거나 어쩌다 제 낳을 날보다 미리 나오면 어쩌나 하는 생각이 들어 아예 움직이게 하는 편이 낫다고 나는 태엽만 잔뜩 주고 있었습니다.

아내는 까칠까칠 말라갔습니다. 조그만 몸에 책상 위의 오뚝이 우습구나 하는 식으로 배만 오뚝 튀어나와서 뒤뚱뒤뚱하는 폼이 알 낳으러 가는 오리와 같아 보였습니다.

낳을 달이 임박해서는 제법 뱃속의 아기가 꿈틀꿈틀대고 그래서 나보고 한번 만져보라고 해서 슬쩍 만져보았더니 과연 그 안에 무언가 살아서 맹렬하게 움직이고 있었습니다.

나는 우리가 사는 것은 바로 이런 평범한 진리, 즉 내가 어머니 뱃속에서 열 달 만에 나왔다는 진리를 되새김질하는 것에 불과하구나 하는 것을 새삼스럽게 느꼈을 뿐이지 별다른 감동은 받지 않았습니다.

나는 어렸을 때 소가 송아지를 낳는 것을 본 적이 있었습니다. 소가 송아지 낳을 때 임박해서의 그 느린 몸짓, 본능적인 경계심을 어렸을 때지만 이상하게 생각했던 적이 있었습니다. 그것은 아내도 마찬가지여서 낳을 때 임박해서는 잘 웃지도 않고 어디서 들었는지 태교인가 뭔가를 한답시고 마리아상 앞에서 얌전히 누워만 있었습니다. 아내는 미신처럼 고운 그림, 고운 얘기를 들어야만 뱃속에 있는 애의 성품이 좋을 것이라고 얘기했습니다. 그래서 나는 텔레비전을 보면서 쌍욕도 하지 못했습니다.

그러던 어느 날 밤 아내는 갑자기 배가 아프다고 했습니다. 배가 왜 아프냐 먹은 게 체했냐 하고 나는 진통제는 먹을 수 없으니 사이다나 먹으라고 말을 했는데 그게 아니었습니다. 소위 진통이라는 것이었습니다. 참을성이 있는 아내는 끙끙대면서 잠 곤히 자는 나를 깨우려 들지 않았지만 나 역시 강심장은 아니어서 밤을 꼴까닥 새웠습니다. 나는 정말 열 달 만에 애기가 나올 바엔 십 년 만에 애가 뱃속에서 유아기고 뭐고 다 지내고 나와 나오자마자 아빠 돈 줘, 아빠 학교 가야겠어, 하는 말을 듣는 편이 낫겠다고 생각하고 있었습니다.

아내는 우리 부부가 닭띠라서 쥐해에 아기를 낳으면 쥐가 닭을 해치기 잘해 나쁠 것이라고 걱정하였고 이제 십이월이니 좀 늦게 애를 낳으면 좋겠다고 입버릇처럼 말했지만 애가 나오려고 한 것은 십이월 초순이었습니다.

날이 새자마자 짐을 꾸려 들고 병원으로 가는 길에는 눈이 부슬부슬 내리고 있었습니다. 나는 임산부인 아내 옆에 가는 게 약간 창피해서 죄진 사람처럼 고개를 숙이고 있었습니다. 그러면서도 어째 애가 길바닥에서 나오는 게 아닌가 염려스럽고 애가 타서 빠르게 걸었는데 병원측에서는 방을 하나 잡아주더니 느릿느릿 별거 아니라는 투로 말했습니다. 아내가 애를 낳을 때 남편은 무엇을 할 수 있을까. 옛날에는 아내가 산통을 하면 남편은 지붕에 올라가서 기었다고 하지만 나는 그냥 담배만 뻐끔뻐끔 피워대고 있었습니다. 열두시쯤 아내는 분만실로 갔습니다. 포로처럼 푸른 입원복을 입고, 걸어서 갔습니다. 분만실은 긴 복도 끝에 있었는데 나는 그곳까지 따라가보았습니다. 펄펄펄 눈이 내릴 때 소리가 나는지 어떤지 잘 모르지만 하여튼 눈이 펄펄 날리고 있었습니다.

"잘해봐."

나는 권투시합 직전에 공이 울려 튀어나가는 선수의 귓등에 대고 말하는 세컨드처럼 의미심장한 말을 했습니다.

잘해보라니. 이게 무슨 말라죽은 소립니까. 분만실 앞 벤치에 앉아 있던 여자들이 나를 힐끔힐끔 봤으므로 더이상 따라갈 수도 없었습니다.

아내는 각오가 다 된 듯 보였습니다. 글쎄 고게 웃기게도 왕년에 애 열둘 낳아본 폼으로 자못 침착했습니다.

문이 덜컹 열리고 덜컹 닫혔습니다. 비나이다. 비나이다. 천지신명에게 비나이다. 그저 아들 하나만, 하고 빌다가 나는 미친 새끼야 아들딸이 뭐야. 그저 멀쩡한 것 하나면 낳으면 됐지 하고 생각을 정정했습니다. 그러나 나는 사실 아들을 바라고 있었습니다. 그건 왜냐하면 아들은 키워주면 제가 나가서 부잣집 무남독녀 하나 꿰어차고 들어오면 그만이지만 여자야 길러주면 늑대 같은 남자를 따라갈 테니 밑 빠진 독에 물 붓기가 아닙니까. 이자 안 나오는 투자는 하고 싶지 않았습니다. 나는 펄펄펄 날리는 눈을 쳐다보고 있었습니다. 배가 고팠으므로 근처 식당에 가서 국수를 먹었습니다. 누이에게 전화를 걸고 장모에게 연락을 했습니다. 도저히 분만실 앞에서 대기할 수는 없고 또 창피한 노릇이고 그래서 나는 그녀들에게 인계하고 어디 영화 구경이라도 할 생각이었습니다.

내가 애를 낳는다. 내가 애를 낳는다. 거참 신통도 하다. 신통도 해. 아, 어린애 같은 내가 애를 낳는다. 지화자 좋을시고. 그러나 열두시에 분만실로 들어간 아내는 세시가 되어도 소식이 없고 깜깜했습니다. 기다리는 장모만 불안해서 의자에 참따랗게 앉아 있었습니다. 의사와 간호원이 들락날락거리고 나는 그들의 굳은 얼굴에서 자꾸 재수없는 생각만 하고 있었습니다. 견디다 못해 밖으로 나와 술도 한잔 들이켜고 우동도 먹고 커피도 마시고 친구에게 전화도 걸고 그래도 마음이 가라앉지 않아서 목욕탕에 들어가 하기도 싫은 목욕까지 했습니다.

늙은이처럼 더운 욕탕 물 속에서 이천까지 세고 밖으로 나왔습니다. 그리고 또 무엇 할 것이 없는가 궁리궁리하다가 빠찡꼬까지 해서 오백원 날리고는 이제는 낳았겠지 들어가자 하고 병원으로 들어갔습니다. 그런데 아직 아기는 나오지 않고 있었습니다. 기다리던 사람들도 다 가고 이제는 복도에 우리 식구만 남아서 서로의 시선이 마주 닿을 때마다 깜짝깜짝 놀라면서 분만실을 넘나보고 있었습니다. 나는 보초 서듯 긴 복도를 끝에서부터 끝까지 걸었습니다. 온 길로 또 가고 간 길을 또 오고, 그래서 상당히 많은 길을 걸었습니다. 그때였습니다. 덜컹 분만실 문이 열리면서 간호원이 가슴에 아기를 안고 나왔습니다.

"뭐예요, 뭐?"

앉아 있던 장모님이 대뜸 그것부터 물었습니다.

"딸이에요. 따알."

"아이구머니나. 어때요, 애기 엄마는?"

"순산이세요."

"어디 좀 보자. 어디 좀 봐."

나는 우두커니 멀찌감치 서 있었습니다. 공연히 눈시울이 뜨거워지고 세상 모든 것이 부끄럽고 죄스러웠습니다.

"여보게, 와서 좀 보게."

나는 주춤주춤 그리로 갔습니다. 조그만 아기가, 도저히 사람이라고 상상할 수 없는 조그만 고깃덩어리가 간호원의 손에 안겨 있었습니다.

여린 핏자국까지 얼굴에 묻어 있었습니다.

"아빠 닮았지?"

나는 가만히 아기를 보았습니다. 갈 길이 바쁜 간호원을 붙들고 보았는데 문득 나는 이십구 년 전의 나를 그곳에서 보았습니다. 내가 거기에 안겨 있었습니다. 눈도 뜨지 못한 채 세상 보기 싫다는 듯 고개를 숙이고.

안녕. 나는 인사를 했습니다.

그것은 이 세상에 나온 아기와 나와의 최초의 말입니다.

나는 긴 복도를 줄곧 걸었습니다. 복도는 끝이 어디인지 출구가 어디인지 막막해서 마치 미로에 빠진 것 같았습니다.

이제 아기는 크겠지. 그래서 재롱을 피울 것이다. 봐라. 나는 키운다. 한번 멋지게 키울 것이다. 화초에 물 주듯 나는 아기를 키울 것이다.

아기가 장난감이 필요할 때면 때맞추어 사다줄 것이다. 난 절대로 절대로 이 아기를 궁색하게는 키우지 않을 것이다. 쌍, 맹세한다. 맹세해. 나도 남들처럼 피아노를 배우게 할 것이다. 남들처럼 어린이 합창단에도 집어넣어 노래를 부르게 할 테다. 두고봐라. 두고봐. 쌍, 맹세한다. 맹세해.

나는 눈이 녹아 질퍽이는 거리로 나섰습니다.

그제야 비로소 결혼신고를 해야겠다는 생각이 들었습니다. 원래가 게을러서 아직까지 결혼신고조차 하지 않았는데 이제서야 내가 비로소 결혼한 것이로구나 하는 생각이 들었습니다.

그러나 지금은 너무 늦은 시간이었으므로 우선 어디 조용한 곳에 살짝 숨어서 허락되는 대로 마음껏 웃으리라 작정했습니다.

신혼기

내가 나의 아내와 결혼하고 나서 제일 먼저 얻은 방은 십오만원짜리 전셋방이었다.

내가 나의 집 식구들에게 아무래도 결혼을 해야겠습니다, 하고 선언했을 때 나의 집에서는 놀라 펄쩍 뛰었다. 이 녀석아, 아 글쎄 결혼이라는 게 불알 두 쪽 가지고 되는 것인 줄 아느냐. 사는 게 그리 쉬운 것인 줄 아느냐 하고 공갈협박을 놓았다.

그러나 나는 꼭 결혼식은 올려야겠다고 결심하고 집에서 미친 척하고 이십만원만 꾸어줍쇼, 나중에 갚아드리겠수다 하고 우리집 아랫방을 세 놓아 이십만원을 갈취했다.

이리하여 결혼식은 시작되었다. 군대 제대하고 복학한 소설가 지망생인 나와 나이는 동갑내기로 이미 몸도 마음도 그 알량한 소설가 지망생에게 불법침입당해 이제 아무리 생처녀 행세를 한다 해도 팔릴 것 같지 않은 노처녀인 애인은 그것도 감지덕지해서 제일 싸구려 청첩장을 돌리고 싸구려 도떼기시장 같은 예식장에서 결혼식을 올렸다. 가난한 신부는 그래도 신랑에게 선물이라고 제일모직 신사복 한 벌을 해주었고 신랑은 신부에게 싸구려 루비 반지 하나를 해주었다.

그리고 결혼했는데 신혼여행은 안 갈 수 없어서 워커힐인가 스카치힐인가 하는 호텔에서 하룻밤 잤다. 날씨가 어찌나 추운지 호텔 안에서 피가 나도록 뽀뽀만 하고, 뽀뽀만 했다.

그래도 친구랍시고 백원, 오백원 코 묻은 돈 가져다준 부조금 합쳐보니 식장비와 신혼여행비 정도 되고도 한 이만원 남아 우선 한 달은 먹고살 수 있겠다고 환호작약했다. 그리고 입주한 곳이 바로 그 문제의 방인데 이 방으로 말할 것 같으면 예사의 방이 아니라 도깨비 방이라는 말씀이다.

남의 집을 전세로 드나드는 분은 잘 아시겠지만 빨래 하나 하려 해도 주인 눈치 봐야 하고 변소에서 소변 보려 해도 눈총받는 판이어서, 명색이 대학 출신인 부부는 그 알량한 문화인답게 십오만원 정도로 남의 눈치 안 보고 배짱 편하게 살 수 있는 그 무엇이 없을까 전전긍긍하다가 바로 그 방을 구했다.

이 방은 남의 집 문간방이 아니라 어떻게 보면 아파트와 같았다. 십오만원짜리 아파트라 하면 놀라 자빠지시겠지만 무언가 하면 '여관, 목욕탕' 이층방이라는 것이다.

이 글을 읽는 사람 중에 혹 여자 좋아하고 오입깨나 한 사람들이면 일 주일에 한 번은 가게 되는 소위 독탕이라는 곳인데 들어가면 공중전화통 같은 목욕탕이 있고 목욕탕 앞에 침대가 놓여 있는 다섯 평짜리 방이라는 말씀이다.

맨 아래층은 대중탕이어서 남탕 여탕이 분리되어 있고 이층 삼층은 오입쟁이들이 드나들고, 창부 서넛 대기시켰다가 그 방에 들여보내는 말하자면 일종의 창붓집인데 목하 성업중이었음에도 불구하고 그처럼 날조 아파트로 변하게 된 것은 그 목욕탕 부근에 고등학교가 있기 때문이었다.

학교 선생들이 교육의 전당 부근에 창녀집이 웬 말이냐 비분강개해서 진정한 것이 주효해서 배부른 목욕탕 주인이 궁여지책 생각해낸 것이 바로 전세 아파트(?)였던 것이다.

나는 그 아파트 이층에서 생활했다. 그래도 문화인의 주거답게 스팀이 들어오고 더운물 찬물이 나와서 나는 목욕 따위는 배포 유하게 하루에도 서너 번 해야 직성이 풀리곤 했다.

그러나 말이 방이지 급조한 방이라 옆집의 숨소리까지 다 들려오고 밑바닥은 콘크리트라 별수 없이 서대문 로터리에서 유도 도장에서나 쓰는 싸구려 밀짚을 사다가 밑에 깔고 그야말로 초가삼간 외양간 같은 기분을 내고, 눈만 뜨면 그 방에서 이젠 결혼도 했으니 안심하고 합법적인 뽀뽀만 했다.

우리 부부가 사는 방은 여탕 이층이라 밤이면 물 끼얹는 소리, 어린애 우는 소리(왜 여탕에서는 애 우는 소리가 그리 극성스러운지 나는 모르겠다), 여기 더운물 더 주세요, 어쩌고 하는 소리가 선연히 들려와서 일테면 나는 희멀겋게 벌거벗은 여자들을 그의 엉덩이 밑에 깔고 사는 주지육림의 의자왕쯤 되는 기분이어서 에라 콘크리트 벽을 뚫어 심심풀이 여체 감상이나 할까 어쩔까 궁리하곤 하였다.

그런데 내가 그 집에 입주하게 되고 아침저녁 '여관, 목욕탕'이라고 팻말 붙은 그 아파트를 자주 오가게 되자 하루는 여관 앞에 있는 이발소에서 머리를 깎는데 이발소 주인이 낄낄대는 것이었다.

"여보, 젊은이, 나도 여자 좋아하지만 젊은이 몸 생각 하셔야겠어. 하루이틀도 아니고 매일 그 목욕탕을 드나드는 모양인데 몸 생각 해야지. 힛히히……"

나는 웃을 수도 없고 울 수도 없어서 그냥 있었지만 내심 이 무지몽매한 자식아, 오입이라면 니놈이나 할 것이지 왜 애꿎은 나를 들먹이냐고 투덜대었던 것이다.

그 이후부터는 집 앞을 드나들 때에는 주위를 휘둘러보게 되었고, 아내가 시장 갈 때도 그 망할 놈의 이발관 주인이 아내를 마치 목욕탕에 전속된 새로 온 제법 예쁜 색골 창녀쯤으로 볼 것이 아닌가 우려되어서 끙끙 앓았던 것이다.

아시다시피 목욕탕에서는 물을 저장해두기 위해 옥상 꼭대기에 물탱크를 비치해두는 모양인데 어느 날 밤 내가 술에 취해 들어와 곤히 자다가 냉수나 한 사발 먹어야겠다고 일어나서 그 가스실 같은 목욕탕에 들어가 냉수를 먹고 다시 자리에 누우려다가 깜짝 놀란 일이 있었다.

놀라지 마시라. 심장 약한 분은 이 아래를 읽지 마시오(작가 백).

우리는 아무리 밑에 밀짚을 깔았지만 물기가 있으므로 그 위에 삼절요를 깔고 잤는데 아, 글쎄 방 안에 물이 가득 차서 베니스 수중도시처럼 온 방 안이 강을 이루고 성냥개비들이 뗏목처럼 둥둥 떠 있고, 우리가 깔고 있는 삼절요 스폰지는 이제 막 물기가 먹어들어가고 있는 것이었다.

이게 무슨 날벼락이란 말인가.

나는 놀라서 잠든 아내를 깨웠고, 아내는 이게 꿈인가 생시인가 꿈이라면 분명 길조다 꿈에 물을 보았으니 어쩌고 아직 철이 없어서 깔깔깔 웃고 말았는데 귀 기울여 들어본즉 아, 천지는 까마득하고 무슨 소리인가 폭포 소리가 들려오기 시작했다는 말이다.

에라, 바지를 걷고 복도로 뛰어나가보니 아, 글쎄 삼층 옥상에 있는 물탱크가 터져 물이 계단을 타고 설악산의 계단 폭포처럼 쏟아져 내려오고 있는 것이었다.

내가 무슨 네로 대왕이라고 그냥 오, 물에 잠기는 로마여! 어쩌고 시를 읊을 수 없어 잠든 관리인을 깨우고 수소문해서 여관 주인이 달려오고 그래서 대비책을 강구했지만 이미 물은 거의 다 쏟아졌고 속수무책이라 두고볼 수밖에 없는 것이었다.

창 밖은 새벽이라 어둡고 거기에다 비까지 오고 있었다.

방 안에 들어와보니 완전히 물이 발목까지 차서 내가 아끼는 책들은 담수어처럼 물 속을 헤엄치고 있었으며 부엌(실은 욕탕)의 파들이 뱀장어처럼 꿈틀꿈틀거리고 있었다.

나는 웃었다. 그러자 쌍놈의 눈물이 한 방울 툭 튀어져나왔다.

"가자."

나는 이범선의 「오발탄」처럼 소리를 질렀다.

"어디로요? 이 밤중에."

"북아현동에 약수터가 있다더군. 거기 가서 약수나 마시자."

"좋아요."

아내는 비닐우산을 들고 나섰다. 우리들은 문을 잠그고 밖으로 나왔다.

나는 하품을 했다. 그리고 도대체 어찌 살 것인가. 인생을 어떻게 살 것인가 막연하고 한심해서 한숨만 푸욱푸욱 쉬었다. 그러자 철부지 아내는 집이야 떠나가든 말든 젊은 나이를 눈물로야 보낼 수 있는

가 하는 식으로 이 새벽에 남편과 우중 데이트를 즐기는 속 좁은 소견에서(?) 다정스럽게 내 팔짱을 끼고 우산을 두드리는 봄비 소리를 들으면서 몸을 기대며 화알짝 웃었다.

그래서 나와 아내는 새벽에 자기들이 무슨 건강을 위한다고 비까지 맞아가면서 북아현동 약수터에서 약수를 마시고, 그리고 남이 안 볼세라 볼세라 뽀뽀까지 나누고, 불쌍한 소설가 지망생은 서울이 터져나가라고 에야호 에야호, 죽어라 죽어, 지금 자고 있는 새끼들 죽어라 죽어, 소리를 고래고래 지르고 발성연습을 했다는 얘기이다.

아내의 머리칼

신혼 초에 아내는 내게 물었던 적이 있다.

"저 머리를 자를까요, 아니면 그냥 그대로 놔둘까요?"

그 말이 무슨 소린고 하니 이제 내 몸은 내 몸이 아니라 시집온 이상 당신의 몸이므로 당신의 뜻대로 당신이 하자는 대로 다 하겠으니 머리칼은 어떻게 할깝쇼 하고 묻는 소리였던 것이다.

이를테면 저녁 반찬은 무엇으로 할까요, 라면은 무슨 라면으로 할까요, 소고기라면, 자장라면, 카레라면…… 무슨 라면으로 할까요, 라고 묻는 식이었던 것이다.

머리칼.

나는 아내의 머리칼을 들여다보면서 웃었다.

아내의 머리칼.

아내의 머리칼은 실로 심심울창했다. 대학교 삼학년 때 커트 한 번 하고 내리 길렀던 머리는 어깨를 뒤덮을 정도로 무성했다.

왜 생머리를 늘어뜨리고 다니는가 내가 물으면 아내는 파마 값이 아까워서 그런다고 대답했다.

머리를 짧게 기르면 때맞춰 머리를 지지고 볶고 해야 하는데 한꺼번에 기르면 제멋대로 늘어뜨리고 다녀도 폼은 폼대로 나고 돈은 돈대로 안 들어 그야말로 꿩 먹고 알 먹고 하는 식이라는 것이다.

그런데 나는 어떤 편이냐 하면, 아내의 긴 머리칼에 대해서 반대하는 입장은 아니었다. 나는 여자의 포니 테일 스타일을 좋아하고 있었다.

말하자면 긴 머리칼 중간 부분을 빛깔 고운 손수건이나 핀으로 묶어 올린 말 꼬랑지 같은 머리칼을 좋아하고 있었고 또 은근히 아내의 긴 머리칼에 대해 자랑을 하고 있는 셈이었는데 결혼하고 나서 어느 날 아침밥을 먹다가 나는 아내의 긴 머리칼이 밥 속에 묻혀 있는 것을 발견했던 것이다.

원래 나는 신경이 예민한 편이지만 밥 속에 머리칼이 섞여 있거나 돌이 섞여 있는 것에 대해서는 무딘 편이다.

그래서 무심코 밥을 먹다가 아내의 머리칼(아내의 머리칼 빛깔은 검지 않고 금빛이다)을 들어올리면서, 오 빛나는군 빛난다, 밥 속에서 사금파리가 빛나고 있구나 하고 감탄사를 발했는데 아내는 남의 농담을 전적으로 자기식으로 받아들이곤 어쩌나, 어쩌나 저걸 어쩌나 하고 고민하고 고민하다가 머리칼이 길어서 그래요, 머리칼이요, 하고 머리칼 탓을 했던 것이다.

그리고 그날 밤 아내는 내게 물었다.

"어떻게 할까요? 머리칼을 자를까요, 아니면 그냥 놔둘까요?"

나는 신문을 들여다보면서 대답했다.

"자네 맘대로 해."

"아무래두 잘라야죠?"

"글쎄."

"아니면 그냥 놔둘까요?"

"글쎄."

"안 돼요. 이런 건 남자가 정해주는 법이에요."

"글쎄."

그날은 유야무야로 이야기가 끝났는데 며칠 지난 후에 아내는 또 물어왔다.

"머리를 자를까요, 아니면 놔둘까요?"

"아니 여태 안 잘랐나?"

"그럼 자를까요?"

"글쎄."

며칠 후 나는 임시로 교정을 보고 있던 출판사에서 전화를 받았다.

"웬일이야?"

나는 아내가 좀처럼 전화를 걸어오지 않는데 그날따라 전화를 걸어왔으므로 볼멘 소리로 물었다.

"저 머리 땜에요."

"머리가 왜? 아파?"

"아니 머리를 어떻게 할까요?"

"글쎄."

"대답하세요."

"거기 어디야?"

"미장원이에요."

"그런데?"

"머리를 자르러 왔는데요. 지금 자를까 말까 고민중이에요."

"그럼 맘대로 하지 뭐."

전화를 끊었다.

그날 집에 가서 보니 아내는 머리를 자르지 않았다.

긴 머리를 그대로 무성하게 내려뜨리고 있었다.

"아니 왜 안 잘랐어?"

"아까워서요. 어쩔까요? 정말 자를까요?"

"세상 고민할 게 많군."

일 주일 후 나는 부산에 무슨 일 때문에 내려가서 이 주일을 묵을 일이 있었다.

굉장히 바쁜 일이었다. 정신없이 뛰어다니는데 편지가 날아왔다.

'여보. 그 동안 어떻게 지내시죠? 저는 잘 있어요. 날씨가 찬데 건강 주의하세요. 그런데 어쩔까요? 머리를 자를까요 말까요? 편지해 주세요.'

편지를 받고 나서 나는 웃었다. 젠장, 더럽게 집요하군. 머리칼 하나 가지고 더럽게 야단이군. 머리칼쯤이야 맘에 안 들면 자를 것이요 때가 되면 자라게 마련인데 머리칼 하나 가지고 지랄이야, 지랄은.

편지를 꾸깃꾸깃 꾸겨서 쓰레기통에 집어넣었다.

지방에서 돌아왔을 때 아내의 머리칼은 그대로였다. 그냥 그대로 무성했다.

"웬일이야? 머리 말이야."

"아무래두 마음이 정해지지 않아서요."

"그래. 그냥 놔두지 뭐."

"어쩜 그럴 수가 있어요? 그렇게 무심할 수가 있어요?"

정색을 하고 아내가 덤벼들었다.

"뭘 말야? 도대체 무슨 얘기를 하는 거야?"

"그렇게 아내의 일에 대해서 무심할 수가 있어요?"

"무심하다니? 뭐가 아내의 일이야? 머리칼이, 머리칼. 그렇군."

나는 웃었다.

그렇다. 아내의 일은 머리칼인 것이다. 머리칼. 머리칼을 자르느냐 마느냐의 문제는 아내에게 중대한 문제였던 것이다.

"좋아, 잘라."

"잘라요!"

"그래. 결단을 내리자. 나가자."

"어디로요?"

"머리칼을 자르러."

"그럴까요?"

"일어서. 마음 변하기 전에 옷 입어."

그리하여 둘은 거리로 나왔다.

나는 아내의 마음이 변하기 전에 그녀를 데리고 강제로 거리의 미장원으로 끌고갔다.

"들어가. 가서 잘라."

"그 동안 뭐 하시겠어요?"

"다방에 가 있겠어. 이 앞 다방에 앉아 있겠어."

나는 다방에 들어갔다. 혼자 앉아서 커피를 시켜 마셨다. 다방 텔레비전에서는 권투 중계를 하고 있었다.

재미는 하나도 없었지만 시간을 죽이기 위해서 나는 무심히 그 중계를 들여다보고 있었다.

얼마 후 아내가 다방에 나타났을 때 나는 깜짝 놀랐다. 아내는 마치 흑인처럼 머리를 곱슬곱슬하게 지지고 볶고 있었다. 그것은 머리칼의 경지를 벗어나 있었다. 머리에 매달린 몇 가닥의 곱슬곱슬한 털이라고나 할까.

저렇게 자르기 위해서 그렇게 오랫동안 고심했다니.

나는 은근히 부아가 치밀어올랐다.

"어때요?"

아내는 근심스러운 표정으로 내 앞자리에 앉으며 물었다.

"뭐가 어때?"

"머리 말이에요."

"그게 뭐야?"

"이게 유행이래요."

"유행? 유행 좋아하네."

"그럼 어떻게 해요?"

"가서 물러. 자른 머리칼 도로 붙여달라고 해. 젠장."

갑자기 아내가 울기 시작했다.

나는 아내의 눈물을 들여다보면서 내가 좀 지나쳤구나 마음이 아팠다. 그러나 일단 부렸던 남편으로서의 허세를 당장 거두어버릴 수는 없었다.

"울지 마. 세상 울 것도 많다. 머리칼 하나 때문에 울 것도 많다."

그날 우리 부부는 팔짱을 끼고 영화 구경을 했다.

몇 달 후, 아내의 머리칼은 무성히 자랐다. 그러더니 하루는 내게 물었다.

"어떻게 할까요? 머리 말이에요. 머리요. 자를까요, 말까요?"

"글쎄."

"놔둘까요?"

"글쎄."

아, 아, 머리칼. 귀찮은 머리칼. 산다는 것이, 부부의 관계라는 것이 머리칼 하나로, 무성하게 자라는 머리칼 하나로 대화가 이어지고 있구나. 아아, 머리칼. 귀찮은 머리칼.

아내의 자장가

나는 스물여섯 살 때 결혼해서 햇수로는 어느덧 육 년째가 되어가는데 아직까지 한 번도 아내의 노랫소리를 들어본 적이 없다.

그나 그뿐이냐.

연애를 한 삼 년 걸었으니 거의 십 년은 아내의 노랫소리를 한번도 들어본 적이 없다는 결론이 나온다.

물론 결혼하고 나면 결혼하기까지 용케도 숨겨왔던 버릇이나 개인의 약점들이 서서히 드러나게 마련이다. 이를테면 아내의 이빨이 틀니라거나 아내의 젖가슴이 큰 것처럼 보여왔지만 알고 보니 과장된 브래지어 덕분이라거나 남편의 체격이 좋아 보였지만 알고 보니 내복을 껴입은 덕분이라거나 아내의 발바닥이 지독히도 못생겼다거나 남편의 술버릇이 도가 지나치다거나 하는 것이 발각되게 마련인데 내가 아내에게 속았던 것은 딱 두 가지가 있다.

외모상으로 따진다면 그 하나는 발이 무지무지 못생겼다는 것이요(그 이유를 아내는 다음과 같이 변명하곤 한다. 기성구두를 사 신으면 그렇게 되곤 한다는 것이다), 또하나는 젖가슴이 절벽 위에 꽂힌 압핀 정도로 작다는 것이었다.

솔직히 말해서 나는 여인의 젖가슴은 크면 클수록 좋다고 생각하고 있는 사내로서 신혼 첫날밤 아내의 젖가슴을 확인하고 난 후 절망 절망절망 망절망절망절하였던 것이다.

어느 날 아내는 그 사실을 눈치챘는지 다음과 같이 변명했다.

"이봐요, 젖가슴의 크기는 아이큐에 반비례한다구요. 해외 토픽 못 봤어요? 젖가슴이 크면 아이큐가 나쁘다구요."

물론 인생을 같이 살 여편네가 아이큐가 다소 나쁘더라도 젖가슴이 큰 것이 좋으냐, 머리는 좋지만 젖가슴이 작은 것이 좋으냐고 물으신다면 나는 후자를 택하긴 하겠지만, 그렇다면 내용물은 별볼일 없는 과자의 포장지가 크듯 그 자그마한 젖가슴은 도대체 뭣 때문에 우람한 사이즈의 젖싸개로 내 눈을 속여야만 했는지 기분 더럽게 야속했더란 말이다.

또하나 속은 것이 바로 문제의 그 노래 솜씨였는데 그것은 엄밀히 말해서 내가 아내에게 속았다고는 할 수 없다. 왜냐하면 '나는 처녀랍니다' 라고 시치미 떼던 여인이 첫날밤 알고 보니 처녀는커녕 산전수전 다 겪은 여인이었다는 식으로 아내가 내게 자칭 '나는 노래를 잘 불러요' 하고 한번도 공갈을 했던 적이 없었기 때문이었다.

그런데도 나는 아내가 막연하게 노래를 잘 부를 것으로 기대하고 있었다.

그러니까 이것은 내가 아내에게 속았다기보다는 결혼생활 하다보니 자연 아내의 이상한 버릇을 알게 되었다는 것뿐이다.

결혼식이 끝난 후 신혼여행 갔다 오면 으레 상 하나 차려놓고 오백원, 천원 갖다준 자식들 불러다가 술 주는 것이 예의로 되어 있어서 나도 신혼여행 갔다 와서 친구들을 불러다가 저녁을 내었는데 어느 술상이나 다 그렇듯 이 녀석 저 녀석 술 마시고 취하더니 짓궂게도 "이봐 신랑, 노래 불러. 신랑, 노래 불러" 하고 혀 꼬부라진 소리로 부탁을 해오기 시작한 것이다.

노래 부르는 게 뭐 어려우랴.

나는 돼지 멱따는 소리로 "운다고 옛사랑이 오리오마는 눈물로 달래보는……"을 한 곡조 꽝 불렀다.

노래가 끝나고 나니 이 녀석들 이번에는 "신부 부르세요, 신부요. 와– 옳소, 신부 불러요" 하고 아우성치기 시작했다. 조금 전까지만 해도 술상에 앉아서 간혹 짓궂은 친구녀석들이 건네주던 술을 야금야금 받아오던 아내가 그 무렵에는 자리에 없었으므로 밖으로 나가

보니 할 일도 없이 부엌에 쭈그리고 앉아 있었다.

"여기서 뭘 하고 있어? 들어와. 친구들이 부르고 있어."

"안 가요."

의외로 강경하게 아내는 소리쳤다.

"이봐, 한 번만 부르면 될 텐데 왜 그래? 다들 그런다구. 부르는 법이라구."

"안 가요, 안 간다니까요."

"허어 참, 왜 그래? 한 곡만 불러."

"신부 어디 갔나?"

방 쪽에서 친구들의 고함 소리가 들렸다.

"첫날부터 신부 도망갔나?"

"이것 봐."

나는 당황했다.

나는 은연중에 친구들에게 나는 여인 하나 쥐어잡는 것쯤 자신이 있다, 마누라는 내가 죽으라면 죽는 시늉이라도 한다고 큰소리로 공갈을 하고 있었으므로 당황할 수밖에 없었던 것이다.

"난 가수가 아니에요."

"누가 너 보고 가수래?"

"안 불러요."

"'찌르릉 찌르릉' 이나 불러, 그럼 되잖아?"

"안 부른다니까요. 아는 노래도 없어요."

"그럼 송아지도 몰라? 송아지 송아지 얼룩송아지, 엄마소도 얼룩소 엄마 닮았네."

"난 지금까지 한 번도 노래 불러본 적이 없어요. 남 앞에서요."

"허참, 미치겠네."

"신부 어디 갔어-?"

"죽었어-?"

친구들의 빈정대는 소리가 들려왔다.

나는 은근히 부아가 났다. 그래서 아내의 손을 낚아챘다. 잴 것 없 잖아, 노래 하나 부르는 것 가지고.

"이리 와."

"못 가요."

"이리 오라니까."

"못 간다니까요."

"정말 이러기야?"

"뭘 말이에요?"

"노래 하나 가지구 이렇게 흥을 깰 필요는 없잖아."

"난 말이에요."

아내는 시집올 때 해입은 한복이 아깝지 않은지 구공탄 쌓아놓은 땅바닥에 털썩 주저앉았다.

"노래를 한 번도 부른 적이 없다니까요. 자꾸 노래 부르라면 난 울 고 만다니까요."

정말 아내의 눈에서는 눈물이 굴러떨어졌다. 나는 너무나 의외라 서 멍하니 아내의 얼굴을 들여다보았다.

이게 뭐냐.

노래 한 곡 부르라는 것이 도대체 무슨 큰 어려운 일이라서 신혼 초부터 눈물을 흘릴 수 있단 말이냐······

"왜 울어?"

"난 못 부른다니까요. 노래를 못 부른다니까요."

"그럼 안 부르면 되지. 울긴 왜 울어. 젠장."

그날 나는 아내의 몫까지 노래를 서너 번 더 부르고 위기를 모면 했다.

결혼하고 나서 사 년쯤 지난 후 아내는 내게 고백한 적이 있다.

남 앞에서 노래를 한 번도 불러본 적이 없다. 노래를 부르려면 목소리가 떨려 나온다. 가사도 잊어버리고. 국민학교 때 음악 선생에게 노래를 안 부른다고 매 맞은 적이 있었다. 그런데도 노래를 부를 수가 없었다. 엉터리라도 노래를 부르면 80점 이상 받는 음악 점수를 늘 60점 받은 이유는 노래를 안 불렀기 때문이었다……

그런데 최근의 일이었다. 내겐 딸이 하나 있다. 두 돌이 조금 지난 계집애인데 요즈음 한창 말을 배우고 있다. 노래도 조금씩 텔레비전에서 배우고 있다. 어느 날 나는 밤늦게까지 글을 쓰고 늦잠을 자고 있었는데 아내는 그애를 무릎에 앉히고 노래를 부르고 있었다.

　　자장 자장 우리 아가 자장. 수선화 만발한 맑은 물위에
　　아기배를 띄워놓고 어기야 더기야 용궁을 갈까

꿈인지 생시인지 비몽사간에 나는 아내의 노랫소리를 듣는 순간 귀를 기울였다.

구슬처럼 아름다운 목소리였다. 계집아이도 아내의 목소리에 서투르게 따라서 노래를 부르고 있었다. 아내가 자장자장 하면 아이도 자장자장 따라 부르고 있었다. 그리고 칭얼대던 아이가 조금씩 아내가 부르는 자장가 소리에 잦아들더니 뜸이 들듯 잠 속으로 미끄러져 들어가고 있었다.

　　자장 자장 우리 아가 자장. 수선화 만발한 맑은 물위에
　　아기배를 띄워놓고 어기야 더기야 용궁을 갈까

아내의 노랫소리. 그 노랫소리는 기대 이상으로 맑고 윤택이 흐르

고 있었으며, 고운 목소리였다.

그러나 나는 눈을 뜨고 아내의 노래 솜씨를 칭찬해줄 수 없었다. 그렇게 한다면 아내는 다시는 노래를 부르지 않을 것이 뻔하므로. 나는 그저 눈을 감고 아내의 노래가 끝날 때까지 자는 척만 하고 있을 뿐이었다.

아내의 눈물

결혼하고 나서 나는 우리집 아내가 예쁘다고 생각했던 적이 정확히 세 번 있었다.

그야 물론 제 눈에 안경이라고 예쁘지 않으면 어떻게 데리고 살겠는가마는 결혼을 하고 나니 사는 게 시들시들해지고 탄력성을 잃어가고 그 얼굴을 보기만 해도 냅다 선하품이 아, 아, 아, 아, 나오는 판이었는데, 어쩌다 부부싸움이란 것을 하고 나면 드럽다 드러워 내가 어디서 저따위 무 꼬랑지 같은 여자와 결혼하게 되었던고 후회막급이고, 물릴 수 있다면 웃돈 덧붙여 어디 싸구려로라도 물러버리고 싶을 정도였다. 그래도 결혼생활 오 년에 딱 세 번 아내가 남달리 예뻐 보였던 적이 있다.

그 하나는 첫딸애를 배고 있을 땐데 그때 우리는 십오만원짜리 목욕탕 이층집, 가끔 오입쟁이들이 잘 가는 독탕에 세들어서 라면만 끓여먹고 살 때였다. 하루는 정말 고린전 한푼 없이 딱 돈이 떨어져 먹을 것이라고는 고추장에 비벼먹다 남은 찬밥뿐이고 나오느니 한숨뿐이어서 에라 죽기 아니면 까무러칠 판이다, 뭐 어떻게든 되겠지, 꾸역꾸역 찬밥 나눠먹고 일찌감치 불 끄고 잠이나 자자 하고 누웠는데 갑자기 아내가 무언가 부스럭부스럭 오려서 벽에 얌전히 붙이는 것이 아닌가.

"그게 뭐야?"

목욕탕 습기 긴 흰 벽에 무엇을 붙이는가 의아해 묻자 아내는 엄숙하게 아무런 대꾸 없이 오린 종이를 붙이고 있을 뿐이었다.

"그게 뭐냐니깐?"

나는 뉘었던 몸을 일으켜서 그것을 보았는데 그것은 다름아닌 서양 잡지에서 오려낸 예쁜 애기의 그림이었다. 그것도 무슨 명화의 그림이 아니라 단순한 서양 아기의 사진이었다. 나는 멍하니 저 여자가 지금 가난에 찌들어 정신이 돌아버린 게 아닌가, 고추장에 비빈 찬밥 몇 술 먹더니 저따위 사진을 왜 오려 붙이는가 괴이해서 옆구리 꾹 찌르며 재차 물었다.

"저게 뭐야, 응? 저게 뭐야?"

"당신은 몰라두 돼요."

아주 오랜 뒤 아내는 그 사진이 무엇을 의미하는가 내게 이야기해 주었다.

"뱃속에 애를 배고 있을 땐 늘 좋은 생각을 하고 있어야만 한대요. 그래야만 태어나는 애기가 순하고 예뻐진대요. 난 그 사진을 보고 저 아이 닮은 애를 낳아주십사 늘 빌었답니다."

두번째는 결혼하고 한 이 년쯤 지난 뒤의 일이었다.

그 무렵 나는 사는 게 귀찮아서 그저 눈만 뜨면 술 퍼마시고 집에는 열두시 오 분 전에 들어가곤 했었는데, 하루는 술에 취해 고래고래 노래까지 부르며 집에 도착해 문을 두드리자 오랫동안 안에서 대답이 없었다.

"문 열어라, 문 열어. 내 돌아왔도다."

온 방 안이 꺼질세라 문을 쾅쾅 두들겨부쉈더니 한참 후에 나오시는데 어럽쇼, 비틀비틀 흔들거리고 있지 않은가.

"뭐야?"

"술 먹었지."

"뭐라구?"

"술 먹었다구."

"어렵쇼. 너 미쳤구나."

"그래, 미쳤다. 왜?"

방 안에는 며칠 전 친구들이 마시다 남긴 소주 한 병이 그대로 작살난 채 뒹굴고 있었다.

"애. 너 정신차려라."

"너나 차려."

그날 밤 아내는 밤새도록 토했다. 나는 잠 한숨 못 자고 아내가 변소로 기어갈 때마다 따라나가 등을 두들겨주곤 했는데, 다음날 술이 깨자 아내는 내게 말했다.

"그런 맛대가리 없는 걸 남자들은 뭐 좋다구 매일 마시고 있죠?"

"사는 게 괴로워서 그런 거야."

나는 심드렁하게 대답했다.

세번째는 최근의 일인데 하루는 일찍 집에 들어갔더니 아내가 줄 줄 울고앉아 있었다.

"아니, 왜 울어?"

나는 순간 불길한 생각이 들어 다급히 물었다.

두 아이놈은 제 어미 앞에 나란히 마늘쪽처럼 앉아 제 어미 우는 얼굴을 심각하게 쳐다보고 있었다.

"아니 왜 우냐니까?"

아내가 이야기해준 것은 다음과 같았다.

오후에 무슨 시교육위원회인가 뭔가에서 나온 젊은 아가씨가 들 르더니 집에 애기가 있냐고 물었다는 것이다. 그래 있다고 했더니 아이구 그래요. 애들은 어릴 때부터 지능개발을 시켜야 하는데 어디 봐요. 얘가 큰앤가요. 이름이 뭐예요. 다혜요. 어머, 이름이 예쁘네요. 다혜야 다혜야 이리 와, 이리 와봐(이때 그녀는 뭔가 그림책을 꺼내 펼쳐 보였다). 다혜야 다혜야. 여기 그림 있지. 이 그림에서 모자 쓴 사람은 몇 사람이게. 몇 사람이게. 모자. 모자. 머리에 쓰는 모자. 옴마. 너 모자도 모르니? 모자도 몰라? 얘 큰일났네. 얘 몇 살이에요. 네 살이라구요. 근데 모자두 몰라요. 만으로 이 년 육 개월밖에 안 됐다구요. 그래두 알아야죠. 알아야 한다구요. 그럼 다혜야 다혜야. 냉장고에 뭐가 들었니. 사과. 옳지 사과 사과. 또, 몰라? 요건 뭐니. 아니 이것도 몰라? 얘. 야단났어요. 지능이 남들보다 좀 덜 발달됐군요. 어머, 바나나도 모르니? 큰일났어요, 하더라는 것이다.

그 여인이 다녀간 후 줄곧 아내는 울고 있었다는 것이다.

"아니 울긴 왜 울어?"

나는 울화통이 터져서 소리를 질렀다.

"저애가 남들보다 머리가 모자란대요."

"뭐야? 머리가 모자라? 아, 그것들이 뭐 하는 것들인지 몰라? 책 팔아먹는 나쁜 것이라구. 그래 그 책 샀어?"

"샀어요."

"얼만데?"

"이만원."

"오우. 오우. 망할."

"다혜는 바나나두 몰랐어요. 모자두 몰랐어요."

"그거야 안 먹어봤으니까 모르는 것 아냐. 으이구, 이 멀때야. 그것들은 악질적인 것들이야. 어느 부모든지 애들한텐 약한 것을 알고 사기친 거야. 다혜는 겨우 이 년 육 개월밖에 안 된 애야. 걔가 왜 모자라. 웃기지 말라구 해. 그앤 〈피리 부는 사나이〉를 처음부터 끝까지 부를 줄 아는 애라구. 그런 애 봤어? 당신 친구 딸 중에 다혜만큼 똑똑한 애 봤냐구? 다혜는 또 하나 둘 셋에서 일곱까지두 셀 줄 알고 있다구. 걔가 왜 바보야."

그때였다. 눈치 빠른 우리 딸년은 우는 제 엄마 앞에서 줄곧 주눅이 들어 있다가 갑자기 생기발랄해져서, 그러나 부끄러운지 저만큼 층계를 올라가 딴청을 피우면서 생각난 듯이 노래를 부르기 시작했다.

　　나눈 비리 부는 사나이
　　걱정 하나 엄는 더도리
　　은빛 비리 하나 가꼬 다니지
　　모진 비바라미 불어도
　　거센 누보라가 다 쳐도 언제나 운는 머쟁이

우리는 멍하니 층계 위의 우리 딸년을 올려다보았다. 아, 아. 애가 크고 있다. 우리의 애가.

나는 너무나 놀라서 뛰어가 고년을 핫하 글쎄 고년을 껴안고 입을 맞추고 싶었다. 그러나 갑자기 아내는 눈물 번진 얼굴로 쉬잇- 나를 향해 입을 가렸다. 그 순간 바로 그 순간 나는 세번째로 우리 아내가 이 세상에서 가장 예쁘다는 것을 느꼈던 것이다.

(1975년)

즐거운 우리들의 천국

내가 그 녀석을 만난 것은 무더운 여름날이었다. 그때 나는 고층빌딩 유리창 닦기를 그만두고 무어 밥벌이가 될 게 없나 이리 기웃 저리 기웃 하다 이삿짐 센터에서 죽치고 있을 때였다.

물론 고층빌딩 유리창 닦기만이 내가 해온 직업은 아니었다. 나는 닥치는 대로 무엇이든 해냈다. 극장 포스터를 붙이는 일에서부터 각종 선전 벽보를 붙이는 일도 해보았다.

나는 언젠가 한 장에 일원짜리 종이봉투 만드는 것을 해보았는데 손끝이 뻣뻣해지도록 붙여보아야 하루 종일 천 장도 못 만들고 손에는 더덕더덕 녹말가루가 묻어 다시는 봉투를 만들면 개새끼다 하고는 종이봉투를 박박 찢어버리고 말았는데 그 뒤에 얻어걸린 직업이 벽보 붙이는 일이었다.

그것도 쉬운 일은 아니었다. 눈에 잘 띄는 곳, 일테면 담 귀퉁이 전봇대에 붙일 때면, 으레 순경나으리의 눈치라든가 구공탄 재를 한길가에 버리려고 나섰던 동리 딱정떼 아주머니들의 눈을 피해 재빠르게 붙여야 했다. 제기랄, 자기네들은 한길가에 구공탄을 버리면서 우리가 어쩌다 벽보 한 장 붙인다고 지랄들이었다. 그러나 재빠르게 붙여야 한다고 해서 마구잡이로 풀칠해서 되는 대로 붙이면 아무리 열심히 골목골목을 돌아다니며 벽보를 붙인다고 해봐도 일당받기는 어려운 일이었다.

왜냐하면 일이 끝났다고 보고하면 치사하게도 벽보 배급소 직원이 일일이 정말 잘 붙였는가 확인하고 다녔기 때문이었다.

언젠가 나는 하루 종일 붙여야 할 벽보 오백 장을 초등학교 강당 벽에 모조리 붙여버린 적이 있었다. 날씨는 우라지게 덥고 그 더위 속을 한 손에는 풀통과 또 한 손에 벽보 뭉치를 들고 골목골목을 돌아다녀야 할 생각에 미리부터 염증이 나서 아예 강당 벽에 도배질하듯 얌전히 벽보를 붙인 후 배급소에 가서 일당을 달라고 했더니 직원이 확인하고 다니다가 그것을 발견하고는 이렇게 말했다.

"이 쌔끼야. 이 미쳐두 곱빼기로 미친 쌔끼야. 가버려, 당장 가버려."

나는 뭐 그 지랄을 평생 하겠다고 마음먹었던 것은 아니었으니까 그 길로 풀통을 걷어차고 남은 벽보를 박박 찢어버리고는 그 일을 당장 그만둬버렸다.

다음에 내가 한 일은 암표 장사였는데 제법 요령만 있으면 돈도 두둑히 남는 장사이긴 했다.

토요일이나 일요일이면 언제든 극장은 만원이게 마련으로 어떻게든 표 살 돈 마련하고 극장 앞에 나가 수표주임 참기름 발라주고 반씩 갈라먹기로 하면 슬쩍 표를 빼돌려주는데 표 팔다가 들키면 그야 물론 수표주임이 언제 표 줬냐는 듯 따귀 올리게 마련인 것이다.

말하자면 암표 팔아 나눠먹는 것은 엄연한 묵계인데 극장 앞에 암표 단속하는 것이 자기의 임무라 눈에 띄면 매몰차게 따귀 올리고는 안면 바꾸며 으름장을 놓는 것이다. 그러니까 암표 팔 때도 요령이 필요한 것이다.

한번은 무슨 놈의 영화지 아침 열시부터 극장 앞에 손님들이 몰리고 터져나서 이거야 정말 굉장하구나 하고 열 장쯤 사서 신나게 표를 팔아 오후쯤 되니까 열 장이 스무 장으로 불어나고 스무 장이 마흔 장으로 불어나고 드디어는 저녁 무렵에 거의 백 장으로 접어들 판인데 재수없이 표 사세요 덤벼든 사람이 사복 입은 순경나으리라 꼼짝 못 하고 골목으로 끌려들어가 조인트 터지고 따귀 얻어맞고 표를 압수당한 후 울화통에 주머니에 남은 두 장 가지고 혼자 극장에 들어가 분한 마음 누르고 구경을 한 후로 그 암표 장사도 그만두었다.

영화는 굉장히 웃기는 영화였는데 나는 얼마나 눈물이 나왔던지 질질 울며 영화를 보았다. 영화관 밖은 제 차례 기다리는 새끼들로 만원이었지만, 뺏기지 않고 남은 두 장 가지고 들어간 영화관 내 옆좌석은 영화 끝날 때까지 텅 비어 있었다. 사람들은 깔깔 웃고 껄껄 웃고 까르륵 웃고 호호 하하 마구 웃었는데 나는 질질 울고 내 옆좌석은 텅 비어 있었다.

암표 장사를 그만둔 후 나는 구공탄을 팔았다. 구공탄을 팔았다고 하면 내가 무슨 연탄공장 차린 것으로 알겠는데 그게 아니라 구공탄 한 스무 장 사다가 전부 밑불 든든히 붙여놓고는 새벽에 시장거리에 나가 하루만치의 구공탄 불을 원하는 사람들에게 그것을 파는 것이었다.

날씨는 추워오고 하루 벌어 하루 사는 사람들은 구공탄을 갈아 밑불을 살릴 생각은 않고 또 그렇게 하면 생으로 구공탄 한 장을 밤새도록 타버리게 하니까 그것을 대신해서 하루 쓰고 버리는 구공탄을 사서 쓰곤 했는데 그것을 맡아서 해주고 돈을 받는 일이었다.

구공탄 한 장에 이십원이라 치면 나는 사십원을 받았는데 그러니까 내가 받는 웃돈은 순전한 불값이었다. 나는 밤을 새워 불을 지켰다. 구공탄이 꺼지면 불을 새로 붙이기가 얼마나 힘든지 겪어본 자식들은 알 것이다. 밤새도록 이십여 개의 구공탄에 불을 붙이고 그것이 꺼질세라 지키노라면 낙엽이 지고 비가 내리고 그리고 눈이 왔다.

어느 날은 혼자서 이십여 개의 구공탄에 모조리 불을 붙이고 그것을 지키노라니까 야밤에 흰 눈이 펄펄 내리기 시작하고 가슴에는 된추위가 스물스물 저며드는데 손바닥에만 미지근한 불기가 한층 따스히 비춰주고 있는 것이 문득 울화통이 치밀어서 나는 일어나 단추를 끄르고 밤새 피운 구공탄 위에 모조리 오줌을 깔기고 그 일을 그만두었다.

그 다음에 나는 그림책을 팔았다. 동대문 시장에 나가 이상하게 사내들은 색안경을 쓰거나 얼굴을 꺾어 가리는데 계집들은 방실방실 천연덕스럽게 웃으며 그 짓들을 해대는 사진을 사서 품속에 넣고 다니며 술집거리에 서서 술 취해 집으로 돌아가는 사람들에게 그것을 팔았다.

사내녀석들은 나이 든 녀석이건 젊은 녀석이건 아씨, 책 있어, 하면 벌쭉 웃으며 따라나서서 희미한 가로등 밑에서 그것을 실컷 들여다보다가 인마 이건 봤어, 더 근사한 거 없어, 하며 히죽이곤 했다. 근사한 게 뭔데. 인마 동물하고 노는 것 말야.

맹세코 말하건대 나는 절대 그따위 것은 팔지 않았다. 사람은 마땅히 사람끼리 할 일이지 개, 아니면 말 따위와 어떻게 어울릴 수 있겠는가.

그렇다면 누구든 내게 이렇게 물을 것이다. 너는 왜 도둑질하지 않는 것이냐. 너는 왜 남의 물건을 훔치지 않는 것이냐.

물론 나도 그런 유혹은 어릴 때부터 받아왔다. 내 나이 또래의 녀석들도 손가락 사이에 면도칼 숨겨들고 다니면 반년도 못 되어서 금

시계도 차고 계집도 끼고 넥타이도 매고 다니는 것을 나도 잘 알고 있고 그들로부터 유혹도 많이 받았다. 하지만 나는 죽어도 남의 물건엔 손 하나 대지 않을 것이다. 왜냐하면 이 세상 모든 물건엔 그들대로의 주인이 있는 법이다. 그것이 질서다. 나는 그것을 알고 있다. 내가 내 맘대로 남의 물건을 뺏으려 든다면 내가 사는 주위는 모두 개판으로 변할 것이다.

또 이렇게 물을 수 있겠지. 그렇다면 너는 왜 구두를 닦거나 신문을 팔거나 아니면 정비공장에 나가서 기술을 배우지 않는 것이냐.

내가 가지고 있는 것이란 몸뚱어리뿐이어서 이 몸뚱어리로 할 수 있는 일이란 극히 한정되어 있다.

나는 맹세코 남의 발바닥에 약칠 따위는 아니하려고 생각하고 있다. 나는 구두와 상대하고 싶지는 않다. 선 자 앞에 쭈그리고 앉아서 그 자식의 발바닥이나 핥아주며 무좀 청소나 해주는 일은 죽었다 깨어나도 하지 않을 작정이다.

물론 나도 기술을 배우기 위해서 그림책 파는 것을 그만두고 이발소에 들어갔던 적이 있었다.

이발사는 그래도 뚜렷한 기술이 없는 내가 배울 수 있는 유일한 직업이었다. 나는 몸뚱어리 하나밖에 없으니까.

나는 이발소에서 이발 끝낸 손님들의 머리를 쥐 잡듯이 감겨주는 일을 꽤 오래 했다. 손님들은 양순해서 손톱을 세워 비누칠을 해준 후 박박 긁어주면 세면기에 코가 닿도록 머리를 처박고는 매우 시원해하는 눈치였다. 머리 감겨준 뒤에는 내 손으로 손님들의 얼굴까지도 대신 씻어주어야만 했다. 그것은 이상한 기억이었다. 나는 당연하게도 내 얼굴밖에 세수해본 적이 없었다. 어릴 때부터 으레 내 손바닥은 내가 씻는 얼굴의 눈알이든지 튀어나온 코, 입, 그리고 귀에 익숙해져 있었는데 그 손바닥으로 남의 얼굴을 세수해주노라면 이상한 느낌이 닿곤 하는 것이었다.

그것은 마치 밥을 떠서 다른 사람 입에 넣어주는 꼬락서니였다. 내 손톱이 손님들의 머리를 감기느라고 닳아서 반질반질해지자 나는 마지막으로 한 번도 내가 앉아본 적이 없는 이발대 위에 앉아서 머리를 깎아달라고 공갈을 쳤다.

마침 손님이 없어 한산했던 때라 이발사들도 내 이런 광기에 별로 반항을 보이지 않고 내 머리를 깎아주기 시작했다. 얼마나 정성 들여 깎아주었던지. 나는 그들에게 감사한다.

"가거라. 이 쌔끼야."

내 머리를 다 깎아주고 수염까지 밀고, 귓구멍도 후벼주고는 이발사가 내게 말을 했다.

나는 머리 깎고 그곳을 떠났다.

다음에 내가 했던 일은 세차장에서 남의 차를 닦아주는 것이었다. 거센 물줄기를 세워놓은 차를 향해 난사하고 차 위에 기어올라 차를 윤이 나도록 닦아대는 일인데 나는 이틀 만에 그것을 그만두었다. 왜냐하면 앞에서도 나는 맞아 죽어도 남의 구두 따위를 닦지 않으려고 한다는 것을 밝힌 바가 있는데 차를 닦는 일도 마찬가지 일이었기 때문이다.

물론 차는 구두보다 고급이긴 했다. 그러나 살아 있지 않은 물건이라는 면에서는 마찬가지였다. 나는 사람들의 대갈통을 주무를지언정 죽어 있는 것과는 상대하지 않을 작정이었기 때문이다. 남의 차를 향해 물줄기를 난사할 바에는 차라리 목욕탕에 벌거벗고 들어가 더운물을 끼얹고는 남의 더운 살덩어리에서 때 벗겨내는 일을 할 작정이다. 그것은 피가 통하는 물건을 만지는 일이니까.

마치 내가 남녀가 그 짓을 하는 야비한 그림책을 팔지언정 개와 말이 사람과 더불어 그 짓을 하는 그림책은 절대로 팔지 않은 것처럼.

차를 닦다가 그만두고 내가 얻은 직업은 지금까지 내가 가졌던 직업 중에서 가장 마음에 드는 것이었다.

그것은 고층빌딩의 유리창을 닦는 일이었는데 물론 무서워서 바지에 오줌을 질금질금 쌀 만한 직업이었다.

하지만 건물 꼭대기에서 저 까마득한 거리로 수많은 사람들이 마치 벌레처럼 오가는 모습이라든가 차도 위를 굴러가는 빈대 같은 차들의 행렬을 바라보는 기분은 그야말로 스릴 만점이었다.

그것은 구름 위에서 그들을 내려다보는 기분이었다. 허락된다면 내가 언젠가 구공탄 불들을 오줌으로 껐을 때처럼 바지 단추를 끄르고 오줌을 싸갈겨 뜨거운 빗물을 난데없이 하늘 위에서 퍼부어대고 싶을 정도였다.

어쩌다 저녁 무렵 유리를 닦을 때면 도시 빌딩의 숲 사이로 지는 붉은 햇볕이 유리창에 반사되어 온통 주위가 붉게 물들고 내려다보면 조금씩 거리의 네온이 타오르기 시작하고 차들의 헤드라이트가 켜지기 시작해서 나는 마치 하늘로부터 내려진 두레박 끈을 붙들고 하늘에 매달린 기분이었다.

우물 밑은 찬연한 불빛의 바다였으며 그들은 나와는 무관했다. 나는 그들의 머리 위에서 그네를 타고 있는 기분이었다.

그러나 못 견디게 괴로웠던 일은 내가 닦는 유리창 저 너머로 사람들이 일을 하고 웃고 떠들고 타자기를 치는 분주한 모습들을 보는 것이었다.

그것은 마치 공중전화 부스 밖에서 목소리는 들리지 않는 사람의 몸짓을 들여다볼 때와 흡사한 기분이었다. 모래 갈아주지 않은 물 표면으로 자맥질하여 솟아오르며 쉴새없이 입을 뻐끔거리는 금붕어의 입놀림을 두터운 유리 어항 저편에서 보고 있을 때와 같은 단절감이 내게 있었다.

나는 투명한 유리 저편에서 하늘로부터 내려온 한 가닥의 줄에 생명을 의지하고는 그들의 틈바구니로 뛰어들기 위해서 입김을 호호 불어 김이 서린 유리창을 잘 보이도록 닦아내는 일을 해대고 있을 뿐이었다.

유리 저편의 사람들은 아무도 나의 처절한 유리 닦기를 주의하지 않았다. 나는 그들을 들여다보고 있었지만 그들은 아무도 나를 의식하지 않았다.

나는 단지 창 밖의 풍경에 불과했다. 마치 내가 한때 세차장에서 닦던 윈도 브러시처럼, 버튼을 누르면 자동적으로 빗물을 반원 부채꼴로 밀어대는 윈도 브러시를 차 속의 사람들은 아무도 의식하지 않듯이 내가 닦아내는 유리창의 세척을 그들은 하나의 풍경으로서, 단순한 기계 동작처럼 느끼고 있을 뿐이었다.

그때 나는 내가 해왔던 모든 일이 그들에게는 단순한 풍경처럼 무관한 일에 불과하다는 사실을 발견했다.

나는 벽보를 붙였지만 한 번도 그 벽보가 가리키는 장소에 나가본 적이 없으며, 나는 암표를 팔았건만 딱 한 번 빈자리 옆에 앉아 핫핫 핫 웃는 웃음의 홍수 속에서 눈물을 찔금찔금 흘리며 앉아 있었을 뿐이며, 봉투를 열심히 붙였지만 편지를 보내본 적은 없으며, 구공탄에 불을 열심히 붙였지만 그것을 쪼인 적은 없으며, 그림책을 팔았지만 한 번도 그 짓을 해본 적은 없으며, 남의 머리들을 감겨주었지만 내가 감아본 적은 없으며, 남의 차를 향해 물줄기를 난사하였지만 그 속에 들어가 앉아본 적은 없었다.

그래. 나는 찔끔거리며 창 밖에서 울었다. 그들이 볼 때는 창 밖에서. 거리에서 보면 하늘 위에서. 아, 아, 하늘 위에서 본다면 허공에 매달려서.

나는 그날로 그 일을 그만두었는데 그 일을 그만두고 나는 참 오랫동안 놀았다. 너무 외롭고 쓸쓸해서 내가 지금껏 배가 고파도 참았던 두 가지의 일을 해볼까도 생각했다. 그 하나는 남의 물건을 훔치는 일이었고 또하나는 내가 가지고 있는 유일한 것인 피를 판다거나 지나가는 차에 부딪쳐 팔을 망가뜨리고는 억지떼를 써 돈을 우려내는 일이었다. 그것은 내가 이를 악물고 참아온 일이었지만 너무나 배가 고팠으므로 조마조마하게 할까 말까 아슬아슬하였다. 그러나 나는 참았다.

그 다음에 내가 잡은 직업은 이삿짐 센터 직원이었다. 이미 이사철인 봄이 지나고 땡볕이 훅훅 볶아치는 무더운 여름이었으므로 죽치고 기다려도 하루에 이사 가는 사람이 하나쯤 있을까 말까 한 이삿짐 센터에서 나는 불러주기를 기다리는 창녀처럼 목을 늘여빼고 땅뺏기놀이를 하며 기다리고 기다렸다.

그때 나는 그 녀석을 만났다. 그 녀석도 나처럼 가진 기술이라고는 없고 그저 몸뚱어리 하나밖에 없는 녀석이라는 것이 한눈에도 뻔해서 만나자마자 별로 얘기를 걸려 들지 않았는데 기묘하게도 녀석이 얘기할 때마다 그저 자꾸 밑도끝도없는 웃음을 낄낄거린다는 것이 신경에 거슬리는 편이었다.

"일이 많냐?"

"없다."

"며칠 공쳤냐?"

"이틀."

"이틀이라구. 핫하하. 이틀이라구."

참 괴상한 웃음이었다. 도대체 앞뒤가 들어맞지 않는 거품 같은 웃음이 녀석의 대화에 느닷없이 섞여나왔다.

"한심하구나. 핫하하. 한심해."

이삿짐 센터에서 불러주기를 기다리는 녀석은 나 혼자뿐이 아니고 비슷비슷한 녀석들 서너 명이 더 있었는데 우리들은 이 괴상한 친구의 등장을 모두 기이하게 여기고 있었다. 도대체가 뚜렷한 시간 약속 없이 무더운 땡볕 아래 무작정 기다려야 하는 고통 속에 앉아서 살인이라도 저지를 것 같은 무서운 광기를 겨우겨우 참아내고 있을 때 등장한 녀석의 꼬락서니가 너무 우스워서 사뭇 녀석을 학대하는 것으로 터질 듯한 광기를 겨우 달래고 있었다.

대화 속에 섞인 그의 웃음은 웃음이라기보다는 차라리 안면운동이었다. 처음에 우리는 그의 유별난 행동이라든가, 겁먹은 태도, 상식 이하의 웃음을 어떤 처세술이 묘한 녀석이 자기 자신을 두텁게 위장시켜 어느 결정적인 시기엔 그 정반대의 다른 면을 드러내 보임으로써 강한 두려움을 주려는 속셈하에 연기되는 교묘한 사기일지도 모른다고 생각했다.

왜냐하면 나를 포함해서 우리 모두가 다 그런 경험이 있었기 때문이었다. 일테면 내가 암표를 팔 때 단정히 신사복을 입었던 사내가 갑자기 태도를 바꾸고 골목길로 나를 데리고 가서 순경나으리의 본색을 드러내고 표를 압수했듯이 우리가 경험한 수많은 사건들 중엔 양면의 공포감을 비수처럼 무장하고 있는 사건들이 왕왕 있었기 때문이었다.

사실 우리가 무시해도 좋으리라 생각했던 사람이 차차 하나하나 번데기 허물 벗듯 그러한 자기 약점을 던져버리고 결국엔 눈부실 만큼의 늠름한 자태로 나타났을 때 우리는 그에게 두려움 섞인 찬탄을 보낼 수밖에 없지 않은가.

해서 우리는 처음에 모두 그에게 약간의 경계심까지 갖고 있을 정도였다. 그러나 단시간에 우리는 우리의 걱정이 기우라는 것을 알아냈다. 그는 말하자면 겉으로 나타난 그대로 형편없는 녀석이었기 때문이었다.

우리가 그에게 무엇을 하던 녀석인가를 묻자 녀석은 자기가 영화배우였다고 얘기를 했다.

"영화배우, 웃기지 마라."

내가 한 대 쥐어박을 듯이 으름장을 놓자 녀석은,

"아니다. 핫하하. 정말이다. 핫하하."

하며 정색을 했다.

"대갈통에 털 나도록 나는 네 녀석 같은 배우를 본 적이 없어."

우리들 중 누군가가 여전히 윽박질렀다.

그러자 녀석은 여전히 웃음을 질질 흘리면서 얘기를 했는데 그는 자기가 주연도 아니고 그렇다고 조연도 아니고 엑스트라였다고 얘기했다.

"난 말이야. 주연배우 대신에, 핫하하, 오층에서 떨어지는 역을 기가 막히게 했었다. 핫하하."

"거짓말하지 마라. 그건 사람이 떨어지지 않구 인형을 떨어뜨리는 거야."

누군가가 아는 체를 했다.

"아냐, 핫하하. 난 정말 떨어졌었다. 핫하하."

"그래. 넌 인형이니까. 핫하하."

내가 그 녀석의 웃음을 흉내내어 한마디 하자 다들 웃었다.

"인형이 떨어지면 그건 그럴듯하게 보이지 않아. 핫하하. 사람이, 사람이 떨어져야 한다. 하하하."

말하자면 녀석의 직업은 배우들의 위험한 장면을 대신해주는 대역 엑스트라였는데 일테면 배우들이 격투 끝에 말에서 떨어진다거나 고층빌딩에서 떨어진다거나 할 때 인형을 쓰면 실감이 나지 않으니까 위험 부담을 대신 맡아주는 역할을 했었다는 것이었다. 그러나 아무도 녀석의 말을 믿지 않았다. 그 말을 믿기엔 녀석이 어딘가 모

자라 있었다. 날렵하게 말에서 떨어지거나 고층빌딩에서 떨어질 녀
석은 전혀 못 돼 보였다.

"그리구 또 뭘 했니?"

우리는 따분하고 무료했으므로 녀석을 괴롭히는 쾌감으로 시간을
보내고 있었다. 그 짓이라도 하지 않았다면 우리는, 그리고 나는 더
위에 미쳐서 발광이라도 할 판이었다. 녀석은 우리들의 집요한 힐난
조의 공세가 오히려 즐거운 모양이었다. 자신이 우리의 무리에 끼어
드는 일이란 자신의 모자람을 털어놓아 우리를 웃기게 하고 그것이
우리와 함께 어울릴 수 있는 유일한 길인 것처럼 생각하고 있는 모양
이었다.

그는 자기가 엑스트라를 집어치우고 다음에는 영화 녹음하는 곳
에서 효과를 맡았었다고 했다.

"효과가 뭔데?"

아주 어려운 용어가 나왔으므로 우리들 중에 누군가가 켕기는 목
소리로 물었다.

그러자 녀석은 신이 나서 얘기하기 시작했다.

"영화를 다 찍고 나면 말야. 핫하하. 배우 입에 맞추어서 말야. 핫
하하. (이 망할놈의 웃음은 일테면 이런 뜻이 있는 것 같았다. 얘기
뒤에 아주 우스워서 못 견딜 만한 부분이 있어서 도저히 그 얘기에
이를 때까지 기다리지 못하고 중간중간에 조금씩이라도 털어놓는다
는 뜻이 있는 것 같아 귀 기울여 듣고 나면 결국엔 아무것도 아니잖
냐는 기묘한 배반감 같은 것을 느끼게 되어 한결 가중된 모멸감이 녀
석에게 생기게 되는 것이다.) 성우가 대사를 넣는데 말야. 내가 한
것은 핫하하, 대사를 넣는 게 아니라 배우가 말야. 문을 열고 들어가
면 문 여는 소리, 핫하하, 술을 마시면 술 넘어가는 소리. 그런 소리
를 말야. 핫하하. 내는 거지. 새가 울면 새소리."

"새소리?"

누군가 말을 끊었다.

"새소리를 네가 낸다구?"

"내지. 핫하하."

"공갈 마라. 이 쌔끼야. 니가 새소리를 어떻게 내냐?"

"낸다. 핫하하."

"내봐라."

그러자 녀석은 갑자기 몸을 바로 세웠다. 그러더니 돌연 엄숙한 표정으로 윗단추를 푼 후 자기 손을 왼쪽 겨드랑이에 끼고 산 생선처럼 요동치기 시작하였다. 땀에 젖은 겨드랑이를 오가는 손바닥의 마찰로 불쾌한 소리가 났다.

"그게 새소리냐? 이 새끼야. 그건 뭐 하는 소리다. 대낮에 땀난 연놈이 부딪는 소리다."

"아냐. 핫하하. 그냥 들으면 모르지만 마이크 통해 들으면 새소리다."

그는 다시 왼손을 오른쪽 겨드랑이에 집어넣고 또 한 번 운동을 했다. 그러더니 양손을 빼고 두 손을 엉덩이에 붙이고는 푸드득푸드득 두들기기 시작하였다. 먼지가 일었다. 그 소리는 아무 소리도 아니었다. 설사 마이크를 통해 듣는다면 새소리가 틀림없다고 해도 그것은 먼지 터는 소리밖에 아니었다. 우리는 속았다.

"또 무슨 소리 낼 줄 아냐?"

"난 소 우는 소리 낼 줄 알지. 핫하하."

"공갈 마라. 우리가 모른다고 공갈하지 마. 새소리, 염소 소리 모두 녹음되어 있을 텐데 니놈이 어떻게 뭘 잘한다고 소리를 내냐, 소소리를 내고."

"녹음 안 된 소리도 있다. 핫하하. 그럴 땐 우리가 내지."

"내봐라. 소 소릴 내봐라."

아주 난처해하며 녀석이 우리를 보았다.

"재미있어서 그래. 쌔끼야."

"정말이냐? 핫하하. 정말 재미있냐?"

"재밌잖구. 그렇지 않니?"

"그럼 재밌지 않구."

"해봐라."

우리는 싱글거리며 녀석을 부추겼다. 녀석은 우리를 물끄러미 쳐다보았다.

"정말 재미있냐?"

"그렇다니까."

녀석은 갑자기 몸을 바로 세웠다. 그리고 허공을 바라보며 공허하게 짖었다. 음머- 하고. 마찬가지였다.

그 소리는 아무 소리도 아니었다. 혹 마이크를 통해 듣는다면 소울음소리가 틀림없다고 해도 그것은 메마른 고함 소리밖에 아니었다. 우리는 또 한 번 속았다.

그때였다. 건물 쪽에서 우리를 부르는 외침이 들려왔다. 우리는 허겁지겁 그리로 뛰어갔다. 기다리고 기다리던 이삿짐 부탁이 한 건 들어온 모양이었다. 우리는 화물 트럭에 짐처럼 실려서 전화 걸려온 곳으로 달려갔다. 나는 물론 녀석도 이삿짐 나르는 데는 서툴렀지만 우리들 중의 두어 명은 아주 익숙했다. 우리는 그 친구들이 시키는 대로 열심히 물건들을 날랐다.

그것들도 우리와는 무관한 물건이었다. 이사 가는 여주인이 나와서 우리가 혹시 그들이 쓰는 물건 중에 값비싼 조그만 물건을 주머니에 실례하는가를 눈여겨보고 있었으며 남자 주인은 장롱이나 냉장고 따위를 나를 때면 문턱이나 벽 모퉁이에 걸려서 흠집이 나지 않을까 감시하고 있었다.

우리는 웃통을 벗어붙이고 일을 했다. 날씨는 점점 무더워졌고 온몸엔 구슬땀이 가득했다. 악센 여주인은 전기 소켓 따위도 뜯어가는 판이어서 나는 산더미 같은 짐을 들고 층계를 오르내리면서 이를 악물고 있었다.

나는 그 짐을 나르면서 내가 고층빌딩 유리 닦는 것을 그만두던 때를 생각하였다. 그때 나는 유리창 밖에서 나하고는 무관한 사람들을 쳐다보며 그들 무리로 끼어들어가려 했던 일이 얼마나 무모한 일인가 느꼈던 것을 기억했다. 그러자 무거운 짐을 든 손에 힘이 빠져나갔다.

이 일도 나하고는 전혀 무관한 것이 아니냐는 생각이 머리를 때렸다. 나는 그들의 물건을 나르고 있다. 그러나 이 물건은 내 물건이 아니잖느냐. 내가 열심히 붙인 봉투에 내가 편지를 한 번도 띄워보내지 못한 것처럼.

짐을 나른 후 나는 화물 트럭에 올라타 짐짝처럼 그들의 새로운 동리로 찾아갔다.

나는 장롱과 냉장고, 이불보따리와 새집에서 쓸 꺼지지 않은 연탄불 사이에 이리저리 포개져서 내 곁을 스쳐 지나가는 도시를 우울하게 쳐다보았다. 거리가 내 곁을 스쳐 지나가고 있었다. 마치 뒤로 걷는 것처럼.

어쩌다 물구나무서서 세상을 보면 하늘이 강처럼 흐르고 키 큰 나무가 하늘의 강물에 머리를 감고 있는 것같이 보이듯이 화물 트럭에 실려서 보는, 스쳐가는 거리의 풍경은 모두 내 곁을 지나 먼 데로 먼 데로 뒷걸음질쳐대고 있었다.

그들이 새로 이사 가는 집은 아파트였다.

"재수 옴 붙었다."

이삿짐 나르기에 이골이 나 있는 우리들 중의 고참자가 툴툴거렸다.

"하필 아파트가 걸릴 게 뭐냐."

고참자의 말은 틀리지 않았다. 아파트도 오층의 새집이 우리가 짐을 부려야 하는 곳이었다.

우리는 일개미처럼 짐을 날랐다. 나는 짐을 나르면서 이번 한 번으로 이 일이 족하다고 마음을 다져먹고 있었다. 그렇다면 나는 또 무엇을 할 것인가. 이번에는 무슨 일을 해야 할 것인가. 이것은 내가 경멸하는 죽은 물질과의 싸움이다. 나는 한 번도 구두를 닦아본 적은 없다. 나는 선 자의 다리 밑에 쭈그리고 앉아 무좀 걸린 발에 아까운 침을 퉤퉤 뱉을 수는 없었다. 마찬가지로 내가 유리창과 차를 닦는 고무호스를 던져버린 것은 더이상 죽은 자와 싸우지 않기로 마음먹었기 때문이었다.

내가 들어가서 앉은 영화관, 이젠 그런 것과도 손을 떼어야만 했다. 나는 짐을 나르며 몇 번이고 마음을 다져먹었다.

한참 후에 거의 일을 끝마쳤을 때 주인집은 우리를 위해 술을 내놓았다. 우리들은 술이 먹고 싶어서가 아니라 갈증 때문에 술을 벌컥벌컥 들이켰다.

낮술은 금방 우리들을 취하게 했고 그래서 우리들의 얼굴은 뻥끼칠한 것처럼 붉어졌다. 그리고 갑작스런 광기가 또다시 새로운 욕망처럼 우리들을 사로잡기 시작했다.

"이봐. 우리 내기할까?"

우리들 중 고참이 벌게진 얼굴로 우리의 얼굴을 쳐다보았다.

"뭔데?"

"아파트를 내려가기다."

"그야 내려가잖구."

"아니 층계로 내려가는 게 아니구, 창문으로 내려가는 거야."

다들 술기운이 갑작스레 달아올랐다.

166

창문가엔 층계로 들어올릴 수 없는 장롱 따위를 끌어올린 굵은 밧줄이 아직껏 매여 있었다.

"이 밧줄을 타고 내려가는 거야."

"누가 보면 어쩌려고?"

"소방훈련 한다구 그러지 뭐."

우리는 모두 술 취한 고개를 빼고 창 밖을 내다보았다. 높았다. 그것은 내가 유리 닦던 고층빌딩보다 낮긴 했지만 그러나 만용을 부리기엔 섬찟한 높이였다.

"자 누가 먼저 내려가겠냐? 먼저 내려가는 친구에겐 오늘 일당의 반을 주기로 하지. 자, 아무도 없어?"

그는 우리들을 둘러보았다.

"자, 첫번째 선수."

내기를 건 녀석은 마치 경매를 붙이는 사람처럼 소리를 질렀다. 그러나 아무도 나서려 하지 않았다.

"안 계십니까? 우라질."

"내가 해볼 테다."

누군가 나섰다. 그러나 그도 창 밖을 내려다보더니 머리를 긁고 돌아섰다. 그리곤 아무도 나서려 하지 않았다.

"불가능해. 그건."

내가 한마디 하자 다들 맞장구쳤다.

"안 돼. 그건."

내기가 흐지부지되고 술잔이 막 끝날 즈음 누군가 용케도 구석에 앉아 땀을 뻘뻘 흘리고 있는 엑스트라를 발견했다. 그것은 정말 안성맞춤의 발견이었다.

"됐다. 저 쌔끼가 있잖아."

"옳소."

일제히 박수가 일었다.

"넌 아까 우리한테 얘기했다. 오층에서 떨어지는 건 밥 먹는 것보다 쉽다구. 인형 떨어뜨리는 건 장난이라구."

"건 안 돼. 핫하하. 안 돼. 안 된다니까. 핫하하."

"안 되긴."

나는 소리를 질러 흰 이를 드러내 보였다.

"넌 날개 소리도 낼 줄 안다구 했어. 자. 매달려봐라. 이건 떨어지는 게 아냐. 밧줄에 매달리는 거야. 그러니까 생각보다 위험하지 않아. 자 매달려봐. 이 자식아."

"왜, 왜 그래?"

"재미있으니까."

"정말이냐? 핫하하. 내가 그러면 정말 재미있단 말이니? 핫하하."

"암 재미있잖구. 그렇지 않어?"

나는 주위를 돌아보았다.

"그럼 재미있지 않구."

다들 맞장구쳤다.

"해보라니까."

"정말이니? 핫하하."

"정말이라니까."

그때였다. 녀석이 천천히 걸어왔다. 그러더니 창가에 서서 몸을 바로 세우고 심호흡을 했다. 그러더니 애원하듯 한 번 더 우리를 돌아보았다.

"정, 정말이지. 핫하하. 내가 그렇게 하는 게 재미있다는 거지, 핫하하."

"그야 물론이지, 이 자식아."

그는 천천히 곡예하듯 창가에 올라섰다. 그리고 손으로 밧줄을 쥐었다. 그의 몸이 아주 조용히 접는 나이프처럼 굽혀졌다. 우리들은 모두 말이 없었다. 내심 이 자식이 그만두어줬으면 바라고 있었는지 모른다.

그의 몸이 돌연 창문 아래로 굴러떨어졌다. 그리고는 우리 시야에서 사라져버렸다. 우리는 모두 황급히 창가로 뛰어가서 밖을 내다보았다.

밧줄에 녀석은 위태롭게 매달려 있었다. 그리고는 우리들을 올려다보았다. 그의 얼굴은 새파랗게 질려 있었다. 하지만 얼굴 전체에는 가득히 넘쳐흐르는 듯한 웃음이 충만되고 있었다.

"이봐. 이 자식들아. 핫하하. 네놈들은 왜 웃지 않니? 핫하하. 내가 이렇게 한다면 재미있을 거라고 하더니 왜 웃지 않니? 핫하하."

우리들은 그러나 아무도 웃지 않았다.

나는 황급히 밧줄을 끌어올리려고 손을 내밀어 밧줄을 쥐었다. 그리고 힘을 모아 그것을 끌어올리려는 순간 밧줄 저 끝에 가득했던 둔중한 무게가 홀연 사라진 느낌을 받았다.

그때였다.

그의 몸뚱어리가 맥없이 균형을 잃더니 거짓말인 것처럼 허공을 떠서 땅 아래로 굴러떨어졌다.

나는 그때 그 자식이 허공에 떠 있는 짧은 순간에도 나를 향해 웃고 있는 듯한 환영을 보았다.

(1976년)

가면무도회

이문후가 다시 신문사로 돌아온 것은 오후 네시가 훨씬 지나서였다. 예정보다 늦은 시간이었다. 더군다나 이문후는 오늘 야근이었고 때문에 될 수 있으면 일찍 돌아와서 야근시간 때까지 목욕탕에 들어가 칸막이 한증실에 틀어박혀 땀을 빼고는 한두 시간 정도 잠을 자리라 마음먹었던 것이 틀린 것이었다.

별수 없이 문후는 진통제를 한 알 사먹고 신문사로 돌아올 수밖에 없었다. 이젠 꼼짝 못 하고 기사를 써서 데스크에 넘겨야 하며 곧장 눈 한번 붙여보지 못하고 꼬박 밤을 새워야 할 판이었다.

문후는 적잖이 지쳐 있었다. 추석을 며칠 앞두고 신문사들은 올 추석을 해방 삼십 년 세월에도 계속되고 있는 민족적 비극에 초점을 맞추어 기획을 세웠으며 때문에 과잉 취재 경쟁이 벌어지고 있었다. 그래서 문후는 방금 통일로에 다녀오는 길이었다. 색도 인쇄용에 대비해서 컬러 슬라이드 필름을 넣고 사진기자와 함께 떠난 것은 오전 열

한시경이었는데 한참 달리다보니 차가 시동이 꺼져버렸다.

운전사는 뒷좌석의 문후와 사진부 기자를 돌아보면서 미안하지만 내려서 밀어달라고 흰 이를 드러내 보이며 웃었다.

별수 없이 문후와 사진부 기자는 지프를 밀고 끌며 거의 두 시간을 보내야만 했다.

"젠장."

겨우 발동이 걸리고 나자 운전사가 낄낄거렸다.

"신속, 정확한 기사두 좋지만 차 좀 바꿀 생각은 왜들 안 하는지 모르겠소. 젠장."

갈 때부터 맥이 빠진 길은 현장에 도착하고 나서도 마찬가지였다. 도착하고 보니 다른 신문사의 기자들이 와서 통일로를 배경으로 기사 취재를 하고 있었다. 가장 쉽고도 당연하고도 안이한 아이디어였다.

추석을 앞두고 통일로에 서서 고향을 그리는 실향민의 표정 따위는 해마다 연중행사처럼 취급되는 손쉬운 취재 대상이었던 것이다.

문후는 털털거리는 지프에 실려 회사로 돌아오면서 몇 년 전 화려하게 진행되었던 적십자회담을 생각했다. 지금은 중단되어 이미 화석화되고 사문화되었지만 그때 각 신문사들이 취재 경쟁에 혈안이 되어서 동분서주하던 일을 상기했다.

점점 사람들이 사는 데 여유가 생기고 생활의 수준이 높아지자 신문사측은 일반 시민 독자들이 원하는 기사에 대해 신경질적으로 예민해졌다. 평양에 다녀온 기자들이 식사할 때도 승용차로 다녔고 평양 시민과는 한마디도 얘기를 나눠볼 수 없었다는 사실을 상세히 보도하면, 시민들은 우월감 섞인 조롱으로 그들이 서울에 오면 자유롭게 서울 시내를 돌아다니게 하자는 여론과 그들에게 청진동 해장국집, 하다못해 청계천 연변의 판잣집도 보여주자는 여론이 폭등하고 있었던 것이다.

때문에 신문사측은 오히려 기사 한 줄 한 줄에 과민한 반응을 보이는 독자들을 만족시켜주기 위해 피투성이 취재 경쟁을 벌이곤 했었는데 그럴 때마다 부장은 써온 기사를 들여다보면서 고함을 꽥꽥 지르곤 했다.

"나가죽으쇼. 나가죽어. 이런 걸 기사라고 쓰쇼. 이러고도 기자야. 걷어치우쇼, 집어치우고 나가서 아이스크림 장사나 해."

부장이 걸핏하면 아이스크림 장사 얘기를 꺼내는 데엔 이유가 있다. 전임 부장이 어느 날 갑자기 신문사를 그만두더니 자기 집 근처에 식료품점을 내고 아이스크림을 팔기 시작한 뒤부터 부 내에서는 걸핏하면 "에잇, 이놈의 기자 때려치우고 아이스크림이나 팝시다"라는 자조적인 유행어가 퍼졌던 것이다.

하기야 삼십 년 동안 두터운 벽에 가로막혔던 북쪽에서 손님이 온다는 것은 획기적인 일이었다. 우리가 객기 비슷한 향수심으로 기상예보 시간에 이북 평양의 내일 날씨는 비가 오고 바람이 불겠습니다라는 직접 가서 확인할 수 없는 일기 해설을 꼬박꼬박 내고, 전국체전에는 선수단은 없고 임원단만 있는 이북 5도의 입장식을 빼놓지 않고 거행하고, 지리 시간엔 함경남도의 도청 소재지는 함흥이라는 것을 배우고 있긴 하지만, 막상 눈 들어 바라보면 삼십 년 동안 전쟁이라는 피비린내 나는 대결을 치르고 아들이 아버지를 반동이라고 고발하고 마르고 여윈 국민들이 동무 동무 해가면서 새벽별보기운동이나 하는 아비규환의 지옥이라는 것만 피상적으로 알고 있는 그곳에서 사람이 온다는 것은 상상조차 할 수 없는 일이었다.

그래서 각 신문사들은 눈이 벌게져서 취재 경쟁을 벌이고 있었던 것이다. 최근의 일반 시민 독자들은 입맛이 까다로워서 상투적인 기사에는 이미 타성화되어 있었다. 사주들은 신문사의 부장급들에게 버튼을 눌러 독자들의 일반 관심거리가 무엇인지 알아내라고 쉴새없이 때려대고 있었고 부장급들은 상대적으로 기자들을 채찍질하고 있었다.

"이봐, 신문사라는 게 양력을 음력으로 바꿔 말해주는 곳이 아니잖아."

하루에도 몇 번씩 신문사에는 양력을 음력으로 바꿔 가르쳐달라는 문의전화가 걸려오는 것을 빗대어, 부장은 기자들에게 큰 소리로 고함을 치고 있었다.

그것은 일리가 있는 얘기기도 했다.

요즈음 독자들은 춘천호에 버스가 굴렀다는 기사보다는 배우가 간통을 했다는 기사에 더 흥미 있어 했으며, 스포츠와 일반 레저 기사에 관심을 갖는 경향이 뚜렷해지고 있었다.

몇 년 전 심야에 고층빌딩 꼭대기에 자리잡은 나이트클럽에서 화재사건이 일어났던 적이 있었다. 그때 마침 문후는 야근이었는데 전화를 받고 부리나케 화재 현장으로 나갔다.

수년 전 일어났던 대연각 화재사건 이후 고층빌딩의 화재사건은 빈번하게 일어났고, 그때 크리스마스 황금 프로를 제치고 마치 스포츠 중계나 하듯 텔레비전이다, 라디오다, 신문사다 모두 총동원되어 사람이 우수수 낙엽 지듯 떨어져 죽는 것을 보도하는 걸 본 뒤로는 지금 시민들은 황금 프로그램인 가수들의 노래라든가 춤 따위보다는 현장감 있고 자극적인 것을 보기 좋아한다는 결론에 도달했던 것이다.

그것은 엄중히 말해서 몇 시간 동안 텔레비전 카메라를 들이댈 성질의 것은 아니었다. 분명히 큰 사건이긴 하지만 저녁 뉴스에 상세히 보도해주어야 할 것이지, 사람이 죽는 현장을 몇 시간씩 중계하듯 보여준다는 것은 대중의 맹목적인 사디즘, 가학 취미에 매스컴이 단순히 놀아난 결과밖에 되지 않았다. 그것은 엄격히 말해서 사형장을 중계한 꼴밖에 되지 않았기 때문이었다.

물론 생존하고 있던 한 중국인의 끈질긴 삶의 투쟁이 이후에는 뉴스의 초점이 되었지만 아무리 아나운서가 "그렇습니다. 우린 중국 사람의 끈질긴 침착성을 배워야 합니다" 하고 해설했다손 치더라도 그것은 자기들의 잔인한 중계를 인간적인 휴머니즘으로 감춰보려는 저의에 불과했던 것이다.

문후가 현장에 도착했을 때는 고가사다리로 사람들이 막 대피하고 있었다.

그중 놀라운 것은 팬티 하나만 걸친 웬 여인이 고가사다리에 매달려 구출되어 나오는 모습이었다.

밤에 고고 클럽을 드나드는 젊은 부류는 신문사가 마땅히 두들겨패야 할 성질의 것이었다.

또한 일반 독자들도 신문이 두들겨패면 유쾌하게 생각하곤 했다. 고고 클럽은 두들겨패기에 매우 합당한 곳이었으므로 고고 클럽에서 일어난 불은 두들겨맞아도 무방하였다.

더구나 여관이나 호텔은 독자들의 상상력을 불러일으키기엔 충분히 음습한 곳이었다. 그곳에서 팬티 하나만 걸친 여인이 젖가슴이고 무엇이고 다 벗어붙이고 헐레벌떡 도망쳐나온 사실은 분명 큰 뉴스였다.

말할 것도 없이 취재하고 있던 각 신문사들의 플래시는 그 여인에게 집중적으로 터졌으며 다음엔 그 여인의 신원이 무엇인가 하는 호기심에 충만되기 시작했다.

다음날 조간신문에는 클로즈업된 여인의 나신이 사회면을 장식했다.

고고 클럽과 호텔과 벌거벗은 여인의 나신은 대중의 흥미를 충분히 만족시켜주었으며 아울러 벌거벗은 육체를 공개함으로써 그 여

인 개인의 프라이버시가 침해당한다는 비난은 신문사측이 현명하게
도 고고 클럽이 퇴폐의 온상이라는 마땅히 지탄받아야 할 대상임을
강조함으로써 피할 수 있었던 것이다.

　야근을 끝내고 문후는 해장국집에서 조간신문을 들여다보다가 부
장에게 이건 너무하지 않은가 하고 한마디 던졌다. 왜냐하면 단순히
여인의 벌거벗은 사진이 공개된 것뿐 아니라 그 사진 밑에는 '필사
적으로 탈출하는 L양' 이라는 사진 설명이 붙어 있었는데 그 사건으
로 입원한 환자 중에는 여인이 셋밖에 없었고 이니셜이 L로 시작되
는 여인은 딱 한 사람밖에 없어서 주의 깊은 독자라면 고가사다리에
매달린 L양과, 기사 본문 중에 본명과 주소까지 명기된 입원 환자 이
(李)양이 동일인물임을 알아낼 수 있었던 것이다.

　결론적으로 얘기하면 어찌 되었든 그 여인의 벌거벗은 육체는 한
개의 고깃덩어리처럼 근수가 매겨져서 저울대 위에 내팽개쳐져버린
것이었다.

　그러자 부장은 큰 몸통을 흔들거리며 화물열차처럼 크게 웃었다.

　"아침 신문 들여다보는 사람들 모두 흥분하고 있을걸. 다 그런 거야."

　물론 신문사로는 다소의 항의 전화가 오긴 했다. 그러나 그 항의
전화는 일반 대중의 관심이 집중되었다는 척도로서도 충분히 가치
가 있는 것이었다.

　문후가 신문사에 돌아와 부장에게 다가갔을 때 부장은 코감기에
걸렸는지 데스크 위에 발을 올려놓고 비약(鼻藥)을 코로 들이맡아
막힌 코를 뚫으려고 노력하고 있었다.

　"다녀왔습니다."

　문후가 맥빠진 소리를 내자 부장은 막힌 코가 뚫렸는지 연거푸 재
채기를 해댔다.

　"늦었어."

"차가 고장났습니다. 밀고 당기고 끌고 야단한 게 두 시간입니다."

"그래 괜찮아?"

그가 묻는 괜찮냐는 질문은 일테면 뭐 냄새 맡았어, 혹은 한 기사 건졌어 따위의 의미가 들어 있는 물음이었다. '괜찮아?' 는 그의 별명이었다.

"괜찮지 않습니다."

"아니 왜?"

"뻔합니다. L신문사가 벌써 도착해 있었습니다."

"젠장, 정말 괜찮지 않군."

부장은 연거푸 재채기를 했다.

"어떡한다, 촬영은 했나?"

"했습니다."

"어떡하지? 안 되겠어. 색도 인쇄 칼라판을 똑같은 내용으로 내보낼 수야 있나. 그러다간 사쪼가 신경질낼걸. 당장 그만두고 아이스크림이나 팔라구 말야."

부장은 김이 나는 호빵을 먹기 시작했다. 경찰서 출입했던 기자들이 수금 나갔던 월부책 장수들처럼 돌아와서 서성이며 저녁 한때의 시장기를 메우고 있었다.

그들은 지방 첫판 신문이 나오길 기다리고 있었다. 그들에겐 그것을 보고 나서야 퇴근하는 습성이 있었다. 꼭 정해진 규율은 아니었지만 언제부터인가 내려오는 지켜야 할 규칙으로 굳어져 있었다.

경찰 출입하는 기자 중의 하나가 웃으면서 부장에게로 다가왔다.

자연 대화가 끊겼다.

"부장님, 이것 한 대 태워보슈."

"이게 뭔데?"

"한 대 뺏어왔어요. 젊은 애들 피우는 대마초랍니다."

"그으래. 이게 그거야?"

부장은 그가 준 것을 펴보았다.

"이건 담배 아냐? 청자인데 그래."

"담배는 담밴데 피우면 천국 본다구 그래요, 젠장."

"그래. 천국이나 갈까?"

부장은 장난기로 그것을 입에 물었다. 그에겐 이런 천진스러운 면이 있었다. 경찰 출입 기자 출신인 부장은 그런 유아 같은 천진스러움과 다른 한 면의 끈덕진 강인함을 동시에 가지고 있었다.

"깊숙이 빨아야 한답니다."

기자가 싱글싱글 웃으며 말했다.

부장은 불을 붙이더니 힘껏 그것을 들이마셨다. 순간 그는 요란스럽게 구식 기차처럼 담배연기를 내뿜었다. 그러고는 냅다 기침을 해대었다. 기침은 한참 계속되었다.

열심히 들여다보던 기자들 모두가 한꺼번에 웃음을 터뜨렸다.

"퉤, 퉤, 퉤. 안 되겠어."

"천국 보기가 그리 쉬운 줄 아십니까?"

담배 준 기자가 크게 웃었다.

"갖다 버려, 젠장. 한 모금 피웠다구 나 목 잘리는 거 봐야겠어?"

그는 문후를 쳐다보았다.

"지독한 풀이야. 왜 저따위 것을 피우고 있지? 염소라면 뜯어먹기나 할 텐데."

부장은 다시 비약을 들이마셨다.

"어디까지 얘기했지. 오오라. 통일로까지 얘기했지. 이봐요. 이형은 어떻게 했으면 좋겠어?"

"글쎄요."

부장은 고개를 숙이고 무엇인가 생각하는 것처럼 코밑에 난 조그만 사마귀점을 쥐어뜯었다.

"좌담회는 어떨까?"

"이북 출신 명사들 말입니까? 아니면 이북 오도 지사들 좌담회 말입니까?"

"그건 흔해빠진 거구. 해방둥이 좌담회가 어떨까?"

"그건."

문후는 맥이 풀린 소리로 말을 받았다.

"지난 광복절 때 했지요."

"젠장."

부장은 쿨럭쿨럭 기침을 했다.

"아무래도 이놈의 감기 없애려면 고무신 하나 남의 집 담에 집어 던져야 할까봐."

부장은 기사철 용지에 무엇인가 끼적였다.

"안 되겠지. 이것도 안 되겠지."

그는 자기가 말하고 자기가 대답했다.

"뭐 없을까? 민족의 비극을 상징할 수 있는 무슨 사건이 생긴다면 근사할 텐데. 사건에다 초점을 맞추면 근사할 텐데, 일테면."

부장은 문후를 올려다보았다.

"저번에 뭐이더라, 무슨 대학교 교수가 그랬잖아. 철새 실험하는데 철새 발에다 메모를 해두었다가 하늘에 날려보낸 후 이듬해 봄에 돌아와 잡고 보니 자기의 아버지인가 형인가 철새 발에다 메모를 해서 보냈다는 얘기 말야. 그것 참 근사하잖아. 어때? 새는 자유로이 남북을 오가는데 인간은 이데올로기에 걸려 오가지 못한다는 얘기가 사건으로 부각될 수 있거든. 이야기가 있어야 하는데 말야. 직접적인 회고담보다는 스토리가 있어야 하는데 말야."

부장은 담배를 피웠다.

"밤낮 통일로 통일로, 아니면 녹슨 철마야 달려라, 기적을 울리고 신의주까지 달려라. 민족의 염원이 뭉쳐진 통일로. 이거야 수천 번 해댄 소리 아니냔 말야."

마침 사환애가 데스크마다 잉크 냄새 풍기는 첫판 신문을 놓고 갔다. 다들 우르르 신문을 펼쳐서 들여다보았다. 부장도 신문을 들여다보았다.

"톱이 뭡니까?"

"부정 식품이야. 두부에 횟가루를 넣었대. 죽일 놈들. 이런 자식들은 자손만대 횟가루를 처먹여야 한다니까."

부장은 대충대충 훑어보더니 신문을 던져버렸다.

"참 이형, 오늘 야근이지?"

"예."

"잘됐어. 나두 야근인데 오늘 저녁때 생각 좀 해봅시다, 어때, 몸은?"

"여전합니다."

"거 젊은 사람이 왜 그리 빌빌해. 왜 그래? 아, 아."

부장은 밑도끝도없이 기지개를 켰다.

"눈만 뜨면 야근, 눈만 뜨면 야근, 도대체 언제나 아이스크림 장사 할꼬."

저녁 일곱시쯤 되자 기자들은 한 사람씩 두 사람씩 빠져나가더니 편집국 안은 철 지난 바닷가처럼 한산해졌다.

지방부 쪽에서는 지방에서 걸려온 장거리 전화를 받는지 야근 기자의 악 쓰는 소리가 들려오고 있었고, 저녁 뉴스를 듣기 위해 라디오를 틀어놓아 썰렁한 편집국 안을 시끄럽게 하고 있을 뿐 편집국은 바둑을 두는 두어 명의 기자와 외국에서 전송되어오는 외신의 털털거리는 전신을 받는 사람 몇 사람을 제외하곤 텅 비어 있었다.

열린 창문으로는 차량의 경적 소리가 들려오고 있었고 초가을의 스산한 바람이 책상 위의 기사철들을 날리고 있었다.

문후는 원고지를 꺼내 만년필을 쥐어들었다. 아무래도 오늘 안으로 초고라도 만들어두어야만 할 것 같았기 때문이었다. 진통제 한 알 먹은 것이 효과가 있었는지 오후 무렵만 되면 뒤통수를 때리는 엷은 고통감이 한결 덜해졌지만 그러나 침침한 편집실의 흐린 불빛 밑에서 원고를 쓰려고 만년필을 쥐어들자 절로 권태감이 문후를 사로잡고 있었다.

담배를 두어 대 갈아피우고 나서야 문후는 두어 줄 기사를 써갈길 수 있었다. 그러나 마음에 드는 기사는 아니었다.

며칠 뒤로 다가온 추석 특집을 통일로를 취재함으로써 메워보려던 기획은 낡고 또 매우 안이한 생각이라는 것이 막상 만년필을 들고 나니 더 확실하게 느껴지고 있었다.

"식사 안 하겠어?"

두어 장 파지를 찢어버리고 새 담배에 불을 붙여 물려는데 부장이 문후의 어깨를 툭툭 쳤다.

"먹었습니다."

"벌써?"

"오다가 통일로 근처에서 냉면으로 때웠습니다."

"잘돼?"

부장은 책상 위에 놓인 문후의 담뱃갑에서 담배를 한 대 빼어물고는 뚱뚱한 몸을 비스듬히 기울여 문후가 써갈긴 두어 장의 원고지를 들여다보았다.

"난 식사 좀 하겠어. 곧 끝나겠지? 끝나면 한잔하지. 그리로 오라구. 기다리고 있을 테니까."

"끝나면 가겠습니다."

부장은 사라져버렸다.

문후는 세번째 파지를 쓰레기통에 던졌다. 저녁 무렵의 흐린 머리로 기사를 이어간다는 것은 무리였다. 문후는 맥이 빠져 아까부터 혼자 벨을 울리고 있는 전화를 노려보았다. 으레 대기하고 있어야 할 신입 기자는 전화받을 생각은 하지 않고 바둑 두는 것을 선 채로 물끄러미 들여다보고 있었다. 문후는 울화통이 치밀었다.

"어이, 정형."

그러자 신입 기자는 바둑판을 들여다보다가 이쪽으로 고개를 돌렸다.

"전화 좀 받지."

문후는 침침한 눈을 손가락으로 심하게 비볐다.

그때였다.

누군가 문후 옆에 서서 말을 걸어왔다.

"실례합니다."

처음에 문후는 자기에게 말을 걸어온 것은 아닐 거라는 생각으로 손을 뻗쳐 길게 기지개를 켜고 아, 아, 아, 아 하품을 시원스레 하는데 재차 실례합니다 하는 두번째 말이 들렸다. 그제서야 문후는 앉은 채 소리난 쪽을 올려다보았다.

낯선 사내가 문후의 옆자리에 서 있었다. 체크 무늬의 신사복을 단정히 입고 있는 사내였다. 저녁이었는데도 그는 엷은 색안경을 쓰고 있었다.

"저 말입니까?"

문후는 낯선 사람 앞에 보인 기지개 끝의 무안함을 감추기 위해서 상반신을 얼핏 곧추세우며 사내에게 물었다.

"예."

사내는 조심스럽게 대답하고는 손을 모았다.

"저 기자님이시죠?"

"그렇습니다만."

"저어 바쁘시지 않으면 시간 좀 빌릴 수 있겠습니까?"

사내는 필요 이상의 예를 갖추고 있었다. 문후는 절로 양미간이 찌푸려졌다. 이런 유의 방문객은 늘 있게 마련이었다. 자신의 처지를 과장되게 선전하여 보도를 통한 협조를 부탁하는 사람들이거나 아니면 개인적인 원한을 신문사라는 곳에 호소하여 보도해주기를 부탁하는 개인 용무의 사사로운 방문객은 편집국 안에 늘 있는 손님이라서 문후는 상대방의 틈을 보아 적당히 거절할 요량으로 자기가 바쁘다는 것을 간접적으로 알리기 위해서 잠시 밀어두었던 원고지를 잡아끌며 만년필을 쥐어들었다.

"아, 사실 좀 바쁩니다. 기사가 밀려놔서요."

"압니다."

사내는 얼굴이 벌게지면서 눈을 가렸던 색안경을 벗었다. 마치 자신의 색안경이 문후에게 행여 건방지거나 무례한 인상을 주었다면 용서라도 해달라는 듯이.

"바쁘신 줄은 알고 있습니다. 잠깐이면 됩니다. 지금 바쁘시면 이따가 퇴근 무렵에 잠깐 뵈어도 좋겠습니다."

"오늘 야근인데요."

문후는 흘깃 사내를 쳐다보았다.

안경을 벗자 사내의 얼굴은 분명하게 드러나 보였다. 중년에서 이제 막 노년으로 접어들려는 초로(初老)의 나이로 매우 단정하고 지성적인 얼굴이었다. 인상만으로는 사내가 이런 신문사를 찾아다니며 개인의 입장을 호소하거나 보도를 의뢰하는 정체불명의 자선기관 사람은 아닐 것 같다는 생각이 들었다.

잘 빗은 머리칼은 귀 옆부분에서부터 희뜩희뜩 눈처럼 빛 바래 있었고, 생김새만 우리나라 사람이었지 옷차림이라든가 제스처라든가 한마디 한마디 매우 조심스럽게 골라서 하는 품이, 오랫동안 외국에 나가 있던 사람이 오랜만에 고국에 돌아와 무심코 사용하는 외국어에 주의하면서 잊었던 단어들을 기억해내며 대화를 해나가는 듯한 안쓰러운 기색이 엿보이고 있었다.

그의 말 속에는 어딘지 서양식 발음투가 잠재되어 있어서 'R' 자 발음이 심하게 드러나고 있었다.

"그럼 제가 기사를 다 쓸 때까지만 기다려주시겠습니까?"

"예."

사내는 빠르게 말을 잘라 받았다.

"기다리겠습니다."

"요 앞에 가면 구내 다방이 있습니다. 아니, 지금 시간엔 닫았을 테고, 요 앞 한길에 나가시면 우정 다방이라고 있습니다. 거기서 기다려주십시오. 삼십 분 내에 가겠습니다."

그러자 사내는 갑자기 안심이 되었다는 듯 딱딱했던 몸 자체를 유연하게 허물어뜨리고는 고개를 숙였다.

사내가 사라지자 문후는 잠시 밀어두었던 원고지를 들여다보았다. 방해꾼들과의 대화로 중단되었던 기사의 맥을 잇기 위해서 문후는 자신이 쓴 원고를 다시 한번 읽어보았다.

'해마다 맞는 가을이요, 해마다 맞는 추석이지만 올 추석을 맞는 분단된 실향민의 슬픔은 더욱 크기만 한 것 같다.

돌이켜보면 해방된 조국을 맞은 지 어언 30년. 그때에 태어난 해방둥이들은 이제 청년에서 중년기로 접어들었다. 그런데도 북녘 하늘은 멀기만 하고 고함쳐 불러도 헤어진 부모형제에게서는 메아리로조차 대답이 없다.'

문후는 아까부터 연거푸 파지를 석 장이나 만들고 있는 마지막 문장이 여전히 신경에 거슬리고 있었다. 그 문장은 기사 문체라기보다는 약간 센티멘털한 문체였기 때문이었다. 물론 색도용 기획기사는 정확하고 간결한 신문기사체를 요구하는 것은 아니었지만 '고함쳐 불러도 메아리로조차 대답이 없다' 라는 문장은 자신이 생각해도 낯 간지러운 데가 있었다.

문후는 네번째의 파지를 내었다. 그리고 원고를 이어나가기 시작했다.

대충 막혔던 맥이 풀리고 문후는 속필로 열다섯 매의 원고지를 완성했다. 마음에 들지는 않았지만 내일 아침 데스크에 넘길 때 다시 한번 고쳐보리라 마음먹었다.

"전화는 뭡니까?"

문후는 시큰둥 빈 의자에 앉아서 『타임』지를 들여다보고 있는 신입 기자를 쳐다보았다.

"시경 캡한테서 전환데요."

"뭐 있답디까?"

"메모해뒀습니다. 강도사건입니다."

문후는 대충 메모한 기사를 들여다보았다.

큰 사건은 아니었다. 복면을 한 강도가 금품을 뺏어갔다는 얘기였다.

이제 또 경찰을 두들겨팰 때가 되었군. 경찰은 뭣 하고 있는가. 시민만이 범인을 잡는다. 경찰은 뭘 하고 있는가.

문후는 천천히 일어났다. 사내와 약속한 지 어언 한 시간 가까이 흘러 있었으므로 당초 약속보다 한 삼십 분 늦게 나가는 셈이었다.

문후는 편집국을 나와 긴 복도를 걸어가면서 그제야 자신이 배가 고프다는 사실을 상기했다. 돌아오는 길에 냉면 한 그릇으로 시장기를 때웠다고 해도 밤을 새우기 위해서는 무엇이든 먹어두지 않으면 안 되었다.

신문기자들치고 위가 상하지 않은 사람들은 없었다. 워낙 때를 거르는 식사에다가 줄담배, 거기다가 빈 시간이면 퍼마시는 술에 위를 상하지 않은 사람은 없었다. 문후 역시 공복이면 위가 쓰렸고 무엇을 먹어둬야만 편안해지고 그랬다. 그가 무엇을 먹는다는 것은 시장기를 메우기 위해서라기보다는 공복의 무시무시한 고통을 메우기 위한 것이었다.

문후는 신문사를 걸어나와 사내와 약속한 다방으로 들어갔다. 다방 안은 신문사와 같은 체인을 맺고 있는 방송국 직원들과 그들의 손님으로 가득가득 차 있었다. 손님들 중에는 방송국 용무로 온 낯익은 가수들과 배우들도 앉아 있었다.

문후는 사내가 빈 구석자리에 앉아 있는 것을 보았다.

"늦어서 미안합니다."

문후는 그러나 별로 미안해하지 않으면서 자리에 앉았다.

"뭐 시키시겠습니까?"

사내는 문후가 앉자 자기가 취할 가장 최선의 방법이라는 듯 상냥하게 말을 붙여왔다.

"커피. 아니, 난 반숙을, 그래 반숙을 줘요."

문후는 시장기와 더불어 하루 종일 커피를 도합 여섯 잔이나 마셨다는 사실을 상기했다.

"용건이 무엇인지요?"

문후는 사내를 쳐다보며 단도직입적으로 물었다.

문후는 낯선 사람과 서로의 용건을 털어놓기 위해서는 불필요한 인사치레부터 지리하게 나눠야만 대화가 무르익는다는 사실을 잘 알고 있었지만, 또 그러한 과정 자체가 하등 소용없는 것이며 일에 오히려 지장을 주는 것이라는 사실을 잘 알고 있었으므로 예의가 아닌 줄 알지만 불쑥 용건부터 물었다. 그것은 문후가 기자생활을 하며 익히게 된 버릇이었다.

"저, 저, 제 소개부터 하겠습니다."

사내는 조용히 말을 꺼냈다.

"전 지금 브라질에 살고 있습니다. 그러니까 해외, 해외."

그는 단어를 생각해내려는 듯 손가락을 머리에 갖다대었다.

"해외동포입니다."

동포란 말이 겨우 떠올랐는지 사내는 갑자기 말을 꺼냈다.

"이민이십니까?"

"오우, 아닙니다. 저는 반공포로 석방 때 브라질로 갔습니다. 그러니까 벌써 이십여 년 되지요. 지금은 브라질 리우데자네이루에서 조그만 개인 사업을 하고 있습니다."

"언제 오셨습니까?"

"어제 이곳에 왔습니다."

사내는 조용히 말을 받았다.

"사업차 오셨나요?"

"오우, 아닙니다. 용건이 있어서 왔습니다."

그는 이십여 년간 해외에 있었던 사람치고는 비교적 정확하게 우리말을 구사하고 있었다.

"그 용건 때문에 선생님을 뵙자고 한 것입니다."

반숙이 왔다. 문후는 섬유질을 씹듯이 그것을 삼켰다.

"무슨 용건이십니까?"

반숙을 씹어삼키고는 문후는 사내를 올려다보았다.

"얘기를 꺼내기 앞서 우선 해야 할 말이 있습니다. 저는 이십여 년 전 반공포로로 석방 때 이북도 이남도 아닌 제삼국을 택했습니다. 제 부모는 전쟁통에 돌아가셨습니다. 그러니까 저는 완전히 혼자였습니다. 제가 갈 곳은 아무 곳에도 없었습니다. 그럴 바엔 조국을 버려야겠다고 생각했습니다. 그것보다도 제가 조국을 떠난 결정적인 이유는 사랑하는 약혼자 때문이었습니다. 그 약혼자가 죽었다는 소식을 나는 풍문에 전해들었던 것입니다. 부모님의 죽음은 내가 직접 보았고 약혼자의 죽음까지 고향 후배에게 들었을 때 나는 제삼국으로 떠나야겠다고 결심했습니다. 그 여자만 살아 있었다면 나는 조국을 버리지는 않았을 것입니다. 나는 심한 고생을 했습니다. 하루에도 수십 번씩 고국 생각이 나서 바다에 몸을 던져 죽을까도 생각했습니다. 그러나 나는 그것을 견디어냈습니다."

문후는 그가 자신의 입장을 미화시킨다는 생각이 들었다. 그러자 짜증이 났다.

"그래서요?"

"난 이번에 사람을 찾아서 온 것입니다."

사내는 고통스런 격앙감을 감추려고 길게 한숨을 내쉬면서 말을 꺼냈다.

"아까도 말씀드렸습니다만 제겐 약혼자가 있었습니다. 제가 이곳을 떠날 땐 난리통에 그 여인이 죽었다는 소식을 들었습니다. 만약에 그녀가 살아 있다는 얘기를 들었다면 나는 조국을 떠나지는 않았을 것입니다. 생각해보십시오. 부모님도 전쟁통에 돌아가셨고 약혼자마저 죽었다면 도대체 전쟁이 끝났다고 해도 누굴 만나기 위해 포로수용소를 나설 것입니까. 그런데……"

사내는 담배를 피워물었다. 자신의 지나간 추억을 더듬는 일에 약간 흥분했는지 담배를 쥔 손이 가늘게 떨리고 있었다.

"그런데…… 몇 달 전 브라질 대사관에서 우리 대한민국을 소개하는 홍보용 팸플릿을 하나 얻어볼 기회가 있었습니다. 조국 대한민국은 내겐 잊혀진 고향이었습니다. 처음 혼자서 브라질에 도착했을 때는 정말 나 혼자뿐이었습니다. 그러던 것이 몇 년 전부터 이민 오는 사람들이 하나둘 늘어가고 그들과 자연 어울리다보니 문득문득 잊혀졌던 고향이 피를 끓게 하기 시작했던 것입니다. 대사관에서 얻어본 팸플릿은 이십 년 지난, 너무나 놀랍게 달라져버린 조국의 모습을 내게 보여주었습니다. 나는 반갑고도 감격스러워서 고층빌딩이 늘어선 거리의 풍경이라든가, 농촌 풍경을 열심히 들여다보았습니다. 그러다가……"

사내는 잠시 말을 끊었다. 담배를 눌러 끄고 나서 다시 말을 이었다.

"우연히, 정말 우연히 서울거리를 찍은 사진을 들여다보다가 거리를 지나가는 여인 중의 하나가 옛날에 저와 약혼했던, 제가 죽었다고 믿었던, 그래서 마침내는 조국을 떠나게 했던 그 여인임을 발견했던 것입니다. 물론……"

사내의 말이 떨리고 있었다. 그리고 자신의 격해지려는 감정을 중단시키지 않으려는 듯 말이 빨라지고 있었다.

"물론 우연히 거리를 걷다 찍힌 그 여인이 제 옛날의 약혼자인지 아닌지는 분명치 않습니다. 이십 년이 넘게 지났으니까 제가 잘못 보았는지도 모릅니다. 더구나 그 조그만 사진에 우연히 잡힌 그 여인의 모습이 정확치 않을지도 모릅니다. 하지만 그 여인을 본 순간 저는 심장이 멎어버릴 것 같은 느낌을 받았습니다. 너무나 우연한 일이지만 그 조그만 여인의 얼굴을 보았을 때 잊혀졌던 조국이, 잊혀졌던 기억이, 추억이, 고향이 한꺼번에 달려들었던 것입니다. 그 동안 저는 살아야 한다는 생각 때문에 결혼조차 하지 않고 지냈습니다. 제 한 목숨을 언어가 통하지 않는 외딴 곳에서 지켜나가기가 그렇게 쉬운 일은 아니었습니다. 그 사진은 제게 조국을 찾아오게 만들었습니다. 그리고 저는 이제 그 여인을 찾아보고 싶습니다. 제가 잘못 생각했건, 잘못 보았건 그건 중요한 일이 아닙니다. 제가 고향을 찾았다는 그 사실만으로도 이제 저는 기쁨을 얻었습니다."

사내는 문후를 쳐다보았다.

"이제 제가 선생님을 찾아온 용건을 말씀드리겠습니다."

사내는 말을 이었다.

"제가 선생님을 찾아온 것은, 다만 그 여인이 살아 있다면, 제가 우연히 보았던 그 사진의 여인이 내 잊혀졌던, 죽었다고 믿었던 약혼자임에 틀림없다면 저는 조국에 온 김에 그 여인을 만나고 싶습니다. 선생님은 신문사에 계시고 또 선생님이 속한 신문사는 방송국이란 매체도 아울러 가지고 있는 기업체임을 알고 있습니다. 그러니까 어느 정도 도움을 청할 수 있다고 생각했습니다. 저는 조국에 친척을 하나도 가지고 있지 않습니다."

"언제 여기에 도착했다고 하셨죠?"

문후는 주머니에서 만년필과 메모지를 꺼내들었다. 문후가 메모지를 꺼내든 것은 사내의 이야기가 중요한 기삿거리가 될 수 있을 것이라는 기대감 때문은 아니었다. 다만 사내에게 최소한도의 성의는 보여주어야 한다고 생각했다.

"어제 도착했습니다."

"며칠간 계실 예정이십니까?"

"저는 일 주일간 틈을 냈습니다. 그 이상은 제가 하는 사업일에 지장이 있어서 무립니다."

"지금 계신 곳은?"

"D호텔입니다. 육백이호실에서 묵고 있습니다."

"실례지만."

문후는 사내가 대답하는 말을 꼬박꼬박 메모하기 시작했다. 잘하면 일요판 화제 정도로는 무난할 기사 같기도 해 보였다. 그러나 정신이 쨍하도록 신나는 기삿거리는 아니어서, 문후는 어느 정도 맥이 풀려 있었다.

"선생님 이름은 무엇입니까?"

"황철진입니다."

"연세는요?"

"마흔네 살입니다."

"약혼자분의 성함은요?"

"수경, 정수경이었습니다."

갑자기 사내의 눈가가 붉어지기 시작했다.

"나이는 저보다 세 살 아래였습니다. 그러니까 지금 살아 있다면 마흔한 살일 겁니다."

사내는 애써 슬픔을 참으려는 듯 억지로 얼굴에 미소를 띄어올렸다.

"그 당시 수경은 제 애를 배고 있었습니다. 수경이가 살아서 그애를 낳았다면 지금쯤 스무 살은 넘었을 겁니다. 물론 살아 있다면 말이지요."

"살아 있다고 믿으십니까?"

사내는 머뭇거렸다. 그러다가 아주 조심스럽게 말을 꺼냈다.

"나는 수경이가 살아 있으리라 믿습니다. 이유는 없습니다. 하지만 그 생각은 틀림없으리라 믿고 있습니다."

"좋습니다. 살아 있다면, 그리하여 우연히 만나게 되신다면 어떻게 하시겠습니까?"

문후는 내친김에 한마디 덧붙여서 물었다.

"황선생님 말처럼 그분이 살아 있다 하더라도 이십 년이 흐른 지금 그 여인은 분명 남의 부인이 되어 있을 겁니다. 그 사실을 원망하셔서는 안 됩니다."

"원망하지 않습니다."

사내는 분명하게 말을 받았다.

"살아 있다면 그럴 것이 틀림없는 사실이죠. 하지만 원망하지는 않습니다. 죄는 제게 있습니다. 제가 무슨 자격으로 수경이를 원망할 수 있겠습니까? 남의 부인이 되어 있다면 전 수경이를 만날 필요가 없습니다. 단지 수경이가 살아 있다는 그 사실 하나만을 확인하고 돌아갈 예정입니다. 그것으로도 충분합니다."

사내의 눈에서 이슬이 반짝였다. 그는 윗주머니에 꽂아두었던 색안경을 꺼내서 썼다. 그리고 주머니를 뒤져 무엇인가를 꺼내었다.

"이건 제가 간직하고 있던 수경이의 유일한 사진입니다. 개성에서 약혼식날 찍은 사진입니다. 선죽교에서 찍었습니다. 제 고향은 개성이었으니까요."

문후는 사내의 손에서 그 사진을 받아들었다.

"아주 옛날 사진입니다. 제가 가지고 있는 유일한 사진입니다."

문후는 사진을 들여다보았다. 사진은 부옇게 빛이 바래 있었다. 구식 파마를 하고 흰 저고리에 검정 치마를 입은 여인이 선죽교에 몸을 기대고 꽃처럼 환하게 웃고 있었다. 사진 밑에는 '단기 4281년 10월 선죽교에서 약혼을 기념하고' 라는 글이 인쇄되어 있었다. 사내는 또다시 주머니에서 무엇인가를 꺼내었다.

"이것은 아까 제가 말씀드렸던 대사관에서 얻은 팸플릿입니다."

문후는 사내가 꺼낸 팸플릿도 받아들었다. 그것은 외국인들을 위한 해외 홍보용 안내책자였다. 대한민국의 발전상을 소개한 문구와 선전화보들이 가득한 책자였다.

"이게 아까 말씀드린 그 사진입니다."

사내는 책을 들춰서 한 페이지를 가리켜 보였다.

그 사진은 서울의 거리를 찍은 사진이었는데 퇴근 무렵의 스냅이었는지 수많은 사람들이 오고가고 있는 거리 풍경이었다. 그 사진에서 사내가 가리킨 것은 횡단보도 맨 앞에서 선물 꾸러미를 들고 파란불이 켜지기를 기다리고 있는 여인의 얼굴이었다.

그 여인이, 이 사내를 이십여 년 만에 조국으로 뛰어오게 만든 여인이었다. 그 사진이 이 사내의 잊혀졌던 고향을 되살려 기억하게 만든 사진이었다. 그러나 낯익은 거리 풍경에 젖어 있는 문후로서는 단순히 그 사진이 잘 찍힌 선전자료에 불과해 보였다.

더구나 단기 4281년에 찍은 빛 바랜 부연 사진과 세월을 거의 삼십 년 가까이 껑충 뛰어넘은 단기 4308년, 서기 1975년의 사진은 도대체 어떠한 연관이 있을 수 있단 말인가. 그것은 단지 두 장의 사진이었을 뿐이었다.

한 개인의 비극과 고통과 슬픔의 과거는 모두 생략되어버린 두 장의 사진, 한 장엔 젊고 꽃 같은 미소를 띤 여인의 얼굴이 담겨 있었고 더구나 그곳은 갈 수 없는 북의 고향이 배경으로 되어 있었고, 다른 한 장에는 이십여 년을 껑충 뛰어넘어 눈부시게 솟아오르고 있는 서울의 한 모퉁이에 서 있는, 이제 막 늙어가고 있는 중년 여인의 얼굴이 찍혀 있을 뿐인 것이다.

아니다.

문후는 생각했다.

아니다. 이것은 단지 개인의 비극뿐만이 아니다. 이것은 거대한 역사의 비극에 희생된 한 개인의 슬픔이 숨어 있는 두 장의 사진이다.

문후는 언젠가 『라이프』지에서 아마추어 사진사가 일생을 두고 찍은, 딸과 아버지의 사진 다섯 장을 본 기억이 있다. 그 사진은 어린 딸을 옆에 두고 선 아버지의 사진에서부터 시작하여 십 년 후, 이십 년 후, 삼십 년 후를 똑같은 포즈로 찍은 사진이었는데 아버지는 늙어가고 딸은 나무처럼 자라고 피어오르다 끝내는 중년의 여인으로 서 있는 인생유전의 한 단면을 그려주는 사진이었다.

자신의 돌 사진을 자신이 들여다볼 때의 기묘한 위화감 같은 것을 그 두 장의 사진을 들여다봤을 때 문후는 느꼈다. 만약 사내의 말이 정확하여 그 두 장의 사진 속 인물이 동일인물이라면 그것은 우연에 그치지 않는 한 인간의 긴 이야기를 함축성 있게 표현한 사진인 셈이었다. 더구나 그 사진 뒤에는 한 개인의 비극을 넘어서서 민족의 비극과 역사의 잔인성이 한꺼번에 내포돼 있었다.

"이걸 제게 잠시 맡겨주실 수 있겠습니까?"

문후는 빛 바랜 사진과 팸플릿을 들어 보였다.

"물론입니다."

"좋습니다. 힘 닿는 데까지 도와드리겠습니다."

문후는 일어서며 말을 마쳤다.

갑자기 공복의 고통스런 아픔이 뱃속에서부터 달려들었기 때문이었다. 무엇인가 먹어두지 않으면 안 되었다.

"D호텔이라고 하셨죠?"

"예. 육백이호실에서 묵고 있습니다."

"어떻습니까?"

둘이서 다방을 나오면서 문후는 사내를 쳐다보았다.

"이십여 년 만에 보신 대한민국이 어떻습니까."

"놀랐습니다."

사내가 대화중에 보이지 않던 서양식 몸짓으로 말을 받았다. 그는 지난 세월 동안 반은 외국 사람으로 변해 있었다.

"너무나 변해서 이상할 정도입니다. 제가 알고 있는 서울은 전차가 달리는 남대문밖에 떠오르지 않습니다. 제가 묵고 있는 호텔에서 남대문이 보이죠. 하지만 그 남대문은 이십여 년 전의 남대문이 아닙니다. 저 역시 그만큼 변했다는 이야기겠죠."

그는 웃었다.

"연락드리겠습니다."

거리에서 둘은 헤어졌다.

사내는 네온이 번득이는 거리로 천천히 빠져들어갔다. 한때는 폐허였던 도시로, 한때는 전차가 달렸고, 한때는 가로수마다 매미가 울던 거리로, 사내는 등뒤로 번득이는 네온과 양쪽에 밀집한 고층빌딩이 엮는 도시의 그림자를 받으면서 사라져버렸다.

문후는 뛰듯이 걸어서 부장이 기다리고 있는 왜식집 이층으로 들어갔다.

부장은 술을 마셨는지 얼굴이 벌게져 있었고 한복 입은 여인의 손금을 봐준답시고 아예 그 여인을 껴안고 있었다.

"뭐야, 이 사람 늦었잖아."

부장은 문을 열고 들어서는 문후를 보자 반쯤 계면쩍어서 과장된 고함을 질렀다.

"아휴. 잘 오셨어요, 이선생님. 어찌나 짓궂게 구시는지. 아휴, 야근 지긋지긋해라."

가끔 분식날 면을 싫어하는 사람들이 사정사정하면 자기들이 먹던 밥을 차려다주는 마담이 문후에게 호들갑을 떨었다.

"나하구 살림 차리재요."

"홀아비가 과부보구 살자는 게 뭐 나빠?"

부장이 문후에게 눈을 찔끔찔끔 해 보이더니 술을 마셨다.

"총각 좋아하시네. 홀아비 좋아하시네. 시퍼런 사모님이 계시면서."

"총각입니다."

문후가 앉으면서 한마디 덧붙였다.

"아휴. 이선생님까지 저러셔. 그러니까 남자들은 한패라니까."

"잔소리 말구 술이나 따라요."

부장이 회를 하나 집어들면서 소리를 질렀다.

"술 생각 없습니다. 밥이 급합니다."

"이거 왜 이래."

부장이 잔을 기울여 정종을 따랐다.

"위가 빵꾸났습니다."

"아이스크림 팔면 돼."

위가 나빠서 고생하던 전임 부장이 아이스크림을 팔자 씻은 듯이 위가 나았다는 얘기를 빗대어서 부장은 문후 앞에 잔이 철철 넘치도록 술을 따랐다.

"후래삼배야."

문후는 빈속에 술을 연거푸 들이켰다.

"무슨 일 없지?"

"없습니다."

"내가 여기 있는지 알 테니까 무슨 일이 있으면 연락이 오겠지."

"자, 그럼 많이 드세요."

주인 마담은 문후가 오자 잘됐다는 듯이 일어섰다.

"어디 가?"

"돈 벌어야죠."

"내가 있잖아. 앉아. 우리 낼 단풍놀이나 가지, 어때?"

부장이 일어선 마담의 손을 쥐려는데 그녀는 하얗게 눈을 흘기면서 아이구 주책 하고는 사라져버렸다.

"기사 다 썼어?"

"썼습니다."

문호는 웃었다.

"쓴 게 아니라 그린 게지."

헛허허, 부장이 웃었다.

"왜 늦었어?"

"누굴 만나느라구 늦었습니다."

문후는 이야기가 나온 김에 조금 전에 만났던 사내의 얘기를 대충

대충 꺼내놓기 시작했다. 처음엔 별 흥미를 보이지 않고 비스듬히 앉아 술을 연거푸 들이켜던 부장은 얘기 중간부터 몸을 바로 세워 앉아 문후의 얘기에 귀를 기울이며 흥미를 보이기 시작했다.

얘기를 모두 끝내자 부장은 담배를 피워물며 문후를 쳐다보았다.

"괜찮아? 이형 생각은 어때, 괜찮냐구."

"글쎄요."

문후는 망설였다.

"잘하면 일요판 화제 정도는 되지 않을까 생각합니다."

"아냐."

부장은 천만의 말씀이라는 듯 머리를 강하게 흔들었다.

"잘하면, 잘하면 그 정도는 넘을 수 있지."

도대체 언제 술을 마셨는가 싶게 부장은 눈을 번득이고 있었다.

"사진 좀 봐."

부장은 손을 내밀었다. 문후는 사내에게서 받은 사진과 팸플릿을 꺼내 보였다. 부장은 열심히 사진을 들여다보았다.

"이형은."

열심히 들여다보던 부장은 갑작스레 사진에서 눈을 떼더니 문후를 쳐다보았다.

"이 여인이 살아 있다구 생각하나, 그 사람이 믿듯이?"

"글쎄요."

문후는 애매하게 머리를 저었다.

"이십여 년이 흐른 뒤니까요."

"살아 있다. 살아 있다구, 그건 틀림없어."

부장은 천만의 말씀이라는 듯 소리질러 문후의 말을 막았다.

"됐어. 요걸 써먹자구. 어때? 통일로는 집어치워. 요걸 이번 추석의 특종 기사로 취재하자구. 어때? 이 사진은 단순한 사진이 아니라,

여러 가지 뜻이 있다. 첫째……"

부장의 눈이 사냥개의 그것처럼 빛나기 시작했다.

"이 사진엔 민족의 비극이 있다. 더구나 이 사람은 반공포로 석방 때 자유의 몸이 된 포로가 아닌가. 됐어. 이야기가 충분히 있어. 이건 단순한 이야깃거리가 아냐. 사랑이 있다. 로맨스가 있어. 이걸 기획 기사로 하자구. 텔레비전에도 알려주자구. 이 사진 확대해서 내일 아침 기사에 내지. 기사는 이형이 쓰지."

"자신없습니다."

문후가 맥풀린 소리로 말을 받았다.

"이거 왜 이래? 이건 가만히 앉아서 주운 특종이라니까 그래. 충분한 스토리가 있어. 일부러 만들려도 힘든 얘기야. 바다를 건너 찾아온 사랑의 여행. 사랑을 찾아 돌아온 조국."

부장은 일부러 치기만만하게 연극 대사 외듯 소리를 높였다.

"하지만."

문후는 부장을 올려다보았다.

"무턱대고 아침에 이 여인의 사진이 나간다면, 만약 그 여인이 살아 있다면, 자칫하면 지금 그 여인의 입장이 어떤지 모르면서 이 여인의 사생활을 우리가 침범하게 될지도 모르는 일이 아닙니까? 혹시 이 여인이 다른 사람과 결혼했을지도 모르지 않습니까?"

"그럴지도 모르지. 하지만 그렇다고 해서 이 여인의 사진을 싣지 않을 수는 없지 않소."

부장은 숨을 들이켰다.

"이형은 좀 곤란해. 지난 겨울에도 내게 고층빌딩 화재 때 사닥다리 타고 도망쳐오는 벌거벗은 여인의 신원이 밝혀졌다고 해서 항의했지, 아마. 하지만 우리야 현장에서 주울 수 있는 가장 획기적인 것, 독자들의 심중을 꿰뚫을 수 있는 가장 자극적인 것을 보여줘야 하지 않나. 신문의 생명은 단 하루뿐이야. 이틀 전의 신문은 사과 포장지로밖에 쓰이지 않아. 목적을 위해서는 작은 부작용은 감수해야만 해. 물론 이형의 말은 맞지. 하지만 이 사진이 나간다고 해서 이 여인의 사생활은 침범되지 않아. 왜냐하면 이십여 년 전의 사진이니까. 자기 여편네의 이십여 년 전 얼굴을 기억하고 있는 남편은 없어."

"물론 그렇겠죠. 하지만 기억할지도 모르지 않습니까? 그런 가능성도 우린 존중해야 합니다. 저번에 벌거벗은 여인의 사진이 게재될 때도 부장님은 그 여인의 얼굴이 보이지 않는다고 해서 문제 없을 것이라고 했지만 그 여인의 육체는 적나라하게 보여졌습니다. 벗겨졌습니다."

"나는."

부장은 신경질을 냈다.

"희박한 가능성 따위로 반짝 나타난 기사를 서랍 속에 썩이고 싶지는 않아. 이봐. 우린 많은 사람들에게 '잊혀진 조국의 비극'과 '민족의 슬픔'을 무디어진 그들의 감성을 벗겨내고 확실하게 보여주자고 지금 머리를 싸매고 있는 거야. 큰 것을 위해서는 작은 것쯤은 무시돼도 좋아. 몇 달 전에 건널목을 과속으로 달리다 어린애를 치어 죽인 사건이 있었어. 그때 우린 그것을 특종으로 다뤘지. 다음날 학교에 가서 우린 그 학생이 앉았던 자리에 꽃을 놓고 사진을 찍었어. 기사 내용으로는 반 친구들이 죽은 자기 친구를 슬퍼하며 빈자리에 꽃을 놓고 공부한 것으로 되어 있지만 사실은 사진기자의 조작이었어. 선생님 책상 위에 놓인 꽃을 임시로 그 빈자리에 놓고 찍었을 뿐이야. 물론 그 꽃의 작위성에 대해 옳은 짓이라고는 말할 수 없겠지. 하지만 목적을 위해서는 빈자리에 조작된 꽃이라도 우린 꽂아두어야만 해. 우리의 기사 목적은 그 꽃에 있는 것이 아니니까. 우린 운전의 무질서와 뺑소니 차량에 대한 경고, 건널목에 대한 행정 당국의 배려를 촉구했을 뿐이야. 이형은 단지 그 목적을 보지 못하고 그 꽃 한 송이의 조작에 대해 왈가왈부하고 있는 거야. 독자들은 신문을 믿으려 들지도 않고 신문기사에 무디어져 있어. 그들에게 주의를 환기시키기 위해서는 텅'빈 자리에 꽃을 임시로라도 조작해두어야 하는 거야."

부장은 사진을 챙겨들었다.

"이형이 쓰지 않겠다면 내가 쓰겠어. 그 사람 연락처 있나?"

"있습니다."

"같이 가서 만나기로 하지. 자, 일어나."

"전 밥을 먹어야 합니다."

문후는 당황해서 말을 빨리 받았다. 아까부터 괴롭히던 위통은 두어 잔의 알코올 기운으로 잊혀지긴 했지만 문후는 그것이 단지 임시 방편에 불과하다는 것을 잘 알고 있었다.

"그럼 먹구 빨리 와요. 난 이 사진 넘기구 차 한 대 내달라구 할 테니까."

부장은 일어섰다.

문후는 혼자 앉아서 회덮밥을 시켜 먹었다. 영 당기지 않는 입맛으로 겨우겨우 한 그릇을 비우고 신문사로 돌아오려니까 신문사 정문에서 지프의 경적이 빵빵 울었다.

부장이 사진기자와 둘이서 차 속에 앉아 있었다. 문후는 차에 올라탔다. 차는 D호텔로 달리기 시작했다.

평소에 낄낄거리고 농담을 좋아하는 부장은 그러나 막상 일이 닥치면 무서운 집념을 보이고 있었다.

문후가 식사하는 짧은 시간을 기다리지 못하고 그새 신문사로 돌아와 사진을 확대해주기를 부탁하고 사진기자를 불러 떠날 준비를 완료하고 있었던 것이다.

그것이 그의 놀라운 장점이었다.

"이형은 좀 곤란해."

지프에 몸을 기대고 부장은 뒷좌석의 문후를 비스듬히 돌아보았다.

"일요판 화제 정도라고 생각했더라도 사진 한 장쯤은 찍어났어야 했어. 안 그래?"

"글쎄요."

문후가 웃었다.

차는 혼잡한 시내로 자꾸 빠져들어갔다. 시내로 들어갈수록 차는 밀리고 밀려서 자주 서곤 했다. 그들은 지프에 앉아 물끄러미 거리에 넘쳐나는 사람들 위로 번득이는 형광 불빛과 네온의 불빛을 올려다 보았다.

"신나는 토요일이군."

사진기자가 무심코 혼잣말처럼 중얼거렸다.

"전화는 미리 걸어두셨습니까? 저희들이 찾아간다고 말입니다."

"아니."

부장이 고개를 흔들었다.

"생각난 김에 그냥 찾아가보는 거야."

D호텔 앞에 차를 세우고 세 사람은 호텔 로비로 들어섰다. 프런트에 얘기를 꺼냈더니 방 열쇠가 없는 것으로 보아 어디 밖에 외출한 것 같지는 않다고 말을 했다. 그러나 프런트에서 육백이호실로 전화를 걸자 받는 사람은 없었다.

"이상한데요. 나가시는 걸 보지 못했는데요."

전화를 받지 않자 전화기를 내려놓으며 보이는 고개를 갸우뚱거렸다.

"젠장."

부장이 한숨을 쉬었다.

"이렇담 전화를 걸고 찾아오는 건데. 이거 언제까지 기다려야 해. 여기 커피숍 없어요?"

"문 옆 라운지에 있습니다."

셋은 커피숍에 들러서 쓴 커피를 마셨다.

"밤 안으로는 돌아오겠지. 돌아오면 연락해달라고 했으니까 기다려야지."

"전 곤란한데요."

사진기자가 부장을 쳐다보며 애매하게 웃었다.

"야근조 한 명이 집에서 제사 지내구 온다고 했는데 만약 무슨 일이 생기면 전 여기 있다가 꼼짝없이 찜바당하는 건데요."

"염려 없어요, 염려 없다니까."

그때였다.

문득 문후의 머리에 사내의 말 한마디가 떠올랐다. 서울에 돌아와 낯익은 것은 남대문 하나밖에 없다는 사내의 말이 귓전을 때렸던 것이다. 그러나 그것도 어제의 남대문이 아니었다고 말한 사내의 말 한마디가 머리를 스쳐 지나갔다. 문후는 혼자 일어나 호텔 밖으로 빠져나왔다.

그리고 뛰듯이 호텔 앞에 주차하고 있는 차들을 피해 언덕길을 내려가보았다. 한 번도 의식해보지 못했던, 늘 거기 있었으나 스쳐가는 차 속에서도, 옆 보도를 걸어 지나갈 때에도 한 번도 의식해보지 못했던 남대문은 도시의 숲 사이에서 다소 우울하게 그러나 여전한 위엄으로 열리지 않는 문을 완강히 닫은 채 몸 안에 여기저기 환한 수은등을 가득 채우고 앉아 있었다.

그 거대한 문은 이제는 아무런 쓸모가 없어 보였다. 단지 역사적인 유물이라는 것 이외에는. 백여 년 전까지만 해도 장안과 밖을 연결해주던 거대한 대문은 완강하게 닫혀 있었으며 이제는 다만 존재하는 화석(化石)으로 그곳에 누워 있을 뿐이었다.

"너무나 변해서 이상할 정도입니다. 제가 알고 있는 서울은 전차가 달리는 남대문밖에 떠오르지 않습니다. 제가 묵고 있는 호텔에서 남대문이 보이죠. 하지만 그 남대문은 이십여 년 전의 남대문이 아닙니다."

사내의 말 한마디가 남대문을 의식한 순간 문후의 머리를 때렸다. 문후는 천천히 언덕길을 내려가보았다.

수많은 차들이 남대문 주위를 번득이는 헤드라이트를 켜고 맴돌고 있었다. 서울에 몇 군데 남지 않은, 점점 솟구치는 빌딩에 밀려 차차 흔적도 없이 사라져가는 옛 유물들. 일테면 창경원의 담이라든가, 남대문, 비원의 뜰, 그러한 것들이 언덕길을 내려가는 문후의 마음속에 마치 박물관에서 본 이조자기의 잔영처럼 떠오르고 있었다. 새삼스럽게 문후는 의식의 녹을 벗기고 남대문을 바라보았다.

그때였다.

문후는 언덕길 아래에서 좀전에 만났던 사내가 우두커니 우물 밑을 바라보듯 남대문을 내려다보고 있는 모습을 발견했다. 육감과 같은 어림짐작으로 호텔을 나와 사내를 찾아본 것이긴 했지만 막상 언덕길에서 사내의 옆모습을 발견하자 문후는 충격을 받았다.

사내의 모습은 다 타버린 잿더미 속에서 무엇인가 흔적을 찾으려는 사람처럼 보였다.

그는 주위의 번득이는 야경과 동떨어져 보였으며 그래서 매우 낯설게 보였다. 때문에 그를 불러세운다는 것은 마치 깊이 잠든 사람의 잠을 깨우는 것처럼 부담 가는 행동이었다.

문후는 잠시 망설이다가 조용히 사내를 불렀다. 그러자 사내는 언덕 위를 올려다보았다. 뚜렷한 현실감이 오지 않는 목소리로 사내는 문후에게 말을 꺼냈다.

"웬일이십니까?"

"뵈러 왔습니다."

사내는 걸어올라왔다.

"신문사에서 선생님을 뵈러 왔습니다. 다행히 선생님을 도와드릴 수 있게 될 것 같습니다. 선생님의 얘기를 저희 신문사에서 매우 크게 취급할 것 같습니다. 그래서 보충할 얘기도 더 듣고 그것보다도 선생님의 사진을 찍으러 왔습니다. 방해가 되지 않겠습니까?"

"아니오."

사내는 웃었다.

"어차피 나는 아무것도 할 수 없었으니까요. 혼자 술을 마시는 것도 그렇구 또 사실 술맛도 잊어버렸습니다. 이십여 년 동안 술을 거의 입에 대지 않았으니까요. 거리는 낯설고 만날 사람은 아무도 없었습니다. 나는 그저 밥을 먹구 그리고 잘 수밖에 없었습니다."

문후는 사내와 둘이 호텔로 돌아왔다. 부장과 사진기자는 커피를 마시고 있었다. 문후는 두 사람에게 사내를 소개시켜주고 나서 회사로 가야겠다고 부장에게 말을 했다. 부장은 문후가 돌아가겠다는 것을 별로 탐탁하게 생각지 않는 눈치였지만 그러나 심하게 만류하지는 않았다. 인터뷰는 사내의 빈방에서 하기로 하고 엘리베이터를 타면서 부장은 문후에게 소리쳤다.

"무슨 일이 있으면 이리로 연락해주시오."

문후가 신문사로 돌아왔을 때는 거의 자정이 가까워오고 있었다. 멍하니 빈 데스크에 앉아서 문후는 좀전에 마친 원고를 꺼내 읽어보았다. 그리고 그는 휴지통을 찾았다.

어차피 그 원고는 유치했고 부장의 말마따나 이미 휴지화된 기획기사였으니까. 그는 저만큼 떨어진 휴지통에 휴지를 꾸겨 던져 그 휴지통에 제대로 들어갈 것인지 한 장 한 장 시험해보았다.

그는 열다섯 장의 원고를 썼으므로 열다섯 번이나 휴지통과 씨름했다. 그러나 한 번도 휴지통에 제대로 들어가지는 못했다.

부장은 새벽 한시쯤 야근차를 빌려타고 돌아왔다. 사내와 몇 잔의 술을 더 마셨는지 거나하게 취해 있었지만 그는 서울판 신문에 맞추기 위해서 돌아오자마자 무서운 속도로 원고를 내리갈기기 시작했다. 전화를 미리 걸어났는지 아예 편집부에서는 그 기사를 위해 사회면에 지면을 비워놓고 있었다.

야근을 끝내고 문후는 부장과 해장국집에서 아침을 들었다. 잉크 냄새 나는 조간신문을 그제야 펼쳐보았다. 놀랍게도 사내의 기사는 일요일자 사회면의 톱으로 장식되어 있었다.

간밤에 찍은 사내의 사진은 밤의 남대문을 뒤로 하고 찍혀 있었고 그것은 참으로 적당한 배경이었다. 그리고 사내의 기사 밑에는 이십여 년 전의 여인 얼굴이 확대되어 나란히 실려 있었고 또한 해외 홍보용 팸플릿 사진도 실려 있었는데, 기사는 명문장으로 알려진 부장의 솜씨가 곳곳에 발휘된 미문으로 가득 차 있었다.

다소 센티멘털한 제목이 기사의 첫머리를 장식하고 있었고 그 제목은 이러하였다.

'바다와 시간을 초월한 비극의 사랑.'

평소에 감명 깊게 본 영화를 그리어 가슨인가가 주연한 〈마음의 행로〉라고 말하고 있던 부장의 기사에는 어떤 의미에서 기자라기보다는 소설가 지망생답게 멋을 부린 흔적이 있었다.

그러나 문후가 기사를 읽다가 놀란 것은 그보다도 여인의 이름이 가명도 아니고 버젓이 본명으로 등장하고 있다는 사실이었다.

그것은 정말 생각지도 않았던 충격이었다. 그것이 어젯밤에 그가 말했던 것처럼 목적을 위해 장식하는 죽은 소녀의 빈자리에 놓인 꽃 한 송이인가, 문후는 분노의 신음 소리를 내면서 부장을 쏘아보았다. 단지 화제만을 노리기 위해 이름까지 밝혀버린다면 그 이후의 후

유증에 대해서는 어떻게 책임을 지겠느냐고 문후는 이를 악물었다.

그것은 어쩌면 화제성을 위해 인기인들의 스캔들을 보도할 때 신문사측에서는 책임 회피를 분명히 하기 위해서 K양, Y양 하고 이니셜이나 가명을 쓰지만 교묘하게 기사 밑에 복선을 깔아 읽는 사람으로 하여금 과연 그 기사의 주인공이 누구인지 알게 해주는 방법보다는 차라리 나을지도 모르는 일이었다.

눈가림의 가명을 쓰거나 어설픈 가명을 쓰는 것보다는 부장의 기사대로 정수경이라는 여인을 분명히 밝힌 것이 차라리 솔직한 기사였을 것이다.

부장의 말대로 그 사진, 이십여 년 전의 사진을 게재한다는 것은 그 당사자 이외에는 누구일까 식별하기 힘이 들 테니까 다소 모험이 따르지만 그리 심한 사생활 침해라고는 생각할 수 없는 일이었다.

그러나 그것을 번연히 알고 있으면서도 그 여인의 이름까지 내보낸 것은, 그 여인이 이십여 년 전 한때의 사랑과 이별 이후에 어떻게 달라졌는지도 모르면서 이름을 내보낸 것은, 문후에게는 견딜 수 없는 분노를 불러일으켰다. 그것은 분명한 호명(呼名)이 아닌가.

더구나 브라질에서 이십여 년 만에 돌아온 사람은 어떤 의미에서 우리나라 실정엔 백지와 다름없는 존재였다. 그는 정신적인 불구자에 불과했다.

그가 알고 있는 조국은 단지 전쟁과 한때의 사랑 그뿐이었고 그가 알고 있는 서울은 굳게 닫힌 남대문에 불과했다.

그는 완전한 이방인이었다. 그리고 그는 일 주일 만에 영원히 조국을 떠날 일시적인 방문객에 불과했다.

"난 이해할 수 없습니다."

문후는 신문을 접으며 부장을 쏘아보았다.

"이 여인의 본명까지 내버린 것은 정말 이해할 수 없습니다."

부장은 상대조차 하기 싫다는 듯 담배를 피워물었다.

"너무 신경질적인 반응을 보일 필요는 없어. 우리는 보도해줄 의무가 있어."

"보도해주어도 괜찮을 만만한 상대에 한해서만 까발려 벗기는 것이 기사입니까?"

문후는 소리를 높였다.

"그건 편견이야."

부장은 잘라 말을 받았다.

"편견은 금물이야."

부장은 일어서며 문후를 돌아보았다.

"어때, 집에 들어가겠어? 아무래도 한잠 자두는 게 좋을 텐데."

두 사람은 일어서서 새벽기운이 충만한 아침거리로 걸어나왔다.

로터리에서 두 사람은 헤어졌다. 문후는 얼마만큼 혼자 걸었다. 곰곰이 생각해보자고 문후는 머리를 모았다. 그러나 아무것도 생각할 수가 없었다.

그가 몸담고 있는 신문사에서 발행한 신문을 사라고 외치는 신문팔이 소년들의 고함 소리가 아침 공기를 찢고 있었다. 버스를 기다리는 사람들의 손에 신문은 잉크 냄새를 풍기면서, 생선처럼 펄펄 뛰고 있었다.

그 바쁜 출근길에서도 많은 사람들은 열심히 신문들을 읽고 있었다. 그들은 신문값 삼십원어치만큼만 읽고 그것을 꾸겨버릴 것이다. 아무런 미련 없이.

신문기사 뒤에 숨겨진 갈등과 맹목적인 분노, 고통과 오해, 그런 것은 조금도 짐작조차 못 하면서.

문후는 집으로 돌아가는 버스에 몸을 흔들리며 신문을 열심히 들여다보고 있는 한 사람을 쳐다보았다. 그는 흔들리는 차 속에서 코를 박듯이 신문에 얼굴을 밀착시키고는 새벽에 부장이 쓴 기사를 들여다보고 있었다.

부장이 쓴 기사는 의외로 큰 반향을 일으켰다. 부장이 짐작했던 대로 얼핏 멜로드라마를 연상시킬 수 있는, 사랑이 가미된 민족의 비극은 독자들의 반응을 불러일으키기에 충분했다. 독자들은 생활 속에서 극적인 감동에 너무 굶주려 있었으므로 예민한 반응을 보이고 있었다. 연일 신문사로 질문 전화가 쇄도하고 있었다.

그리고 신문사측에서도 의외로 그 기사에 대한 반향이 크게 번져가자 민첩하게 텔레비전을 통해서도 그 여인의 사진과 여인의 행방을 묻는 보도를 연일 계속 내보내기 시작했다.

그뿐 아니라 일 주일 동안만 서울에 머무른다는 사내의 사정은 하루하루가 지날수록 여인의 행방을 둘러싼 초조와 급박한 불안감으로 이어져 그 기사를 읽는 독자들의 마음을 사로잡고 있었다.

신문사측에서도 처음엔 추석에 때맞춘 특종쯤으로 다뤘지만 차차 기한 안에 그 여인의 행방을 찾지 못한다면 신문사 자체의 공신력 문제 같은 것과 직결되어 그냥 흐지부지 얼버무릴 수 없는 입장이 되고 말았다. 그것은 마치 에베레스트 산 등반을 주최한 신문사에서 어쨌든 등반대원이 산 정상에 자사(自社)의 깃발을 꽂아야만 공신력을 확인하는 것과 마찬가지였다. 독자들 눈에는 산 정상에 꽂힌 깃발이야말로 곧 신뢰와 직결될 터였다.

더구나 일반 독자의 반응이 크면 클수록 신문사의 입장으로서는 어쨌든 그 여인의 행방을 찾아야 하는 부담이 커가고 있었다. 텔레비전에서도 별수 없이 일반 오락 프로그램에서도 사회자가 자연스럽게 그 여인의 행방을 묻는 짤막한 얘기를 자주 하게 되었다.

신문에 기사가 나가고 사흘이 지난 후였다.

우연히 문후가 전화를 받았을 때 전화기 저편에서 웬 여인의 목소리가 들려왔다. 대뜸 굉장히 망설이다 걸었음직한 기색이 엿보였다. 여인은 신문사를 확인하고는 머뭇거렸다.

"무슨 일이신가요?"

문후는 고통스러운 목소리로 물었다.

망할 놈의 위통이 공복의 위장을 날카롭게 긁어대고 있었기 때문이다.

"저 죄송하지만."

여인은 이윽고 결심했다는 듯 말을 꺼냈다.

"황철진씨가 계신 곳이 어딥니까?"

처음에 문후는 여인이 묻는 황철진이라는 사내가 누구인가 생각했다. 그러나 곧 며칠 전 신문사로 찾아왔던 그 사내임을 알아차렸다.

그렇다고 해서 그 여인에게 무턱대고 그 사내가 묵고 있는 D호텔을 가르쳐줄 수는 없었다. 사실 신문기사가 나가고 나서부터 심심풀이 전화를 비롯하여 별 용무도 없는 사람들의 전화가 쇄도하는 판이라 그 점 신문사측에서 신경을 쓰고 있었던 것이다. 문의해오는 사람들마다 모두 사내의 소재지를 가르쳐줄 수는 없었다. 사내의 행방을 찾는 사람 중에 질 나쁜 사람이 없으리라는 보장이 없었다. 더구나 그 사내는 국내 사정엔 백지와 다름없으므로 혹 질 나쁜 사람이 하려고만 든다면 얼마든지 속일 수 있는 상대였기 때문이었다.

문후는 수화기를 든 채 망설였다.

"알려드릴 수가 없습니다."

그러자 전화를 걸어온 여인은 무얼 생각하는 듯 잠시 말을 끊었다가 다시 말을 이었다.

"정말 안 되는가요?"

"안 됩니다."

문후는 잘라서 말을 받았다.

"실례지만 어떻게 되는 분이신가요?"

문후가 묻자 여인은 역시 망설임 끝에 결심했다는 듯 말을 이었다.

"제가 바로 정수경입니다."

"예?"

문후는 정신이 번쩍 들었다.

왔다. 드디어 오고야 말았다. 수없는 전화가 걸려왔지만 그 많은 전화 중 본인이 정수경이라고 걸려온 전화는 이것이 처음이었다. 그리고 몇 마디 나누진 않았지만 여인의 목소리에는 엄격한 품위와 지적인 태도가 엿보였다. 그냥 허드레로 전화장난을 해올 그런 여인은 분명 아닌 것으로 느껴졌다.

"정수경씨 맞습니까?"

"그렇습니다."

하지만 전화를 걸어온 그 여인이 분명 정수경임에 틀림없다고 느껴지긴 해도 만나보고 확인해보지 않는 한 무턱대고 그 여인에게 사내의 소재를 전화로 가르쳐줄 수는 없었다.

"죄송하지만."

문후는 메모지를 당겨놓고 전화를 받았다. 그것은 그의 오랜 버릇이었다.

"바쁘시지 않다면 만나뵐 수 없겠습니까?"

"꼭 그래야 하나요?"

여인이 차분하게 말을 이었다.

"왜냐하면, 용서하십쇼. 저희측에서도 정수경씨를 확인해야 할 필요가 있으니까요."

"물론 그러실 테죠."

여인은 망설였다. 오랜 침묵이 왔다. 그러더니 이윽고 여인이 말을 꺼냈다.

"좋아요. 나가겠습니다. 한 시간 후에 스카이웨이에 있는 B커피숍에서 만나뵙도록 하죠."

"알겠습니다."

전화가 끊겼다.

문후는 고개를 돌려 부장을 찾았다. 부장은 마침 편집국으로 들어서고 있었다. 빗방울이 떨어지는지 들어선 부장의 옷 위에 빗방울이 송글송글 맺혀 있었다.

문후는 부장이 앉기를 기다려 부장에게로 다가가 좀전에 받았던 전화의 내용을 보고했다. 부장은 얘기 도중에도 낫지 않는 코감기로 막힌 코를 뚫기 위해 비약을 들이마시고 있었다.

"됐어."

부장은 용수철 튀듯 앉은자리에서 몸을 일으켰다.

"드디어 찾았다. 드디어 찾았어."

그는 전화 다이얼을 돌려 텔레비전의 보도국을 찾았다.

"이봐. 김부장 있어? 김부장 없어요? 들어오면 강부장한테 전화 왔다구 전하쇼."

전화를 끊고 나서 부장은 문후를 쳐다보았다.

"이형 당분간 이 사실을 비밀로 합시다."

"예?"

문후는 의아해서 부장을 쳐다보았다.

"이틀간만 비밀로 합시다."

"왜요?"

"그럴 이유가 있어. 설마 이형 그 여인에게 황철진이라는 사내가 어느 호텔에 묵고 있는가 가르쳐주지 않았겠지?"

"가르쳐주지 않았습니다."

"잘했어."

부장은 연거푸 재채기를 했다.

"잘한 일이야."

"왭니까?"

"두고만 보라구. 내가 하는 일을 두고만 보라구."

시간이 다 되자 부장은 문후를 눈짓으로 불러세웠다. 둘은 신문사 차를 빌려타지 않고 택시를 탔다. 가을을 재촉하는 비가 촉촉히 뿌리고 있었다.

"드라이브 좀 합시다."

부장은 택시 운전사에게 기세 좋게 소리를 높였다.

차는 번잡한 시내를 빠져나와 스카이웨이 쪽으로 달려가기 시작했다.

"이번 추석 기획기사는 우리 것이 최고일걸."

부장은 엄지손가락을 내밀어 보였다.

"축하해."

문후는 부장을 쳐다보며 웃었다.

"특종은 이형 거야. 만년필 하나 타도록 내 잘 얘기할게."

특종을 낸 기자에겐 만년필 하나 준다는 사내의 보상제도를 빗대어서 부장이 농담을 했다. 둘은 크게 웃었다.

서울이 내다보이는 산꼭대기에 있는 B커피숍 앞에서 둘은 내렸다. 커피숍 안은 텅 비어 있었다.

멀리 내다보이는 서울 시가는 가을비에 바닷속처럼 가라앉아 있었고 창 위로 빗방울이 맺혀 굴러떨어지고 있었다.

"약속시간이 넘었어."

부장은 시계를 얼른 들여다보고 짜증을 부렸다.

"무슨 여자가 이따위야. 한 시간 후라고 했으면서."

"조금 더 기다립시다."

약속시간보다 삼십 분 더 지난 무렵 한 대의 검은 승용차가 언덕길을 올라와 주차장에 멈추었다. 그리고 우산을 쓴 여인이 천천히 돌계단을 올라오고 있었다.

"저 여잔가?"

둘은 우산으로 가려진 여인의 모습을 보기 위해 고개를 길게 뺐었다.

여인은 비가 내리는 돌계단을 걸어올라오고 있었다. 층계를 올라올 때마다 우산이 해파리처럼 떠오르고 있었다.

구태여 목을 빼어들어서 확인하지 않더라도 이처럼 호젓한 곳으로 찾아오는 사람은 두 사람이 기다리는 정수경이란 여인임에 틀림없었다.

여인은 유리문을 열고 들어와 우산을 접고 밝은 곳에서 갑자기 어두운 곳을 쳐다보았을 때의 그런 어릿어릿한 표정으로 실내를 한번 돌아보다가 이쪽을 발견했는지 천천히 다가오고 있었다.

두 사람은 자리에서 일어나 여인을 맞았다.

"미안합니다."

여인이 문후와 부장의 존재를 확인하지도 않고 침착하게 먼저 말을 꺼냈다.

"늦어서 미안합니다."

여인은 핸드백 속에서 빛깔 좋은 손수건을 꺼내 이마에 맺힌 빗방울을 닦았다. 그것은 빗방울이라기보다는 땀방울이었다.

나이는 갓 마흔을 넘었을까. 중년의 여인임에도 눈부시게 아름다운 기미가 엿보였다. 침착하고 지성적인 분위기가 한복을 입은 여인의 몸에서 풍겨나오고 있었다.

"언제 신문을 보셨습니까?"

"이틀 전에 보았습니다."

여인이 대답했다.

"참 뭐들 마셨나요?"

"마셨습니다."

부장이 담배를 피워물었다.

"이틀 전에 신문을 보셨다면 왜 오늘에야 전화를 걸어오셨습니까?"

부장은 여인을 쳐다보았다.

"이제 그 사람은 제겐 잊혀진 사람이기 때문입니다."

여인이 가져온 주스를 들면서 분명히 말을 받았다.

"오래 전의 사람이기 때문입니다. 우리 나이 또래 사람이면 누구든 그런 슬픔쯤은 가지게 마련 아닌가요?"

"그야 그렇지요."

부장이 진심에서 수긍을 했다. 여인과 부장은 거의 동세대의 사람으로서 여인의 말 한마디가 은연중에 부장의 공감을 불러일으킨 모양이었다.

"저는 그분이 전쟁통에 돌아가셨다는 소식만 들었습니다."

"황선생 역시 그러더군요. 정여사가 전쟁통에 돌아가신 줄만 알고 있었다구요."

"부질없는 짓입니다."

여인이 한숨을 쉬며 수건으로 콧등에 맺힌 땀을 찍었다.

"두 사람은 다 죽은 사람들인데요, 뭘."

여인은 담담하게 말을 꺼냈다. 그녀의 모습에는 애써 지난 사실을 부정하려는 것이 아니라 고통을 이겨낸 사람의 담담한 한(恨) 같은 것이 깔려 있어 보였다.

놀라울 정도로 그녀는 가라앉아 있었다.

"이틀 전에 보았을 때 저는 그 사람이 공연한 짓을 하고 있다고 생각했어요. 이제 와서 살아오셨다면 도대체 저는 어떡하란 말인지……"

여인은 말을 끊었다. 그리고 가만히 이마에 흘러내린 머리칼을 쓸

어울렸다. 그 손에 반지가 번득이고 있었다.

"이십여 년은 짧은 세월이 아닙니다."

"그야 물론 그렇지요."

부장이 기침을 했다.

"제겐 다른 생활이 있습니다. 그분이 돌아가셨다는 소식을 들은 후 저는 이쪽에 넘어와 처음 몇 년간은 그대로 살아 계시겠거니 그래서 찾아오시겠거니 하고 기다렸습니다. 삼 년이 지나자 저는 그분이 분명히 돌아가신 거라고 믿었습니다."

여인은 가만히 비 오는 시가 위로 눈을 들었다.

"저는 이제 남의 부인이 되었습니다."

여인은 낮게 그러나 또렷하게 말을 끝냈다.

"다 부질없는 짓입니다."

부장과 문후는 침묵 속에 앉아 있었다. 여인의 말이 너무나 침착하고 담담했으므로 무어라고 얘기를 꺼내 여인이 주는 분위기를 깨뜨릴 수가 없었다.

"하지만."

오랜 후 부장이 말을 꺼냈다.

"부인께서는 전화를 걸지 않으셨습니까? 물론 이틀 지난 후에 전화를 거신 것입니다만."

"토요일에 떠나신다구요?"

여인이 부장을 보았다.

"예. 일 주일밖에 머무르지 못하신답니다."

"영영 떠나시는 건가요?"

"그렇게 되겠지요."

"그렇담 꼭 사흘밖에 남지 않았군요. 오늘이 수요일이지요?"

"그렇습니다."

"참 이상해요."

여인이 미소를 띠어올리면서 말을 이었다.

"잊었던 제 옛 얼굴이 신문에 나왔을 때 저는 마치 남의 일처럼 그 것을 들여다보았습니다. 그리고 그 기사를 읽고 나서도 다 지난 일이 니 잊어버리자고 무관심했습니다. 저는 이제 남의 사람이 되어 있고 또 행복합니다."

문후는 그 여인의 미소가 너무나 소중해서 경탄할 정도로 마음의 동요를 느꼈다.

"그런데 오늘 아침에야 비로소 그분을 끝내 홀로 보낼 수는 없다 고 느낀 것입니다. 왜냐하면 제겐 그분과의 사이에 난 아들이 있기 때문입니다."

여인은 역시 담담하게 말을 이었다.

"그분과 헤어질 때 저는 애를 배고 있었습니다. 아들에겐 자기 아 버지의 얼굴을 보여주어야만 한다는 생각이 불현듯 떠올랐습니다. 저는 행복합니다. 그애를 낳고 두 살이 되었을 때 저는 지금의 애아 버지를 만났습니다. 그이는 나를 이해해주었고 용서해주었습니다. 처음에 저는 그애에게 아버지가 다르다는 것을 조금도 가르쳐주지 않았습니다. 그이도 극진히 그애를 귀여워해주었기 때문에 클 때까 지도 그애는 자기의 출생을 모르고 자랐습니다."

여인은 주스를 들었다.

"그런데 그애가 스무 살이 되었을 때 우연한 기회에 그애는 자기 의 아버지가 다른 곳에 있음을 알아차렸습니다. 누구든 우리 쪽에서 가르쳐준 적은 없었습니다. 놀랍게도 그애는 자기 스스로 그것을 알 아차린 것입니다."

여인은 말을 이었다.

"물론 누구든 얘기하지 않았다고 해도 제가 지금 애아버지와 결혼

할 때 그애가 두 살하고도 육 개월이었으므로 무언가 어릴 때의 기억
이 남아 있는 것일지도 모릅니다. 아니면 또 우리가 아니었다고 하더
라도 누군가 애아버지의 친척 중 어떤 분이 그런 낌새를 주었을지도
모르죠. 어쨌든 그애가 스무 살이 되어 대학교에 들어갔을 때 그것을
제게 물어왔고 저는 솔직하게 대답해주었습니다. 너를 낳은 아빠는 지
금의 아빠가 아니다. 그분은 돌아가셨다고 대답해주었습니다."

여인은 다시 비 오는 풍경 쪽으로 고개를 돌렸다.

"그것이 아들에게 어떤 영향을 주었는지는 모르겠습니다. 물론 얼
마간 괴로웠겠죠. 그러나 곧 그애는 그것을 잊고 일어섰습니다. 그
애가 지금 스물여섯입니다. 군대도 갔다 오고 대학교 졸업반에 재학
하고 있습니다. 만약 그애가 자기의 출생 비밀을 모르고 있었더라면
저는 그분이 다시 해외로 떠나갈 때까지 모른 체하리라고 생각했습니
다. 하지만 그애가 자기의 출생을 알고 자기 아빠가 돌아가신 것이
아니라 살아 계시다면 한번쯤 혈육을 만나보게 하는 것이 도리가 아
닌가 하는 생각이 들었던 것입니다. 그래서 저는 전화를 걸었습니
다. 그리고 바쁘신 것을 알면서도 뵙자고 청한 것입니다."

여인은 말을 끊었다.

침묵이 왔다. 주위는 호젓하여 그냥 간단없는 빗소리만 바닷속처
럼 가라앉고 있을 뿐이었다.

"만나보셔야죠."

부장이 침묵을 깨뜨렸다.

"제가요?"

"부인도 만나보셔야죠."

"그건."

여인은 말을 잘랐다.

"부질없는 일입니다. 이젠 모두 지난 일입니다. 제겐 바깥양반과

그분에게서 낳은 두 애가 있습니다."

여인은 조용히 웃었다.

"아드님은요?"

"그래서 전화를 걸었잖아요."

여인은 문후를 쳐다보았다.

"그분이 계신 곳을 알고 싶습니다. 그것은 제가 그분을 뵙고 싶어서가 아니라 아들에게 그분, 아버지의 얼굴을 보여주고 싶기 때문입니다."

"지금 애아버지께서는 이 사실을 알고 계십니까?"

"모릅니다. 해외에 여행을 떠나셨습니다. 두 달 계시다 돌아올 겁니다. 하지만 안다고 해도 별로 놀라지 않으실 겁니다. 오히려 현국이, 현국인 아들 이름입니다. 현국이를 만나게 하지 않는다면 제가 꾸중 들을지도 모릅니다. 그분이 계신 곳이 어딥니까?"

여인은 문후와 부장을 동시에 쳐다보았다. 부장은 침묵의 공간을 메우기 위해 담배를 갈아물었다.

"모릅니다."

부장은 분명하게 대답했다.

"우리도 그분이 어디 계신지 모릅니다."

문후는 놀라서 부장을 쳐다보았다.

모르다니, 그럴 수가 없는 것이다. 황철진이라는 사내가 어디에 있는지 모르다니. 분명 알고 있다. D호텔에서 묵고 있음을 분명 알고 있다. 호텔 602호실에 그는 묵고 있는 것이다.

문후는 그러나 부장의 대답이 너무나 강했기 때문에 그의 말을 가로막고 나설 수는 없었다.

"그러셨던가요."

여인의 얼굴에 실망의 빛이 떠올랐다.

"물론."

부장은 재빠르게 말을 받았다.

"처음엔 알고 있었습니다. 하지만 지금은 어디로 옮기셨는지 모릅니다. 쓸데없는 전화가 걸려와서 우리도 모르게 황선생님은 거처를 옮기셨습니다."

문후는 스카이웨이로 달려오기 앞서 이 일을 이틀간만 비밀에 부쳐두자던 부장의 말을 상기했다.

문후는 또다시 고통스런 공복감이 위를 긁어내리는 아픔을 느꼈다.

"하지만."

부장은 여인을 쳐다보았다.

"내일모레 황선생님은 우리 회사로 나오시기로 했습니다."

"회사로요?"

"예. 텔레비전 방송국으로 나오시기로 했습니다. 만나실 의향이 있다면 텔레비전 방송국으로 저녁 일곱시까지 나와주시면 됩니다."

여인은 의아한 표정으로 부장을 쳐다보았다.

"황선생을 모시고 텔레비전 방송국에서 특별좌담을 벌입니다. 정각 일곱시까지 텔레비전 방송국으로 나와주시면 됩니다."

"하지만."

여인은 손에 들었던 주스잔을 내려놓았다.

"그건 안 됩니다."

여인은 떨리는 손으로 이마에 흘러내린 머리칼을 쓸어올렸다.

"저는 이제 남의 아넙니다. 공공연하게 그런 프로그램에 나갈 수는 없어요. 오늘 이렇게 떨어진 곳에서 만나뵙자고 한 것도 다 그런 이유 때문입니다. 어떻게 알 수 없을까요? 잠깐만 만나면 됩니다. 제 아들녀석에게 잠깐만 아버지의 얼굴을 보여주면 됩니다. 신문사측에서 알아내려고만 한다면 금방 알아낼 수 있지 않아요?"

"모릅니다."

부장은 분명하게 대답했다.

"저희도 황철진 선생님이 어디로 숙소를 옮기셨는지 모릅니다. 단 이틀 후 일곱시에 텔레비전 방송국으로 나오신다는 것만 알 뿐. 만나실 수 있는 기회는 그때뿐입니다."

문후는 부장을 노려보았다.

그러나 부장은 벌써부터 문후의 시선을 애써 피하고 있었다.

"저희도 도와드리고 싶습니다. 하지만 불가능합니다."

부장은 담배를 거꾸로 피워물었다. 그는 심한 기침을 하고 담배를 비벼 껐다.

문후는 부장이 지금 이 순간 무엇을 노리고 있는가를 알 수 있을 것 같았다. 그는 한마디로 애써 얻은 특종을 쓰레기화하고 싶지 않은 것뿐이었다. 신문사의 공신력을 위해서라도 연일 보도했던 기사를 한마디 변명도 없이 흐지부지 휴지로 만들 수는 없었던 것이다.

그는 지금 교묘하게 그 여인과 그리고 그의 아들을 뉴스의 현장으로 끌어내려고 애를 쓰고 있는 것이다.

문후는 부장이 여기로 오기 전에 여인을 찾았다는 이야기를 듣자마자 텔레비전 보도국에 전화를 걸었던 걸 상기했다. 벌써부터 부장은 포커판에서 마지막 카드에 승부를 거는 사람처럼 텔레비전측과 묵계를 벌이고 있었던 것이다.

부장은 그 여인을 뉴스의 현장으로 끌어내기 위해서는 그 여인의 사생활쯤은 무시해도 좋다는 신념을 갖고 있었다.

부장은 여인의 전화가 걸려왔다는 것을 들은 순간, 벌써부터 배수의 진을 쳐놓고 있었던 것이다. 여인이 공공연하게 그 사내를 만날 수 없으리라는 것을 벌써부터 짐작하고 그 여인을 뉴스의 소용돌이로 끌어내기 위해서는 일단 그 사내의 존재를 미로 속에 던져버려야 한다는 것을 계산하고 있었던 것이다.

부장은 그 기사를 낼 때부터 벌써 그 여인이 사내를 공공연히 만날 수 없는 입장이라는 것을 예견하고 있었을지도 모른다.

그렇다.

이십여 년이 흐른 지금 개인적인 사정을 가지고 있지 않은 사람은 없을 것이다. 그러나 그렇다 하더라도 시청자와 독자들은 그 결말을 보지 않고서는 쉽사리 물러서지 않으리라는 것도 부장은 잘 알고 있는 것이다.

그래서 그는 사내의 존재를 애매하게 흐려버린 것이다. 그리고 마지막 카드 한 장의 도박을 벌인 것이다.

이틀 후까지 부장은 승부를 연장한 것이다.

만약 그 여인이 그녀의 말대로 자기 아들을 혈육의 정으로 아버지와 만나게 해주려 한다면 목적한 대로 텔레비전 방송국으로 나와 뉴스 속에 던져질 것이요, 그렇지 않고 지금의 자기 입장, 즉 남의 아내라는 입장을 감안해서 기어이 나오지 않는다면 부장은 지나친 판을 벌인 결과가 되는 것이다.

말하자면 그는 대승부를 마지막 판에 건 것이었다.

"어떻게 하시겠습니까?"

부장이 여인을 쳐다보았다.

"황선생은 이십여 년 만에 바다를 건너 정여사를 만나러 오셨습니다. 그것을 무시하실 수 있겠습니까?"

여인은 멍하니 비 오는 도시 쪽으로 고개를 돌렸다. 더운 날씨가 아닌데도 여인의 콧등엔 땀방울이 맺혀 있었다.

문후는 부장을 쏘아보았다.

고문하고 있다. 문후는 부장의 얼굴을 쳐다보고 생각했다.

그는 지금 한 여인에게 정신적인 고문을 가하고 있는 것이다.

여인은 한동안 비 오는 바깥 풍경 쪽에서 고개를 돌리지 않았다. 빛깔 고운 손수건으로 콧등의 땀을 찍어내고 나서 여인은 이쪽으로 고개를 돌렸다.

　"나갈 수 없습니다."

　여인은 애써 웃었다.

　"부질없는 짓이에요. 우린 어차피."

　미소 띤 얼굴에서 이윽고 반짝이는 이슬이 보였다.

　"죽은 사람들이니까요."

　문후는 고통을 느꼈다.

　망할 놈의 위, 망할 놈의 위장.

　"하지만."

　부장은 소리를 높였다.

　"아드님에겐, 아드님은 엄연히 산 사람 아닌가요? 이제 겨우 스물 여섯 살입니다."

　"없던 걸로 해두면 됩니다."

　여인은 이제 이슬이 맺혀 흘러내리려는 눈물을 애써 감추려 들지 않았다.

　"이런 일이 없었던 걸로 해두면 됩니다. 그애는 지금 사춘기의 소 년이 아닙니다. 군복무를 끝낸 대학 졸업반의 성인입니다. 아무런 일이 없었던 것으로 생각해주세요."

　여인은 핸드백을 집어들었다.

　"미안해요. 바쁘신 중에 뵙자고 해서."

　여인은 일어섰다.

　부장도 일어섰다.

　"어쨌든."

　부장은 마지막으로 말을 했다.

"모레 저녁 일곱십니다. 이틀만 더 생각해보시길 바랍니다. 황선생이 이제 여길 떠난다면 고국과는 마지막 이별이니까요."

세 사람은 비 내리는 북악산으로 나섰다.

나뭇잎은 아직 낙엽 빛깔로 물들지는 않았지만 어딘지 탄력이 죽어 있었다. 가는 가을 빗줄기가 자욱이 시야를 가리고 있었다.

아주 먼 시가 쪽에서 한꺼번에 얽혀 뭉뚱그려진 도시의 소음이 들려오고 있었다. 한때는 폐허였던 도시 위, 숲속 산에서 바라보면 저 도시 속에서 벌어지는 광기와 분노, 건설과 파괴, 욕망과 공허, 그런 도시적인 음험한 음모들이 아주 무관하게 펼쳐져 보였다. 그러나 그곳은 그들이 살아가고 있는 도시였다.

낮잠을 깨우는 옆집의 라디오 소리, 신문에서 떠드는 배기가스, 공해문제, 미터기를 올리기 위해 질주하는 차들의 속력, 껄껄거리며 부딪치는 술잔 소리, 열심히 두드리는 타이프 소리, 째각거리는 시계 소리, 그 모든 것, 흘러내리는 한강, 남산의 번득이는 불, 그 모든 것, 버스를 타기 위해 달려야 하는 아침 출근길, 그 모든 것.

산 위에서 바라보면 먹고 살기 위한 직업과 연결된 분주한 뜀박질, 전화벨 소리, 그 모든 것들이 한꺼번에 죽을 것은 죽고 유별나게 살아야 할 소리만 살아서 이리저리 혼합되어 들려오는 불협화음의 소리가 깊이와 내용을 알 수 없는 신음 소리처럼 들려오고 있었다.

도시는 한꺼번에 앓고 있었다. 신음 소리를 내면서. 한때엔 폐허였던 도시가 바람도 없는데 펄럭이며 날리는 깃발처럼.

세 사람은 계단을 내려갔다.

"신문사까지 바래다드리겠어요."

승용차 앞에 오자 여인이 두 사람을 쳐다보았다.

"괜찮습니다."

부장이 승용차의 문을 열어주며 대답했다.

"타세요."

"걱정하지 마십시오."

부장은 승용차 문을 닫았다.

아주 짧은 시간에 닫힌 차창 너머로 여인의 눈이 두 사람을 쳐다보았다. 그러더니 이윽고 차는 달려가기 시작했다.

"젠장."

차가 사라지자 부장은 계단을 뛰듯이 내려가면서 문후를 쳐다보며 툴툴거렸다.

빗방울은 조금 가늘어졌지만 가랑비는 쉴새없이 뿌리고 있었다.

"꼼짝없이 걸어가게 되었군. 빈 택시가 여기까지 올 게 뭐야."

달려오는 차들이 없는 것은 아니었으나 대부분 두 사람을 무시하고 무서운 속도로 달려가고 있었다. 하지만 두 사람은 무슨 차든 지나갈 때마다 손을 휘저으면서 동승을 부탁하곤 했다.

"관두자."

부장은 포기했다는 듯 몸을 돌리면서 언덕길을 걸어내려갔다.

"조금만 걸으면 돼."

두 사람은 묵묵히 비를 맞으면서 아스팔트 길을 내려가기 시작했다.

"놀랐습니다."

얼마만큼 걷다가 문후는 아까부터 참아온 질문을 마침내 부장을 향해 터뜨렸다.

"부장님은 이제 보니 완벽한 사기꾼이로군요."

"헛허허."

몸을 젖히면서 부장이 웃었다.

"다 그런 거지 뭐, 다 그런 거야."

"난 이해할 수 없습니다."

"이해할 수 없으면 이해하지 않으면 돼."

"그건 도박입니다. 비정한 도박입니다."

"우린 어차피 도박꾼인걸."

부장은 평소에 흥분을 잘하는 문후의 성격을 알고 있었으므로 될 수 있는 대로 문후의 대화에 말려들어가지 않으려고 무책임하게 대화를 자르고 있었다.

"기사 하나 건지기 위해서 그 여인의 가정을 파괴해도 좋단 말인가요?"

"애써 얻은 기살 버릴 수야 없잖은가? 그냥 얼버무리기엔 이미 너무 나발을 불어대었어. 어떻게든 마무리를 져야 하게 되어 있어."

"그 여인의 입장에 서보세요."

문후는 부장을 노려보았다.

"마찬가지야. 그 남자의 입장에 서면 간단해. 아니 구태여 남의 입장에 서볼 필요도 없어. 우린 기자의 입장에만 완벽하면 돼."

"아닙니다."

문후가 머리를 흔들었다.

"이건 단지 흥미를 노리기 위한 수단밖에는 되지 않습니다. 난 그렇게 생각합니다. 물론 또 한 가지 덧붙일 구실은 있겠죠. 일테면 민족의 비극을 표출해내자는, 하지만 그건 책임을 면하려는 비겁한 수단밖에는 되지 않습니다."

문후는 담배를 붙여물었다.

"우린 마땅히 그 여인으로 하여금 비밀리에 그 남자를 만나게 해주는 것으로서 이 사건에서 손을 떼야 합니다. 그것이 우리가 할 수 있는 최상의 방법입니다."

"그러기엔."

부장은 땅 위에 구르는 돌멩이를 걷어찼다.

"우린 너무 비싼 투자를 했어."

"만약 그 여인이 내일모레 방송국으로 나오지 않으면 어떻게 하실 작정이십니까?"

"텔레비전 프로그램을 내보내지 않으면 돼. 결정은 우리가 하는 게 아냐. 그 여인으로 하여금 결정하게 하면 돼. 나오느냐 마느냐는 그 여인에게 달려 있어."

"그건 고문입니다."

"너무 어려운 말 쓰지 마. 난 간단한 게 좋아. 이봐, 이형. 우린 늘 최후의 마지막 보루까지 버틸 수밖에 없는 입장이야. 나도 이형처럼 순수한 감정은 가지고 있어. 하지만 그 자리에서 내가 할 수 있는 최선의 방법은 그것뿐이었어. 내가 그 여인에게 뉴스의 현장으로 나오라고 강요할 수는 정말 없었어. 이봐, 내게두 마누라와 두 새끼가 있어. 그렇다고 한순간의 감정으로 지금까지 연일 보도해온 것을 휴지 조각처럼 버려야 해? 그건 곤란해. 난 그 여인에게 칼자루를 쥐어준 것이야. 이제 이틀 동안의 시간이 남아 있어. 결정은 그 여인이 해줄 거야. 우린 그 여인에게 결정권을 줘야 한다, 그것뿐이야. 내가 잘못한 건 한 가지, 사내의 소재를 숨긴 것뿐이지."

"그 여인이 나올 거라고 믿습니까?"

"나와."

부장은 명료하게 대답했다.

"틀림없이 나와. 나오게 되어 있어."

"확신하십니까?"

"내길 걸어도 좋아. 피는 물보다 진한 법이니까. 동물들도 제 새끼는 가려낸다."

"인간은 동물이 아닙니다."

문후는 부장을 정면으로 쳐다보았다.

"관두자구. 됐어. 차가 오는군."

부장은 언덕길 위쪽에서 빈 택시가 한 대 오는 것을 발견하고는 달려가서 택시를 잡았다. 자연히 대화는 끊겼다.

둘은 비를 흠뻑 맞고 회사로 돌아왔다.

문후는 아까부터 쓰려오는 위를 달래기 위해서라도 무엇이든 먹어두지 않으면 안 되었다. 문후는 회사 앞에 차를 세우고는 깔깔한 입맛으로 우동을 한 그릇 삼켰다. 무엇이든 위 속에 집어넣으면 거짓말처럼 위장이 편안해진다. 문후는 자신의 위가 자신의 몸에 분명히 존재하고 있으면서도 자신의 몸 일부가 아닌 것처럼 느껴졌다. 그것이 뻔히 해로운 줄 알면서 그날 저녁 퇴근 후에 문후는 무지무지하게 술을 마셨다. 마치 자신의 위를 학대라도 하려는 듯.

다음날 문후는 숙취로 늦게 출근하였다. 혼탁해진 머리로 시간을 다투어야 하는 신문사 일은 무리였다. 문후는 하루 종일 거의 벌벌 기다시피 취재와 씨름했다. 저녁 무렵 문후가 신문사에 돌아와 지친 몸을 의자에 앉히고 망연히 창 밖을 내다보고 있으려니까 누군가 문후 앞에 와서 섰다.

"실례합니다."

문후는 소리난 쪽을 쳐다보았다. 그곳엔 젊은 사내가 서 있었다. 처음 보는 낯선 사내였다. 손에는 두터운 가방을 들고 있었고 가슴에는 배지를 달고 있는 것으로 보아 대학생임에 틀림이 없었다.

"여기가 사회붑니까?"

"그런데요."

"저어."

청년은 망설였다.

"바쁘시지 않으면 시간 좀 빌릴 수 있겠습니까?"

문후는 앉은 채로 청년을 올려다보았다. 문득 청년의 목소리가 무척 낯익은 것 같았기 때문이었다. 그러나 분명 청년은 문후가 한 번도 마주친 적이 없는 사내임에 틀림이 없었다. 혹시 서클 관계의 단신을 부탁하러 오는 대학 후배 학생인가도 생각해보았다. 하지만 그런 것을 부탁하러 온 것이라면 문화부로 갈 것이지 사회부로 찾아올 리가 없는 일이었다. 하지만 이상하게도 청년의 목소리는 낯이 익었다.

그리고 올려다보는 청년의 모습이 어딘지 전혀 생경하지만은 않아 보였다. 똑같은 대화와 똑같은 몸짓으로 서 있던 같은 구도의 상황이 전에 있었던 것처럼 전혀 낯설지가 않아 문후는 이상한 느낌으로 몸을 돌려 청년과 마주했다.

그때였다.

번개처럼 돌연 문후의 뇌리 속을 한 가닥의 확신 같은 것이 스쳤다. 그렇다. 저런 말투, 저런 포즈를 며칠 전에 똑같은 상황에서 마주친 적이 있다. 닷새 전에 찾아온 황철진이란 사내도 꼭 저런 모습을 하고 있었다. 그렇다. 분명 청년은 그의 아들임에 틀림없었다.

전혀 마주치지 않고 전혀 만난 적 없는 두 사내가 신중한 말투 하며 상대방에게 폐를 끼치지 않으려는 필요 이상의 예의를 갖추고 있는 태도까지 닮아 있었다.

그뿐인가.

생김생김까지도 너무 닮아 있었다. 닷새 전 찾아온 사내의 얼굴은 양 옆머리가 희끗희끗하게 빛 바래고 얼굴에 깊은 주름이 패어 있었지만 그의 얼굴에서 세월의 연륜을 없애버린다면 상상할 수 있는 쌍둥이 같은 모습으로 청년은 서 있었다. 젊어서. 눈부시게 젊은 모습으로.

그것은 참으로 기묘한 충격이었다.

문후는 피의, 혈육의 준엄함을 느끼기보다는 돌연 그곳에서 이십여 년 전의 젊은 황철진씨를 본 기분이었다.

황철진씨가 이 청년의 어머니와 헤어진 것은 청년의 나이보다 더

어렸을 때였을 것이다. 이 청년의 어깨 위에 빛나는 견장과도 같은 젊음은 그때 이 청년의 아버지도 가지고 있었을 것이다. 불행한 세대에 태어나서 비록 그 청춘이 재처럼 스러지긴 했지만.

그 시대의 젊은이와 오늘날의 젊은이가 한 상징적 의미로 문후의 시야로 가득 차 다가왔다.

"황철진씨를 만나러 왔습니다."

아주 당당하게, 그러나 무례하지는 않게, 힘찬 목소리로 얼굴에 미소까지 띠면서 말한 후 젊은 청년은 장발의 머리를 다소 계면쩍다는 듯이 긁었다.

문후는 얼른 부장석을 돌아보았다. 부장은 자리를 비우고 있었다. 그것은 다행한 일이었다.

문후는 부장에게 자그마한 저항을 기도하리라 마음먹었다. 그러기 위해서는 재빠르게 그를 신문사 밖으로 유도해야 한다고 생각했다.

문후는 청년과 신문사를 나왔다. 인근 다방에 앉아서 문후는 커피를 시켰다.

청년은 자기의 소개부터 시작해서 대충 어제 그의 어머니를 만났을 때 들었던 이야기를 꺼내놓았다. 그의 얘기에는 밝고 눈부시도록 당당한 태도가 엿보였다.

자기의 불행(그렇다. 그것을 객관화해 보지 않고 그의 입장에서 본다면 그는 얼마나 불행한가)을 얘기할 때도 그는 망설이지 않고 모든 것을 털어놓았다.

"어머니는 이 사실을 알고 계실까요?"

문후는 대충 이야기가 끝나자 청년에게 물어보았다.

"모르십니다."

청년은 대답했다.

"아마 모르실 겝니다."

청년은 어제 그의 어머니와 문후가 만났던 것을 모르고 있었다. 청년의 어머니조차도 그 사실을 아들에게 감추고 있었던 모양이었다.

"하지만 알려드리고 싶지는 않습니다."

청년은 웃었다.

"어머니는 아버지가 돌아가셨다고 믿고 계시니까요. 그리고 지금은 행복하게 사시고 계십니다. 이건 저 혼자만의 문제입니다. 제 동생들은 모두 김씨지만 제 성만이 황씨이기 때문입니다."

청년은 또다시 계면쩍은 듯 머리를 긁적였다.

"물론 지금의 제 이름은 김현국입니다만."

청년은 웃음을 거뒀다.

"저는 두 개의 성을 가지고 있는 셈입니다."

대화가 끊겼다. 청년은 무심코 성냥통의 성냥알을 부숴뜨리고 있었다. 손가락에 잉크 자국이 묻어 있었다. 앉아 있는 청년의 체격은 당당하고 군 복무를 끝내고 대학 졸업반에 다니고 있는 학생답게 의젓하였다.

"사흘 전에 저는 이 사실을 알았습니다. 저는 저대로 사흘 밤낮을 고민했습니다. 어머니께 이 사실을 알려드려야 옳은가, 어쩔까를 고민했습니다. 그러나 이제 저는 저 혼자만 아, 아버님을 만나야겠다고 마음을 굳혔습니다."

"무슨 꽙니까?"

문후가 화제를 돌리기 위해 말을 붙였다.

"사회학과에 다니고 있습니다. 사학년입니다."

"갑시다."

문후가 일어서면서 청년의 어깨를 두드렸다.

"아버님을 만나러 갑시다."

문후는 한 가닥 남아 있던 부장에 대한 미련을 순간 던져버렸다.

이제 문후가 청년을 이끌고 D호텔로 찾아가 황철진씨와 만나게 한다면 부장의 의도는 완전히 빗나가는 것이었다. 그것은 부하직원으로서 도저히 해서는 안 될 행동이었다.

하지만 문후로서는 자신의 행동이 절대적으로 옳다고 생각했다. 이들의 비극은 마땅히 어둠 속으로 가려져야 할 성질의 것이었다.

한때 문후가 출입하던 서대문 경찰서의 수사계장은 문후와 늘 사이가 좋지 않았고 사사건건 문후에게 시비를 걸 정도로 언짢았는데 언젠가 한번 그 수사계장의 용단에 감탄을 하고 나서부터 그와 매우 친해졌다. 한 이 년 전에 살인사건이 일어났던 적이 있었다. 서대문 관내에서 한 아버지가 자기 아들을 물에 빠뜨려 죽인 사건이었다.

그 아들은 태어날 때부터 백치로 일곱 살 때까지 어떻게든 키워보려고 무진 애를 쓰다가 그 아버지가 어느 날 한강에 빠뜨려 죽게 하였던 것이다. 그리고 아버지는 행방불명되어 도망다녔는데 부하 형사들이 그 아버지의 소재지를 알아차리고 덮치려 들자 수사계장은 그것을 만류하고 죽은 아이 어머니를 통해 자수하기를 권유했던 것이다.

물론 그 행위는 경찰서 수사계장으로서는 용납할 수 없는 행위였으며 부하 형사들은 며칠간의 잠복근무 끝에 붙잡게 된 자신들의 공적을 자수라는 명목으로 격하시키고 싶어하지는 않았다. 하지만 수사계장은 얘기했다.

"이봐. 제 애새끼 목졸라 죽이고 싶은 애비가 어디 있어? 나두 두 새끼의 애비다. 잡는 것만 능사가 아냐. 젠장. 개백정두 개 잡을 땐 다 법도가 있는 법이야."

청년을 데리고 D호텔로 가는 문후의 머릿속에는 그 수사계장의 말이 자꾸 떠오르고 있었다.

이제 자신의 저항행위를 부장이 안다면 별수 없이 그 수사계장의 언행을 도용할 수밖에 없게 되었다고 문후는 생각하면서 쓴웃음을 지었다.

차에 몸을 싣고 두 사람은 D호텔로 갔다. 차 속에서 청년은 아무런 말도 하지 않았다. 문후 역시 별말을 걸지 않고 차창 밖으로 시선을 피하고 있었다.

생전 처음 이루어지려는 운명의 만남을 받아들이기 위해서는 어느 정도 마음의 준비가 필요할 테니까 문후는 그를 침울 속에 혼자 내버려두는 편이 나을 것이라고 생각하고 있었다.

차는 혼잡한 시내 쪽을 비늘 돋친 생선처럼 달렸다. 신호등에 막혀 설 때마다 퇴근 무렵의 사람들이 그들이 탄 차 앞을, 옆을 가면을 쓴 것 같은 무표정한 얼굴로 이리저리 빠져나갔다.

차에서 내려 두 사람은 D호텔로 들어갔다. 호텔 앞 계단에서 갑자기 청년은 허리를 굽혔다. 문후는 그를 돌아보았다. 청년은 책가방을 아스팔트 위에 놓고 허리를 굽혀 구두끈을 매고 있었다.

별로 헐거워 보이지 않는 구두끈을 청년은 양쪽 모두 천천히 그리고 매우 꼼꼼하게 매고 있었다. 이제 막 뜀박질을 하려는 단거리 선수처럼.

문후는 청년이 구두끈을 매는 것을 지켜보았다.

그리고 그가 구두끈을 다 매기를 기다려 호텔로 들어갔다.

호텔 프런트에서 문후는 며칠 전에 보았던 보이를 만났다.

"손님을 좀 만날까 하는데."

"몇 호실입니까?"

"육백이호."

"육백이호?"

사내가 문후를 쳐다보았다.

"육백이호실 손님은 호텔을 나가셨습니다."

"뭐라고요?"

문후는 큰 소리로 되물었다.

"나가셨습니다. 오늘 오전에 짐을 들고 가셨습니다."

"어디로 갔습니까?"

"모릅니다."

사내는 대답했다.

"제 생각으로는 공항으로 나가신 것 같지는 않고 딴 호텔로 가신 것 같습니다."

"혼자 나가셨습니까?"

"아뇨."

사내는 이상하다는 듯 문후를 쳐다보았다.

"전번에 육백이호실 손님을 만나러 오시지 않으셨습니까?"

"그런데요?"

"그때 같이 오신 분과 같이 호텔을 나가셨습니다. 왜요, 모르셨나요?"

문후는 대답 없이 돌아섰다. 날카로운 철제 기구로 뒤통수를 맞은 것 같은 충격이었다.

용의주도한 부장의 솜씨에 문후는 차라리 비애를 느꼈다. 한 발 늦었다. 한 발 늦고야 말았다.

문후는 공중전화 부스로 걸어가서 신문사로 전화를 걸었다. 그는 부장을 찾았다.

"전화 바꿨습니다."

부장의 목소리가 흘러나오자 문후는 몸을 바로 세웠다.

벌써부터 위통이, 공복의 위를 긁어내리는 고통이 느껴지고 있었다. 간밤에 마신 술의 숙취와 무리하게 오전 근무를 했던 탓으로 온몸은 물에 빠진 듯 풀려 있었다.

"이형?"

"이기잡니다."

"웬일이야?"

"황철진씨는 도대체 어디로 갔습니까?"

"왜 그래?"

부장이 잠깐 사이를 두었다가 물었다.

"이형이 황씨를 찾을 필요가 없을 텐데."

"어디로 갔습니까?"

"몰라."

부장이 대답했다.

"말씀하십쇼. 도대체 어디로 갔습니까?"

"왜, 없어? 그럴 리가 없을 텐데."

시치미를 떼고 있다. 부장은 시치미를 떼고 있다.

"거기 어디야?"

"호텔입니다. D호텔입니다."

"거긴 왜 갔어?"

"황씨를 만나러 왔습니다."

"그런데 없어?"

문후는 짜증이 났다.

"시치미 떼지 마십시오. 도대체 어디다 숨겼습니까?"

"숨기다니."

부장이 웃었다.

"지금 장난하자는 건가. 도대체 거기가 어딘데?"

"D호텔 안입니다."

"거길 왜 갔어?"

부장이 말을 받았다.

"이형이 혼자 갔을 리가 없을 텐데."

"호텔 보이가."

문후는 부장이 자꾸 화제를 바꾸려는 것으로 생각되어 말을 찔러 물었다.

"부장님과 그 사내가 둘이 오전에 호텔을 옮겼다고 그랬습니다."

"내가?"

부장은 농담조로 말을 이었다.

"그랬을지도 몰라. 어쨌든 한 가지 분명한 것은 나도 그 사람이 어디 있는지 모른다는 거야."

부장이 대답했다. 뚜뚜뚜 전화 신호음이 들려오고 있었다.

"내일 저녁 일곱시에 텔레비전 방송국에 나온다는 것밖에는."

"농담이 아닙니다."

문후는 소리를 질렀다.

"나도 농담은 아냐."

"정말 이러깁니까?"

"도대체 누구하고……"

전화가 끊겼다.

문후는 다시 동전을 집어넣어 끊어진 대화를 이어가려다가 그만두었다. 전화를 걸어도 부장은 대답해주지 않을 것이다. 용의주도하게 오전중에 호텔까지 옮겼다는 것은 특히 문후 자신의 평소 흥분하기 쉬운 성격을 생각해 취한 행동이었음에 틀림없었다. 문후뿐 아니라 신문사 내의 모든 기자들이 알고 있듯이 사내가 D호텔에 묵고 있다는 사실은 일단 숨겨둬야 할 성질의 것이었다. 적어도 부장의 도박이 성공하기 위해서는.

그는 황철진을 D호텔에서 나오게 했을 것이다. 물론 여러 가지 이유는 붙일 수 있었을 것이다. 무엇보다도 황철진은 국내 사정에 대해서는 백치와 다름없는 존재니까. 부장은 황철진을 자기 발로 D호텔에서 걸어나오게 했지만 실상은 납치한 것과 조금도 다름없다.

부장만이 알고 있는 비밀스런 장소에 황철진이라는 사내는 숨겨져 있을 것이다. 단 한 번의 플래시를 위해서 두터운 열쇠 저편에 갇혀 있을 것이다.

그는 손발이 묶이지도 않았으며 입에 재갈도 물리지 않았으며 눈에 안대가 가려져 있지도 않다. 말하자면 그는 자유인이다. 적어도 그렇게 느끼고 있을 것이다. 그러나 그는 알지 못한다. 자신의 주위에 어떤 구속이, 어떤 속박이 차차 다가오고 있는가를.

인형의 손발이 움직이는 것은 보이지 않는 사람이 조종하는 질긴 끈의 움직임 때문인 것처럼 사내는 완전한 인형이 되어 거대한 조직의 힘이 실상 치밀한 계산으로 자신을 조종하고 있다는 사실을 까마득히 모르고 있는 것이다.

그는 단지 결정적인 순간에 보여주기 위해 사육되는 한 개의 표본이나 견본처럼 얌전히 덫에 갇혀 있는 것이다.

문후는 청년과 호텔을 나섰다.

"없어요."

문후가 청년을 보고 가볍게 웃어 보였다.

"어제까지만 해도 여기 계셨는데 오전에 옮기셨답니다."

"어디로 가셨나요?"

"글쎄요."

문후는 애매하게 대답했다.

"어디로 옮기셨는지 모릅니다."

둘은 언덕 위에서 도시를 내려다보았다. 그것은 하나의 거대한 미로와 같아 보였다.

겉으로는 불을 밝히고 춤을 추고 혀를 내밀고 박수를 치고 악수를 하고 명함을 교환하지만 그 내부로는 음모와 광기가 벽면에 낀 이끼처럼 존재하는 도시의 야경이 탐욕적인 혀를 날름거리면서 깊어가고 있었다.

"찾겠습니다."

갑자기 청년이 문후를 올려다보았다.

"아버지를 찾으러 떠나겠습니다."

청년은 남산 중턱으로 올라가는 언덕길 위에서 찬란하게 타오르는 야경을 내려다보면서 말했다.

"어떻게요?"

문후가 공허하게 물었다.

"이 근처 호텔부터 뒤지면 되잖아요. 중심가의 호텔을 모두 뒤져보겠습니다. 내친걸음입니다."

청년이 또 허리를 굽혀 구두끈을 죄었다. 별로 헐거워 보이지도 않는데. 마치 막 출발하려는 뜀박질 선수처럼.

"오늘 고맙습니다."

청년은 구두끈을 죄더니 허리를 펴고 문후에게 손을 내밀었다. 문후는 사내의 손을 마주 잡고 흔들었다.

"애써주셔서 감사합니다."

"천만에."

문후는 고개를 흔들었다.

"만나게 되길 빕니다. 오늘밤 안으로."

"만나게 되겠죠."

손을 풀고 청년은 몸을 돌이켰다.

그리고는 마치 우물을 내려가듯 도심 쪽으로 차츰차츰 멀어져갔다. 문후는 청년의 뒷모습을 줄곧 지켜보았다.

아버지를 찾기 위해서 그는 도대체 어디로 가야 할 것인가. 어디를 방황해야 할 것인가. 얼굴도 모르면서. 아는 것이란 단 한 가지 이름뿐. 그것 하나로 도대체 어떻게 하겠단 말인가.

문후는 청년의 뒷모습이 이윽고 차단된 무거운 어둠 속으로 빨려들어가는 것을 보았다.

그래.

문후는 필터까지 타들어간 꽁초를 던져버리고 심호흡을 했다.

그는 숨바꼭질을 떠난 것이다. 술래가 되어서. 단순하게 벽장 뒤, 장독 뒤에 숨는 숨바꼭질이 아니다. 이것은 위선과 가면 속에 숨겨진 보이지 않는 숨바꼭질이다. 청년은 도시를 온통 다 기웃거릴 것이다. 행여 머리카락 보일라 기웃거릴 것이다.

그리고 결국엔 발견할 것이다.

술래인 청년이 찾으려는 대상은 결국엔 그의 아버지라는 특정한 인간이 아니라, 인간이 인간을 신뢰하는 믿음, 서로가 서로를 아껴주고 쓰다듬는 사랑, 그런 소중한 것이라는 사실을 청년은 발견할 것이다. 그것이 이 시대 젊은이들이 걸인처럼 구걸하며 동냥해야 할 유일한 것임을 청년은 발견하게 될 것이다.

다음날 문후는 부장을 마주칠 기회가 좀처럼 없었다. 하루 종일 경찰서를 뛰어다녔기 때문이다. 일 년 전까지만 해도 경찰들은 조그만 사건이라도 나중에 자기에게 책임 추궁이 오지 않는 한도 내에서 우연 슬쩍 교묘한 방법으로 기사 소스를 주곤 했었다.

지나는 길에 마주치면 '어디 한번 가봐' 따위의 눈치를 보여주곤 했는데 요즈음엔 전부 완전하게 입들을 다물고 있었다. 다 알려진 현장 검증에 고개를 내밀려고 해도 그 장소조차 가르쳐주려 하지 않았다.

야근중에 지프를 타고 밤의 경찰서를 순례해도 그저 야경비 받으러 오는 동회 직원 대하듯 안면을 바꾸고 있었다. 정말 이러기야 딱딱거려도 자기네 목을 가리키고는 혀를 깨물고들 있었다.

더군다나 경찰들의 비위 사실이 과장되어 노출된 후부터는 요소 요소에 새 얼굴들이 자리해서 어쩌다 노크도 없이 들어서면 한 대 쥐어박을 정도로 인상까지 쓰고 있었다.

때문에 별수 없이 사건이 터지면 부지런히 뛰어다니는 수밖에 없었다. 상대편은 상대편들대로 침묵과 묵비로 일관하고 있었기 때문에 그저 닥치는 대로 뛰어들어 떨어진 휴지 조각이라도 주울 수밖에 없었다. 문후는 아주 조그만 사건 때문에 거의 저녁 무렵까지 뛰어다녀야만 했다.

전화를 통해 회사로 송고를 하고 나서 겨우 늦은 점심을 먹고 문후는 천천히 회사로 돌아왔다.

부장은 자리에 없었다. 빈 데스크에 앉아 문후는 멍하니 담배를 피워물었다. 겨우 일을 끝내고 났을 때의 허탈감 같은 것이 온몸을 나른하게 감싸고 있었다.

"이형."

누군가가 옆에서 문후를 불렀다.

"부장 봤어요?"

신입기자가 고개를 내빼고 문후를 보았다.

"아니 못 봤는데."

"아까부터 찾았는데."

"어디 있는데?"

"텔레비전 방송국으로 오랍디다. 오는 즉시 보도국으로."

문후는 하루 종일 무언가 가슴속에 찌꺼기처럼 남아 있던 끈적끈적이는 불쾌감이 도대체 무엇 때문일까 생각하고 있었다.

이상하게 아침에 우연히 부른 유행가 곡조 한 소절이 하루 종일 반복되어 마음속에 되풀이되듯 바쁘게 뛰어다니면서도 마음속엔 한 가닥의 불쾌한 씨앗이 자리하고 있었다.

그것을 문후는 애써 규명하지 않으려고 바쁠 땐 바쁘다는 핑계로, 일이 끝난 후엔 피로 탓으로 그저 멍청하게 앉아 있었는데 신입기자의 전갈을 받고 나자 문후는 하루 종일 그의 마음을 괴롭히던 것은 다름아닌 부장의 도박이 마지막 판가름되는 시간이 가까워온다는 초조감에서 비롯된 것임을 알았다. 마치 해야 할 일이 너무 밀려 있을 때 느닷없이 필요 이상의 잠 속에 빠져 안주하고 싶은 심리가 되는 것처럼 저녁이 다가오는 것을 문후는 애써 모르는 척하려고 노력하고 있었을 뿐이었다.

문후는 시계를 보았다. 편집국 벽에 걸린 시계는 다섯시 십 분 전을 가리키고 있었다. 문후는 십 분만 더 그 문제와 상관하지 말자고 생각했다. 그래서 담배를 다시 한 대 갈아물었다.

나하고 상관없는 일이다.

문후는 눈을 감고 생각했다. 부장이 그를 부른 것은 최초로 황철진을 만난 사람이므로 예의상 부른 것이 아니라 자신의 도박이 얼마나 멋지게 맞아들어가는가를 보여주기 위한 것이며, 또한 어제 전화가 끊긴 후 다시 걸지 않았던 문후의 분노를 무마시켜주려는 이중의 의도가 숨겨 있는 것이다.

잠깐 새에 괘종시계가 다섯 번 울리기 시작했다. 문후는 오 분만 더 이 문제와 상관하지 말자고 생각했다. 아예 오랫동안 만나지 못했던 여인에게 전화 걸어 수작질을 하며 시간을 보내리라고 문후는 생각했다. 그러다가 문후는 일어섰다.

감은 눈 위로 어젯밤 야경 속으로 아버지를 찾으러 떠나던 청년의 그림자가 어렴풋이 떠올랐기 때문이었다. 그의 방황을 아예 모르는 척할 수는 없다.

문후는 편집국 복도를 걸어나오며 자신을 꾸짖었다. 해가 갈수록 자신의 각(角)이 나태로 무너지는 것을 문후는 가끔가끔 느끼곤 했다. 피로 끝에 사다 마시는 효험 없는 드링크제와 같더라도 최소한의 자극을 잊어서는 안 돼. 이 우라질 자식아.

문후는 신문사를 나와 바로 옆 건물에 붙어 있는 방송국으로 올라가면서 자신을 꾸중했다.

최소한 잠들지는 말아야 해. 이 망할 자식아. 비록 눈을 감고 있긴 하지만, 비록 눈을 뜨진 못한다 하더라도.

부장은 보도국 소파에 앉아 있었다.

"어서 와. 늦었어."

부장은 과장된 고함을 버럭 질렀다.

"어떻게 된 거야, 어젯밤엔?"

"전화가 끊겼을 뿐이죠, 뭐."

문후가 털썩 주저앉으며 편잔조로 말을 받았다.

"거긴 왜 갔어, D호텔엔?"

"찾아왔습니다."

"아니 누가. 그 여자가?"

"누구든지요."

"내 그럴 줄 알았어. 그럴 줄 알았다니까. 아무래도 불안해서 견딜 수 있어야지."

손마디를 꺾으면서 부장은 유쾌하게 웃었다.

"이형이 그런 일을 능히 해치울 거라는 건 눈감고도 훤히 알 수 있지."

"그 여인이 아닙니다."

"아니 그럼, 누구와 갔었는데?"

"아들입니다. 황철진의 아들."

"아들."

부장은 장난스레 혀를 빼물었다.

"호. 그래서."

"나도 모릅니다. 찾으러 떠났으니까. 자기 아버질 찾으러 떠났으니까요."

"어딜, 이 서울을? 이 우라지게 넓은 서울의 수천 개 호텔을? 엄마 찾아 삼만 리로군."

"그래 어디다 숨겼습니까?"

"비밀."

부장은 손가락을 퉁겼다. 그러자 마주치는 소리가 났다.

"그건 비밀이야."

"이제 와서 가르쳐주지 않을 이유가 없지 않습니까?"

문후는 시계를 보았다.

"다섯시 반. 겨우 한 시간 반밖에 남지 않았는데."

"이 방송국 안에 있어."

"이 안에요?"

"물론. 오늘 네시에 모처에서 모시고 왔지."

"눈에 안대를 하고 말입니까? 첩보영화 배우 같습니다."

문후가 빈정거렸다.

"방송국 어딥니까?"

"그건 비밀."

부장은 사이다를 병째 들이켰다.

"닉슨도 텔레비전 나갈 때 화장했는데 이왕 나가려면 분단장해야 잖아."

"그럼 녹화연습을 하고 있단 말입니까, 텔레비전 드라마 배우처럼?"

"비꼬지 마."

부장은 계속 유쾌했다.

"파자마 입고 거리에 나서면 미친놈이라고 그래. 화면에 나갈 땐

면도쯤은 해야잖아. 더구나 머리는 좀 긴 편이고."

"그래서 구내 이발소에 있단 말인가요?"

"이러지 마. 잠자코 있으면 돼. 이 친구들 여섯시까지 오라고 했는데."

"누구 말입니까?"

"사진기자들 좀 오라고 했어. 아직 시간이 좀 남았으니까 시간 되면 오겠지. 밥 먹었어?"

"먹었습니다."

부장은 흘깃 시계를 보았다. 시간은 여섯시 십오 분 전을 가리키고 있었다.

"젠장, 시간 더럽게 안 가는군."

"왜요?"

문후는 부장을 쳐다보았다.

"초조하십니까?"

"천만에."

부장은 자신만만하게 어깨를 으쓱거렸다.

"온다. 틀림없이 오게 돼 있어."

"자신하십니까?"

"맹세해도 좋다. 사변 전에 창경원 철책 곰 우리 안으로 어린애가 들어갔던 적이 있어. 그때 구경하던 어머니가 놀라서 곰 우리 철창을 두 손으로 펴서 늘려 들어가 어린애를 구출했다는 이야기가 있어. 두고보라고. 철창 따위도 구부리는 게 피야. 나는 이긴다고."

"인질범이로군요."

문후는 웃지 않고 부장을 쳐다보았다.

"부장은 인질범이에요."

그래. 그는 넓은 의미로 인질범인지도 모른다. 원래 인질 범죄는 동양의 범죄가 아니다. 그것은 서양의 범죄였다. 문명으로 치닫고 있어서 동양과 서양의 개념이 뒤죽박죽된 도시의 거리에서 자주 일어나고 있는 인질극은 문명화의 필연적인 부작용이다. 부장은 그를 인질로 잡고 있는 것이다. 총 대신 교묘한 계산과 치밀한 두뇌로. 인질극이 단순히 자기를 드러내 보이려는 노출증적인 변태행위라면 부장은 그 목적을 어디에 두고 있는 것일까.

문후는 부장을 쳐다보았다.

그렇다, 그가 노리고 있는 것은 분명하다. 황철진의 얼굴에서 흘러내리는 눈물 한 방울. 구십구 퍼센트의 수분과 단 일 퍼센트의 염분으로 구성된 눈물 한 방울. 그 여인과 아들의 눈에서 흘러내리는 눈물 한 방울. 그것을 잡기 위한 텔레비전 카메라. 바로 그것인 것이다.

"만약에 말입니다."

문후가 부장을 쳐다보면서 말을 이었다.

"부장은 절대 그렇지 않으리라 생각하시겠지만 만약 그 가족들이 나타나지 않는다면 어떻게 하시겠습니까?"

부장은 손마디를 꺾었다.

"절대 그럴 리는 없어. 난 그런 쪽으로는 아예 생각해보지 않았어. 이 친구들 도대체 어떻게 된 거야. 미쳤나? 이형 전화 좀 걸어. 사진부에서 두 사람 오라고 해줘."

문후는 일어서서 전화를 걸었다. 방금 떠났다고 했다. 전화를 끝내고 막 돌아서려니까 카메라를 든 기자들이 보도국 안으로 들어서고 있었다. 동시에 방송국 직원으로 보이는 사람이 와이셔츠 바람으로 들어와 소파에 앉아 있는 부장 곁으로 다가갔다.

"한 시간 전입니다. 도대체 어떻게 된 겁니까?"

"어떻게 되다니요?"

"오는 건가요?"

"온다니까."

"아직 연락조차 없지 않습니까?"

방송 프로듀서로 보이는 사내는 포켓에서 수건을 꺼내 이마의 땀을 닦았다.

"올 스탠 바이(모든 준비 완료)입니다."

"이제 겨우 여섯시요. 한 시간 충분히 남았어요."

"물론."

프로듀서는 웃었다.

"어련하시겠습니까만."

"수위실에서 돌려보내지만 않으면 됩니다."

"애긴 수십 번 해놨으니까 곧 연락이 올 겁니다."

프로듀서는 일어섰다. 마악 복도로 뛰어나가는 그의 뒤를 문후는 따랐다.

"어딜 가?"

부장이 문후를 불러세웠다.

"피디 따라가야 소용없어."

"화장실입니다."

문후가 장난조로 웃어 보였다.

복도에서 문후는 막 코너로 사라지려는 프로듀서의 뒤를 쫓았다. 방송국 안은 마치 병원 같았다. 방송국과 병원에선 이상하게 건조한 깡통 쇳내가 난다.

병원엔 환자가 있으며 신음 소리가 있다. 뢴트겐이 있으며 문명의 기계가 있다. 수술이 있으며 피가 있고 그리고 죽음이 있는 반면에 방송국엔 마이크가 있으며 기계가 있다. 끊임없이 최면을 거는 부드러운 목소리가 있으며 음악이 있다.

분명 구석을 돌아 사라진 프로듀서의 뒤를 문후는 바쁘게 쫓아가보았지만 막상 코너를 도니 거짓말처럼 그 사람은 없었다.

문후는 미로에 빠져서 '조용히. 녹음중'이라는 팻말들을 쳐다보았다. 모든 닫힌 방문에는 붉은 글씨로 팻말들이 붙여져 있었다. '조용히. 녹음중' '조용히. 녹음중' '조용히. 연습중' '조용히. 연습중' '만지지 마시오' '들어오지 마시오'……

그것은 마치 병원에 붙여진 팻말과 같아 보였다.

'조용히. 수술중' '조용히. 수술중' '조용히. 입원중' '면회사절. 입원중' '들어오지 마시오' '들어오지 마시오.'

문후는 창문 안을 들여다보았다. 두껍게 차단된 방음벽 너머로 많은 사람들이 어항 속의 민물고기처럼 부유하고 있었다.

문후는 몇 개의 방문을 열어보았다. 아무도 그에게 주의하는 사람은 없었고 맹목적으로 찾으려던 좀전의 프로듀서도 없었다.

문후는 완강하게 닫힌 문을 차례차례 열어보리라 생각했다. 그러나 이내 그 생각을 포기했다.

문후는 천천히 몸을 돌려 보도국으로 되돌아왔다.

보도국 안은 잔뜩 볼륨을 높인 라디오의 소리로 터질 듯한 소음에 빠져 있었다. 시계는 여섯시 십오분을 가리키고 있었다.

아, 아, 아. 부장은 기지개를 켰다.

그때였다. 따르릉거리는 전화벨 소리가 났다. 보도국 사람이 전화를 받더니 부장을 돌아보았다.

"전홥니다."

"어딘데요?"

"정문입니다. 수위실인데요."

부장은 민첩하게 전화를 바꿔 받았다.

"왔어."

다짜고짜 부장은 소리를 높였다.

"방금 왔어요? 두 사람이라구? 들여보내시오. 보도국으로. 잠깐."

부장은 멈칫거렸다.

"아, 들여보내지 말아요. 내가 나가지. 잠깐 기다리라고 해. 금방, 금방 나가겠어."

부장은 전화를 끊었다.

"왔어."

부장은 문후를 쳐다보았다.

"왔다구. 드디어 왔다구."

부장의 얼굴에 엄청난 기쁨이 넘쳐흐르기 시작했다. 자신이 짜놓은 각본대로 모든 것이 맞아들어가는 것을 확인했을 때의 기쁨과 만족감이 얼굴에 가득 차고 있었다.

"자, 나가지."

부장은 일어서며 문후의 어깨를 쳤다.

"싫습니다."

문후는 대답했다.

"전 여기 있겠습니다."

"이거 왜 이래?"

부장은 문후의 팔꿈치에 손을 집어넣고 끌어당겼다.

"따라와. 도와줘야 할 게 아냐?"

"전."

문후는 웃지 않고 부장을 보았다.

"도와드릴 게 없습니다."

"치사하게 이러지 마."

부장은 문후를 잡아 끌었다. 문후는 질질 끌리다시피 복도로 나왔다. 둘은 엘리베이터를 타고 맨 아래층으로 내려갔다.

수위실 앞 대기실에서 두 사람이 기다리고 있었다. 여전히 한복을 받쳐입은 여인이 앉아 있었고 그 옆에는 책가방을 든 청년이 서 있었다.

부장과 문후가 다가가자 앉아 있던 여인이 몸을 일으켰다. 그리 더운 날씨가 아닌데도 이마에 흐르는 땀을 빛깔 좋은 손수건으로 닦아내고 있는 것으로 보아 어딘지 여인은 불안한 기색이었다.

"안녕하세요?"

부장이 아주 상냥하게 인사를 했다.

"안녕하세요?"

여인이 고개 숙여 인사를 받았다.

"제 아들입니다. 인사드려라."

여인은 옆에 책가방을 들고 서 있는 청년을 가리켰다. 청년은 고개를 숙였다.

부장은 당황해서 손을 내밀었다.

"어제 제 아들녀석을 만나셨다죠?"

여인이 뒤쪽의 문후를 올려다보았다.

문후는 대답 대신 청년을 보았다. 청년은 어머니한테 모든 것을 다 이야기했으니 염려 말라는 듯 눈을 끔적끔적해 보였다.

"예."

문후가 대답했다.

"여기서 이러지 마시고 올라가십시다."

부장이 부드럽게 말을 꺼냈다.

"참 어려운 걸음 하셨습니다. 고맙습니다. 어려운 결심 하셨습니다. 자, 올라가십시다."

부장은 청년의 어깨를 감싸들었다.

"아주 잘생긴 청년입니다. 놀랍게도 황철진씨를 닮았습니다. 영락없이 닮았는데요."

엘리베이터 속에서 네 사람은 아무런 말도 하지 않았다. 다들 무표정히 고개를 우러러 한 층씩 오를 때마다 반짝반짝 점화되는 번호판을 우두커니 올려다보고 있었다. 그러나 침묵 속에 교차되는 네 사람의 상념은 각기 다른 방향을 가리키고 있었다.

엘리베이터를 내려 부장은 앞장서서 두 사람을 대기실로 안내하였다.

"이제 조금만 기다리시면 됩니다."

부장이 웃었다.

"지금이 일곱시 이십 분 전이니까요. 그 동안 마음을 가라앉히시면 됩니다."

"어디 계시죠?"

여인이 연신 콧등에 맺힌 땀을 찍어내고 있었다.

"그인 어디 계신가요?"

"조금 있으시면 만나게 됩니다."

부장이 애매하게 말을 흐렸다.

"방송국엔 오셨나요?"

청년이 문후를 쳐다보았다.

"금방 도착한다고 연락이 왔습니다."

부장이 문후가 대답할 여유를 가로채며 말을 받았다.

여인은 눈을 감았다. 참으로 어려운 결심을 한 것이다. 그 여인으로서는. 잠시 후에 그녀가 만나게 될 사람은 이미 죽었다고 믿었던 사람인 것이다. 아무도 그녀의 마음을 짐작조차 할 수 없다.

"잠깐만 앉아 계십시오."

부장이 몸을 일으켰다.

"오셨나 안 오셨나 확인해보고 오겠습니다."

부장은 문후에게 눈짓을 했다. 문후는 부장을 따라 나섰다.

"어떻게 하실 겁니까?"

"다 된 거야. 이젠 문제 없어."

부장은 손마디를 꺾었다.

"자, 이젠 좀 바빠졌어. 달려가세. 황철진씨를 만나러 가야지. 이
형도 오랜만에 만나지 않는가."

부장은 뛰다시피 걸으면서 문후를 돌아보았다.

"우린 이거 뭐지. 방자인가 통신원인가?"

"사기꾼입니다."

문후가 대답했다.

그들은 층계를 올라갔다.

황철진씨는 한 층 위 방송국 대기실에서 사람들에 둘러싸여 앉아
있었다. 불과 한 층의 차이로 그들은 서로 떨어져 있는 것이었다. 위
아래로 있는 같은 방. 아래층에서 보면 머리 위에, 위층에서 본다면
발 아래 그들은 서로 격리되어 있었다.

그러나 그 한 층의 거리는 시간과 공간을 넘어선 무한대의 간격이
었다. 황철진씨는 소파에 앉아서 커피를 마시고 있었다.

그는 말끔하게 머리를 빗고 단정하게 넥타이를 매고 있었다. 그는
문후를 발견하자 몸을 일으켜 악수를 청했다. 많은 사람들이 그를 둘
러싸고 앉아 질문을 던지고 이야기를 나누고 있었지만 그것이 그에
겐 본능적인 공포를 일으키고 있었는지 낯익은 문후를 발견하자 사
람들을 헤치고 얼굴에 따스한 미소를 떠어올리며 손을 내밀었다. 그
는 자기 주위에서 따뜻하게 말을 걸고 있는 사람들이 어떤 계산을 하
고 있는가를 까마득히 모르고 있었다.

부장은 프로듀서를 구석으로 몰고 가서 무언가를 얘기했다. 아마
도 그가 찾는 여인이 도착했다는 것을 얘기하는 눈치였고, 사내는 웃
으면서 고개를 끄덕끄덕거렸다.

부장이 말한 이야기는 귀에서 귀로 전달되었다. 그들은 모두 고개를 끄덕이며 그리고 웃었다. 사회를 맡은 매우 낯익은 아나운서는 마치 음모를 꾸미듯 고개를 끄덕이며 크게 웃었다.

삽시간에 방 안 분위기는 광기와 열기로 충만되기 시작했다. 조그마한 눈짓이나 손짓에도 그들은 서로 다 알고 있다는 눈빛으로 웃고 그리고 엉뚱하게 무표정을 가장하고 있었다.

"자, 가실까요."

손에 메모지를 든 프로듀서가 방 안에 앉아 있는 사람들을 향해 소리쳤다.

"오 분 전입니다."

"가시죠."

아나운서가 앉아 있는 황철진씨에게 말을 건네었다. 황철진씨는 몸을 일으켰다.

일동은 방을 나와 모든 준비가 완료되어 있는 공개홀로 걸어가기 시작했다. 계단식으로 되어 있는 공개홀 안엔 많은 사람들이 앉아 있었다. 그들은 대부분 일 없이 몇 시간이고 앉아 기다리기로 작정한 노인들이었으며 간혹 가수나 배우 들의 모습을 보기 위해서 남산을 배회하다 시간을 메우기 위해 찾아온 젊은이들이 끼어 있었다. 그들은 자신들의 위치를 충분히 잘 알고 있었다.

프로듀서가 응원단장처럼 박수를 치라고 허공에 손을 올려 흔들면 그들은 박수를 쳐야 한다는 것을, 가수가 나와서 노래를 부르면 최소한 그냥 구경하는 것이 아니라 박자에 맞추어서 박수쯤은 쳐야 한다는 사실을 잘 알고 있었다. 코미디언이 웃기려 들면 그들은 가차없이 웃어야 한다는 사실을 잘 알고 있었다.

그러나 그들의 맥없는 웃음소리와 그들이 치는 박수 소리는 일단 방영되는 순간에 보는 사람으로 하여금 현장감을 준다는 사실을 방송국측은 충분히 알고 있었다.

말하자면 보이지 않는 관객이 치는 박수 소리와 보이지 않는 관객이 웃는 웃음소리는, 텔레비전 수상기 앞에 넋 잃고 앉아 있는 시청자에게 구경만 해서는 안 되고 같이 박수를 치고 웃으며 맹목적인 환상의 세계, 집단 최면의 세계로 들어가야 한다는 것을 강요하고 있는 음향 효과였던 것이다.

문후는 공개홀 방청객들 틈에 끼어 앉았다.

무대는 강한 조명으로 마치 수술대처럼 밝았고 그 빛은 어떤 그림자라 할지라도 백지화할 것 같은 강력한 의지를 담고 있었다.

관객들은 모두 무대를 지켜보고 있었다. 그들을 만족시켜주는 인물과 사건이 나와주기를. 그들의 기대는 단지 객석에 앉아 있는 방청객의 기대로 국한되지는 않았다. 텔레비전 수상기 앞에 앉아 채널을 돌리는 시청자의 마음에도 역시 같은 기대감이 충만하고 있었다.

그들의 마음속에는 홈런이 터지기를, KO되기를, 벌거벗기를, 얻어맞기를, 물바가지 뒤집어쓰기를 바라는 집단화된 못된 사디즘이 충만하고 있었다. 관객이 바라는 대상, 인물은 그들 위에 군림하는 우상과 영웅이 아니라 그들이 때려부수고 깔아뭉개기에 알맞은 살아 있는 장난감이었다. 그러나 그들 대상이 절대 만만해서는 안 되었다.

그 대상은 극적인 사건과 별스런 내용을 담고 있지 않으면 안 되었다. 그들이 때려부수고 싶은 것은 불을 향해 날아드는 불나비 같은 하찮은 벌레가 아니라 살아 움직이는 인간이었던 것이다. 살아 움직이는 인간을 향해 퍼부어지는 증오는 그들이 살아 있음을 확인시켜주며 동물적인 쾌감을 불러일으키는 것이었다.

그들 앞에서 춤추는 가수의 몸은 즐거운 쾌감과 또 한편의 혐오감을 불러일으키고 있었다. 가수들 뒤에서 발을 들어올리는 무용수의 율동은 쾌감과 또 한편의 증오감을 불러일으키고 있었다. 단순히 사

람들은 그들의 춤과 노래에 박수치는 것만이 아니라 그들이 퇴폐적
이며 마땅히 욕을 먹기에 아주 적당한 대상 인물임을 절대 잊어버리
려 하지 않았다. 때로는 그들 앞에서 춤추는 가수들의 노래는 위대해
보였지만 때로는 못돼먹은 비난의 대상이 되기도 했다.

그들은 변덕 심한 여인이 매일매일 옷을 갈아입듯이 새로운 인물
을 향해 박수를 치며 실상은 그들을 향해 집단적인 살인행위를 하려
들었다. 그들은 그들 앞에 선 가수와 배우 들이 단지 재롱을 피우기
위해 〈반짝반짝 작은 별〉을 춤추어대는 유치원 생도일 때는 만족했
지만 그들이 자신들보다 우월하다는 착각이 들 때는 그들을 향해 침
을 뱉어대었다.

문후는 객석에 앉아 뜨거운 침을 삼키며 무대를 쳐다보았다.

정각 일곱시가 되자 무대 위로 사람들이 하나씩 둘씩 나오기 시작
했다. 악단과 밴드 소리가 울려퍼지면서 앉아 있던 사람들은 잘 훈련
된 동물처럼 느닷없이 박수를 치기 시작했다.

"안녕하십니까? 전국에 계신 시청자 여러분."

낯익은 아나운서가 마이크를 앞에 두고 프로그램의 서두를 열었
다. 그러자 앉아 있던 관객들이 또다시 박수를 쳤다. 문후 역시 그들
의 박수에 맞추어 손바닥을 마주 쳐가기 시작했다. 즐거운 축제 같은
분위기가 홀 안을 가득 메우고 있었다.

박수가 멎기를 기다려 아나운서가 입을 열었다.

"전국에 계신 시청자 여러분, 그리고 이 자리에 나와주신 방청객
여러분 안녕하십니까? 오늘은 우리나라의 즐거운 명절 추석입니다."

이틀 뒤로 다가온 추석날에 맞춰 미리 녹화하는 것인지 아나운서
는 오늘을 추석이라고 소개했다.

"해마다 맞는 가을이요 해마다 맞는 추석이지만 올 추석이 다른
해보다 유난히 감회가 깊은 것은 올해가 해방 삼십 년을 맞이하는 해

이기 때문인 것 같습니다. 돌이켜보면 민족이 갈라진 지 어언 삼십 년……"

문후는 텔레비전 카메라가 여러 각도에서 붉은 불을 번득이며 대상을 잡는 것을 멍하니 쳐다보았다. 기술상의 문제가 있었는지 바로 그즈음에서 아나운서의 발언은 그쳤고 프로그램은 처음부터 다시 시작되었다. 또다시 똑같은 음악을 밴드는 연주하였고 관객들은 맥없이 박수를 쳤다. 아나운서는 아까 했던 말을 또 한 번 같은 억양으로 반복했다.

"전국에 계신 시청자 여러분, 그리고 이 자리에 나와주신 방청객 여러분 안녕하십니까……"

마치 운동경기 시합 때 결정적인 순간을 또 한 번 느리게 되풀이해 보여주듯이 좀전의 상황이 아주 똑같이 재현되고 있었다. 그들은 몇 번이고 되풀이할 것이다. 이틀 뒤의 추석이 이 장소에서는 오늘에 존재하듯이 그들은 만족할 때까지 몇 번이고 필름을 거꾸로 감고 새로 시작할 것이다.

"오늘은 아주 귀한 손님을 모시겠습니다. 이십여 년 동안 조국에서 멀리 떨어진 딴 나라에서 고생과 슬픔을 딛고 일어나 이곳을 찾아와주신 손님입니다."

필요 이상으로 해방된 조국의 번영이 강조되고 있었다.

"그럼 신문지상에서 널리 보도되었던 대로 지금 브라질에 살고 계신 해외동포 황철진 선생님을 모시겠습니다. 여러분, 다들 박수를 보내주시기 바랍니다."

다들 박수를 쳐대기 시작하였다. 문후는 황철진씨가 마치 어두운 곳에서 갑자기 밝은 곳으로 이끌려나왔을 때의 어릿어릿한 모습으로 걸어나와 의자에 앉는 것을 보았다.

문후는 천장에 내걸린 텔레비전 수상기에 황철진씨의 얼굴이 가득하게 클로즈업된 것을 쳐다보았다.

"고맙습니다, 이렇게 나와주신 것을 진심으로 환영합니다."

문후는 계속 그 수상기를 올려다보았다. 수상기에 투영된 황철진씨의 얼굴은 이미 신문사로 찾아와 어눌한 모습으로 자기의 옛 약혼자를 찾아주기를 요구하던 사내가 아니었다. 그는 이미 개인으로서는 용서받지 못하는 공공연한 화제의 주인공이 되어 있었다. 때문지 않은 새로운 눈요깃감으로서 그는 표적의 대상이 되고 있었다.

"다시 합시다."

관객 앞에 앉아 있던 프로듀서가 소리질렀다. 프로그램은 얼마만큼 뒷걸음질쳐서 다시 한번 반복되었다.

"여러분, 다들 박수를 보내주시기 바랍니다."

관객들은 또다시 박수를 쳤다. 일단 다시 커튼 뒤로 들어갔던 황철진씨는 또다시 무대로 나왔다. 마치 앙코르를 받는 가수처럼.

그렇다. 그들은 그에게 만족할 때까지 앙코르할 것이다. 앙코르, 앙코르.

문후는 박수를 치면서 쉴새없이 속으로 부르짖었다.

프로그램은 빈틈없이 빠르게 진행되었다. 아나운서는 황철진씨에게 서울의 거리가 얼마나 달라졌는가를 집요하게 되풀이해서 물어보고 있었다.

"변함 없는 것은……"

황철진씨는 서울의 달라진 모습을 천천히 얘기하였고 마지막에 한마디 말을 덧붙였다.

"남대문뿐이었습니다."

그러자 관객들이 약간 웃었다. 남대문이라는 아주 흔하고 그러나 엉뚱한 대답이 마치 외국 사람에게서 서투른 한국말을 들었을 때와 같은 낯간지러운 느낌으로 나왔을 때 관객들은 그가 제법이라는 듯이 웃었다. 마치 남대문을 알고 있다는 것이 귀여운 듯이. 대견하기 나 한 듯이.

그러자 문후의 눈 위로 남대문을 내려다보던 사내의 그림자가 천 천히 떠올랐다. 내부에 등불을 밝히고 수많은 헤드라이트 불빛 속에 거대한 화석처럼 누운 남대문을 바라보던 사내의 어두운 모습이 천 천히 떠오르고 있었다. 아나운서는 참을 만큼 참고 있었다. 이제 이 사내가 목메어 기다리는 여인의 존재를 어느 때 보여주어야 할 것인 가를 계산하고 있는 눈치였다.

바로 이 무렵 여인과 그의 아들은 이 근처에서 땀을 흘리며 대기하 고 있을 것이다. 그들이 오랜 망설임과 결심 끝에 만나는 장소가 칸 막이가 쳐진 밀실이 아니라 아주 넓은 장소, 수많은 사람들이 박수를 치고 있는 곳이며 그보다도 그들을 샅샅이 촬영하여 수천만의 사람 들에게 보여준다는 사실을 안다면 어떤 태도를 보일 것인가. 그 많은 사람들의 단순하고 맹목적인 호기심을 만족시켜주기 위해 귀중한 개인생활을 포기해야 한다는 명제 앞에서도 여인은 여전히 콧등에 맺힌 땀방울을 손수건으로 찍어내고만 있을 것인가. 아니 그 여인보 다 이 남자는 어떤 반응을 보일 것인가. 불과 몇 분 후에 자기 앞에 벌어질 일이 어떤 것인지도 모르는 이 사내가 막상 이십여 년 동안 그리워하던 상대편을 마주쳤을 때 어떤 모습을 보일 것인가.

그때였다.

드디어 아나운서가 시간이 되었다는 듯 입을 열었다.

"이제 황선생님 앞에 변하지 않은 것이 남대문만이 아니라는 사실 을 보여줄 시간이 된 것 같습니다. 그것이 무엇이겠습니까?"

아나운서가 황철진씨를 향해 웃었다.

"글쎄요."

황철진씨가 웃으면서 대답했다.

256

"상상조차 못 하시겠습니까?"

"못 하겠습니다."

"놀라지 마십시오, 황선생님. 이제 저는 황선생님 앞에 이십오 년 전의 과거를 재현해 보여드리겠습니다."

닫힌 커튼이 열렸다. 황철진씨는 망연히 그 커튼을 쳐다보았다. 아주 서서히 두 사람이 커튼 사이에서 나타났다. 그리고 멈칫거렸다. 톱밥보다 무거운 침묵이 짧은 순간을 지배했다. 서서히 황철진씨는 앉혔던 몸을 일으켰다. 여인 역시 눈부신 듯 잠시 비틀거렸다. 그러나 이내 몸을 바로 하고 두어 발짝 떼어놓았다. 어디선가 사진기 플래시가 터졌다.

문후는 천장에 걸린 텔레비전 수상기를 보았다. 빠르게 카메라는 황철진씨와 여인의 얼굴을 비교해 보여주고 있었다.

관객은 박수조차 치지 못했다. 흔한 무책임한 박수로 그들의 침묵을 깨뜨릴 수 없는, 그런 중압감이 분위기를 사로잡고 있었다.

천천히 움직이던 두 사람은 어느 순간 아주 빠르게 서로를 향해 달려가기 시작했다. 두 사람은 포옹했다. 눈물이 그들의 얼굴에서 마구 흘러내렸다. 플래시가 여기저기서 터졌다. 그의 아들은 한옆에서 주먹으로 눈물을 닦고 있었다.

박수를 쳐야 한다는 암시가 있었는지 하나씩 둘씩 박수를 치기 시작했다. 그러나 그 박수 소리조차 포옹한 그들의 의식을 깨워줄 수는 없었다.

카메라는 그들의 눈물을 집요하게 잡고 있었다. 안약을 넣지 않은 눈물이 그들의 얼굴을 뒤덮고 있었다. 그것은 감동을 주기 시작했다. 영화관에 가서도 눈물을 흘려야만 만족하는 객석의 군중들은 여기저기서 이유도 모르는 눈물을 흘리기 시작했다. 단지 무대 위의 그들이 울기 때문에 그들도 여기저기서 따라 울기 시작했다. 카메라는 객석

의 눈물을 여기저기 따라 잡고 있었다. 객석은 삽시간에 눈물바다가
되었다.

아나운서는 그들이 실컷 울게 내버려두려는 심산인 것 같았다. 만
약 우는 시간이 지루하다면 후에 적당히 편집하면 될 테니까.

갑자기 밴드 소리가 터지더니 똑같은 웃음을 짓고 똑같은 의복을
입고 있는 합창단원들이 하나씩 둘씩 나와 나란히 섰다. 그들은 노래
부르기 시작했다.

엄마야 누나야 강변 살자
뜰에는 반짝이는 금모래 빛
뒷문 밖에는 갈잎의 노래
엄마야 누나야 강변 살자

그 노래조차 그들의 포옹을 풀지는 못하였다. 한쪽에 서서 눈물을
주먹으로 씻고 있던 아들도 아버지 곁에 서서 울고 있었다.

합창단원이 웃지 않고 부르는 노랫소리는 아주 기묘한 분위기를
형성하고 있었다. 그들은 계속 노래를 부르기 시작하였다.

우리의 소원은 통일
꿈에도 소원은 통일
이 목숨 바쳐서 통일
통일이여 오라

마치 영화 끝 무렵에 흐르는 눈물을 어찌할 수 없어 엔딩 마크가
나오기 전에 서둘러 몸을 일으키는 사람처럼.

문후는 일어서서 눈가의 눈물을 닦았다. 그러나 그는 자기의 눈가

에 맺힌 눈물에 분노를 느꼈다.

이 미친 녀석아. 너 역시 눈물을 흘리고 있다. 무엇이 네 곁에서 일어나고 있는가를 알면서 찔찔 눈물만 흘리고 있다. 이 바보 같은 녀석아.

문후는 공개홀을 나왔다. 그의 등뒤에서 요란한 박수 소리가 터져나오기 시작했다. 문후는 애써 눈가의 눈물을 지워버렸다.

문후는 매끄러워 반질거리는 복도를 걸었다. 어디선가 문후를 불러세우는 소리가 들렸다. 문후가 돌아보니 열린 문 저편에서 부장이 문후를 손짓하여 부르고 있었다. 그곳은 무대 위를 통제하는 조정실이었다. 문후는 그 안으로 들어섰다.

수십 대의 카메라가 무대 위를 각기 평면도에서 입면도로, 입면도에서 측면도로 각도를 달리하여 비춰대고 있었다.

"성공이야."

부장이 손가락을 동그랗게 말아들면서 크게 웃었다.

"만사 오케이야."

부장은 콜라를 들이마시고 있었다.

두터운 방음유리 저편으로 무대가 훤히 내려다보였다. 창 하나 사이로 그들의 모습은 그들이 조종하는 인형에 불과해 보였다. 죽은 인형의 팔을 들어올리기 위해 보이지 않는 끈을 조종하는 것 같은 뻔뻔스런 무관함이 그 조정실 안에 있었다.

"어디 있었어?"

"화장실에 있었습니다."

문후는 대답했다.

아까부터 괴롭혀대는 위의 통증으로 문후는 서둘러서 무엇이든 먹어두지 않으면 안 될 것 같은 느낌을 받았다.

"농담하지 마."

부장이 콜라병을 내밀면서 문후를 쳐다보았다.

"객석에 앉아 있는 것을 봤어. 시치미 떼지 말라구."

부장은 손마디를 꺾었다.

"만년필 하나 타면 이형 줄게."

"집의 애나 주시죠. 좋아할 겁니다."

문후는 일어섰다. 그리고 떠나기 전에 다시 한번 두터운 방음유리 저편을 내려다보았다. 좀전의 격한 분위기는 가라앉아 있었고 모두 앉아서 숨가쁜 호흡으로 이야기를 나누고 있었다.

문후는 조정실을 나왔다.

"어디 가?"

"회사로 가겠습니다."

"오늘 저녁에 한잔 어때?"

"사양하겠습니다."

문후는 유리창 밖의 사람들에게서 빠져나왔다. 그는 긴 복도를 걸었다.

그가 지날 때마다 방문에 붙은 팻말들이 눈을 때렸다.

'조용히. 녹음중' '조용히. 녹음중' '조용히. 방송중' '조용히. 방송중' '조용히. 연습중' '조용히. 연습중' '들어오지 마시오' '손대지 마시오' ……

문후는 몇 개의 계단을 걸어내려서 방송국을 나왔다.

신문사로 들어가려다가 그는 가까운 음식점에 들어가 밥을 시켰다. 무엇이든 먹어둬야 한다고 문후는 생각했다. 이 공복의 지독한 위통을 달래기 위해서는 닥치는 대로 무엇이든 입에 퍼넣어둬야만 한다고 생각했다.

지금 이 순간 그것만이 내겐 가장 소중한 일이라고 문후는 자신을 타일렀다.

사건은 이미 끝났다. 하루 지난 신문이 휴지가 되거나 사과 포장지로 전락하듯 이제 이 사건은 일단락된 것이라고 문후는 자신을 위로하였다.

(1977년)

개미의 탑

1

싸움은 전혀 우연히 시작되었다.

그의 옆에서 잠을 자던 여인이 아침 무렵에 소프라노의 비명을 질렀다.

웬일인가 하고 눈을 떴더니 여인은 갑자기 춤추는 신발을 신은 무희처럼, 발가벗은 채 벌떡 일어나 목욕탕으로 달려갔다.

그는 간밤에 엉망으로 술을 마셨으므로 무슨 일이 일어났나 상반신을 일으키려니까 머리가 찢어지는 듯 아팠다.

여인은 수돗가에 물을 틀어놓고 찬물을 입 안에 넣어 헹궈대고 있었다. 그러면서 여인은 세면대에 토하기 시작했다. 모가지를 꺾고 세면대에 머리를 처박은 채.

돌연한 구토증이었으므로 그는 여인의 목 뒤를 쳐줄 생각도 없이 세면대에 쏟아지는 누우런 위액을 망연히 쳐다보았다.

그는 아무래도 이 여인이 미친 여인이라고 단정을 내릴 수밖에 없었다.

하기야 어떻게 해서 이 여인이 그의 방까지 걸어와 잠을 자고 있는가 뚜렷이 기억조차 되지 않았다.

타는 듯한 새벽 갈증에 일어나 수돗가의 꼭지를 틀어 찬물을 잔뜩 마시고 돌아서려니까 그의 옆에 벌거벗은 여인이 누워 있었다. 새벽 미명에 차 내려진 이불로 여인의 벌거벗은 육체가 드러나 있었다. 살찐 엉덩이가 수축하여 긴장해 있었고 마구 팽개쳐버린 가발이 침대 옆에 뒹굴고 있었다.

그는 도대체 이 낯선 여인이 왜 자기 옆에 벌거벗고 누워 있는 것일까 잠시 생각해보았다.

그러나 혼탁해진 머리로는 도저히 그 이유를 알아낼 수 없었다. 마구 퍼마셔댄 간밤의 기억은 낡은 필름이 타버린 것처럼 단절되어 계속해서 떠오르지 않았다.

그는 자기 옆에 누워 있는 여인의 존재에 대해 생각하기를 보류하고 끊긴 잠을 잇기 위해서 다시 눈을 감았다. 곧 깊은 잠이 들었다. 짧은 꿈속에 빠졌다가 여인의 비명 소리에 눈을 뜬 것이었다.

여인은 한참을 토했다. 토할 때마다 여윈 여인의 목줄기가 생선가시처럼 오르락거렸다. 교살당하는 개의 근육처럼 경련하여 떨면서. 더이상 토할 것이 없었는지 여인은 눈물을 흘리면서 그를 보았다. 화장이 번져 물감을 개어놓은 팔레트처럼 어질러져 있었다.

"칫솔을 좀 주시겠어요?"

그는 여분의 칫솔이 없었으므로 그가 쓰던 칫솔을 건네주었다. 말라비틀어진 치약을 함께 주자 여인은 치약 껍질을 칫솔대로 감아올리기 시작했다. 간신히 치약 모가지로 치약이 솟아올랐다.

여인은 사납게 이를 닦기 시작하였다. 거품을 물고 여인은 흘깃 그를 보았다. 전혀 못생긴 여인이었다. 주근깨가 얼굴에 새카맣게 덮여 있었다.

"벌레예요."

여인은 웅얼거렸다.

그러나 입에 잔뜩 치약 거품을 물었으므로 그 말이 정확하게 들리지 않았다. 그는 여인이 '병났어요' 라는 말을 중얼거렸다고 생각했다.

"어디 아파?"

그는 되물었다. 그러자 여인은 고개를 흔들었다. 치약 거품을 타악 뱉고 나서 여인은 말했다. 얼굴에 치약 거품이 튀었다.

"벌레라고요."

"벌레?"

그는 말을 받았다.

"벌레라니?"

"몰라요."

여인은 대답했다.

"뭔지 모르겠어요. 간밤에 먹던 사과 있잖아요. 반 먹다 남긴 사과. 술에 취해서 사과를 반쯤 먹다 잠이 들었어요. 아침에 눈을 뜨고 나니 손에 사과가 쥐어져 있었어요. 그래서 다시 무심코 사과를 먹으려고 한입 베어물었더니 글쎄 그 사과에 벌레들이, 벌레들이……"

여인은 다시 욕지기를 했다.

그는 욕실을 뛰쳐나왔다. 침대 쪽으로 다가가보니 사과가 나뒹굴고 있었다. 크고 붉은 사과였다. 껍질을 벗기지 않고 한 입씩 베어먹었는지 붉은 껍질 표면 안쪽에 사과의 흰 속살이 불규칙하게 잘려 있었다. 사과의 흰 속살과 껍질 사이의 경계면에는 잇몸에서 배어나온 피가 연하게 묻어 있었다.

그는 사과를 들여다보았다. 순간 그는 흰 사과의 속살에 무수히 많은 점들이 새까맣게 매달려 있는 것을 보았다.

그것은 얼핏 보면 검은 빛깔의 덩어리여서 마치 붉은 사과껍질 속에 검은 내용물이 충만되어 있는 것처럼 보였다.

그러나 그 검은 내용물들은 움직이고 있었다.

그는 자세히 들여다보았다. 놀랍게도 그것은 수많은 개미들이 모여서 이룬 무늬였다. 마치 일식(日蝕) 때 밝은 태양을 먹어들어가는 어두운 그림자처럼 사과의 흰 속살은 집요하게 군집한 개미들의 무리로 침식되어 있었다.

여인은 무심코 사과를 베어물었을 것이다. 순간 사과를 씹었을 때의 향기롭고 부드러운 느낌이 아니라 무언가 모래를 씹었을 때와 같은 느낌을 받았을 것이다. 사과를 먹은 것이 아니라 개미를 씹었다는 것을 느낀 순간 여인은 비명을 질렀을 것이다.

그는 비명을 지른 여인의 행동을 이해할 수는 있으리라 생각했다. 그러나 겨우 이어지던 잠을 방해한 것에 그는 분노를 느꼈으며 그보다도 도대체 어떻게 해서 이렇게 많은 개미들이 한 곳에 모일 수 있을까 하는 데에 울분을 느꼈다.

우연히 몇 마리의 개미를 발견했다면 또 모른다. 그러나 정확한 목표에 집중된 수천 마리의 군집은 도저히 이해할 수 없는 일이었다.

이 아파트로 이사 온 지 한 달 동안 그는 한 번도 개미의 존재를 느껴본 적이 없었다. 이 아파트는 새로 지은 아파트였으며 그가 첫번째 입주자였다. 아직 벽면에 바른 벽지의 풀냄새가 채 마르지 않은 새집이었다.

그런데도 산야나 초원 혹은 공터에서 큰비가 내릴 것 같으면 개미집 근처에 흙을 물어다가 입구를 봉쇄하고, 풀잎의 진이나 싸우다 죽은 벌레, 소풍 나와 먹다 흘린 과자 부스러기를 주워서 그들이 만든 땅 밑의 미로 속에 저장해두어야 마땅할 개미들이 그가 사는 새로 지은 아파트에서, 그것도 우연히 끼어든 것이 아니라 그들 생존의 전쟁터를 그의 살림터로 잡고 그가 먹다 남긴 사과의 향기롭고 달디단 즙액을 향해 정확히 떼를 이루고 괴롭힌다는 것은 도저히 이해할 수 없는 행위였다.

아니 개미의 존재를 비로소 느낀 것은 이번이 처음이지만 실제 개미들은 느끼지 못하는 사이에도 그가 살고 있는 방과 거실을 집요하게 쏘다니며 먹이를 발견하고 힘을 합쳐 그들의 깊은 방으로 운반하고 있었을지도 모른다. 그는 불쾌했다. 여인이 돌아와 다소 호들갑을 떨며 미안하다는 표정으로 그의 목을 껴안고 아양을 떨었을 때도 그는 그 개운치 않은 감정이 쉽사리 사라지지 않는 것을 느꼈다.

"뭐예요? 뭐였죠?"

"개미."

그는 대답했다.

"개미요?"

여인은 낯을 찌푸렸다. 그러다가 깔깔대며 웃었다.

"겨우 개미였어요? 난 무슨 지네인 줄만 알았어요."

"수천 마리였어."

"징그러워라. 개미들이 웬일들일까?"

여인은 겨우 안심이 되었다는 듯이 콧소리를 내었다. 그러나 이러한 안심과 평온은 잠시 후 또다시 날카로운 비명 소리로 변하고 말았다.

여인들은 이상하게도 처음 만난 남자에게도 가정적인 서비스를 즐겨 하는 속성이 있다. 일테면 처음 본 여인이라도 남자의 양말이라든가 와이셔츠들을 빨아주는 일을 본능적으로 즐거워한다든지 아니면 밥을 해주거나 커피를 끓여주며 자기 일처럼 신나 하는 법이다. 여인도 실오라기 하나 걸치지 않은 알몸 위에 그의 큰 와이셔츠를 걸치고 석유 풍로 위에 물을 올려 커피물을 끓였다. 그녀는 큰 소리로 노래까지 부르고 있었다.

일요일, 열린 창문으로 햇살이 눈부시게 쏟아져들어오고 있었고 교회의 종소리가 들려오고 있었다. 커피 끓이는 냄새가 구수하게 온 방 안을 가득 채우고 있었다.

"커피예요, 커피."

여인은 철제 받침대 위에 김이 무럭무럭 피어오르는 커피와 설탕 종지를 받쳐들고 소리를 지르면서 그에게로 다가왔다. 그는 읽던 신문을 던지고 일어나 의자 위에 앉았다. 텔레비전에서는 운동경기를 중계하고 있었다.

"설탕을 몇 스푼 넣으시죠?"

"한 스푼."

그는 기지개를 켰다.

여인은 알겠다는 듯 익숙하게 설탕 종지 뚜껑을 벗기고 스푼을 설탕 종지 속으로 가져갔다.

순간 여인은 배면을 섬유질로 잡아당겼다 튕기듯이 비명을 지르면서 일어났다. 애써 끓인 커피가 쏟아져 넘어졌다. 그는 신음 소리를 내며 여인을 노려보았다.

"왜 그래?"

"벌레예요. 개, 개, 개미들이에요."

"개미?"

그는 그녀가 가리키는 설탕 종지 속을 들여다보았다.

검은 설탕, 움직이는 검은 설탕.

놀라운 일이었다. 미세한 설탕의 결정체만큼이나 작은 개미들이 흰 설탕의 표면을 뒤덮고 있었다. 그래서 그들은 마치 살아 있는 설탕처럼 일제히 꿈틀대고 있었다. 작은 설탕 종지 안에서.

도대체 이 매끈매끈한 설탕 종지의 표면을 어떻게 개미들이 타고 오를 수 있었던 것일까. 또한 설탕의 결정체만큼이나 작은 개미들이 어떻게 무거운 설탕 종지와 뚜껑 사이의 좁은 구멍을 비집고 들어가 무리를 이룰 수 있었던 것일까.

그보다도 도대체 어떻게 개미들이 그들이 목표하는 설탕의 위치를 알았으며 그리하여 저처럼 엄청나게 모여들어 떼를 이룰 수 있었단 말인가.

개미들에겐 냄새를 맡을 수 있는 능력이 있는 것일까. 아니면 두터운 벽을 꿰뚫어볼 수 있는 초능력을 가지고 있는 것일까. 자기들끼리 통하는 언어가 존재하고 있는 것일까.

그는 난감해서 우울하게 설탕 종지를 들여다보았다.

"어떡하죠!"

여인은 비명을 지르면서 나를 올려다보았다.

그녀는 눈에 띌 정도로 몸을 떨고 있었다. 개미에게 공포를 느끼고 있음에 틀림이 없었다. 처음엔 놀라움, 두번째에는 공포를.

그는 스푼을 들어 개미를 한 스푼씩 떠서 엎질러진 커피잔 속으로 옮겼다. 아직 충분히 남아 있는 흰 설탕을 단지 개미를 죽이기 위해 희생시킬 수는 없었다.

그는 조심스레 꿈틀거리며, 흔들리며, 여섯 개의 발을 움직이면서 서로 엉겨 뒹굴며 어우러져 있는 개미를 설탕처럼 떠 올렸다.

그것을 커피잔에 모아 그는 커피잔 속에 뜨거운 물을 부었다. 개미들은 뜨거운 물 위에 둥둥 떠올랐다. 필사적으로 발을 버둥거리면서.

그는 창문을 열고 개미를 버렸다. 이제는 분명히 주위에 개미가 존재하고 있다는 실감이 그의 머리를 때렸다.

한두 마리의 개미가 아니다. 그가 자고 누워 담배를 피우며 방심하고 있을 시간에도 방 안 구석구석에서, 천장에서 욕탕에서 부엌에서

서로서로에게 얘기를 하고 떼를 지어 그가 살고 있는 주위를 맴돌며 염탐하고 감시하고, 목표가 정해지면 주저함 없이 먹이를 향해 행군하는 집단의 떼, 집단의 공격, 집단의 시위가 가까운 곳에서 벌어지고 있다는 사실을 분명히 그는 깨달았다. 그것들이 그의 주위를 끊임없이 맴돌면서 그의 허점을 노려보고 있다손 치더라도 그가 별로 사용하지 않는 물건에 욕심을 낸다면 그는 개의치 않았을 것이다.

이를테면 그가 먹다 버린 쓰레기통을 뒤지는 병든 쥐거나, 밤마다 애 울음소리와 함께 아파트를 이쪽에서 저쪽으로 스쳐 지나가며 썩은 생선을 노리는 도둑고양이거나 또한 사람의 눈을 피해 가구의 틈 사이에서 음흉하게 나타나 썩은 반찬을 노리는 불빛에 번들거리는 등을 가진 바퀴벌레라면 그는 개의치 않았을 것이다.

하지만 개미들은 인간의 곁에 그림자처럼 존재하고 있는 것이다. 먹다 남긴 사과의 단물을 향해 달려들고 설탕을 향해 모여들고 비단 사과와 설탕뿐 아니라 그가 가지고 있는 모든 것, 과자와 꿀, 곡류와 반찬 그 모든 것을 향해 덤벼든다고 하면 그는 마땅히 개미들과 싸우지 않으면 안 된다고 생각했다.

더군다나 이 개미들은 인간의 존재를 알아차리는 촉각은 발달되어 있지 않아서 목표가 정해지면 방해물이 있어도 정해진 일정한 방향으로 돌진하는 것이다.

개나 고양이나 쥐 들은 인간의 모습이 보이지 않는 곳에서 이빨로 문턱을 갉고 썩은 생선의 가시를 핥지만 이 개미들은 인간의 냄새나 위협적인 목소리 따위엔 아랑곳없이 자기들이 원하는 목표만을 향해 질주하고 있는 것이다.

실제로 나중에 그가 단 설탕을 향해 모여드는 일렬 횡대의 개미 행렬을 보고 그 개미의 진로에 방해물, 일테면 일부러 떨어뜨린 두어 방울의 물이라든가 성냥갑 따위를 가설해놓았어도 개미들은 한 번

다녀갔던 그 길만을 향해 무모하리만큼 단순하게 돌진했다.

마치 줄 위에서 곡예를 하는 곡예사처럼 한 번 정해진 행로 밖으로 절대로 이탈하려 하지 않았던 것이다. 경주용 말 양 옆에 검은 안대를 붙여놓아 말의 눈엔 일직선상의 목표물만 보이듯이.

실제 그는 언젠가 정신병원에서 미친 환자 하나가 그가 피우던 담뱃갑을 훔치기 위해 다가오는 것을 본 적 있었다. 그는 담배 주인의 눈치 따위는 아예 보려 하지 않았다. 그는 자신의 행동을 감시하는 타인의 눈 따위엔 관심이 없었다.

그는 맹목적으로 담뱃갑을 향해 발소리를 죽이면서 다가오고 있었다. 우스꽝스럽게 발뒤꿈치를 들고서.

그는 그의 담뱃갑을 노리는 환자의 바로 눈앞에서 담뱃갑을 들어 반대편에 놓아보았다. 여전히 그 환자는 담뱃갑에만 눈을 두고 있을 뿐 그것의 존재를 움직여놓는 타인의 시선에는 전혀 관심이 없어 보였다. 환자는 또다시 발소리를 죽이면서 그가 옮긴 담뱃갑을 향해 살금살금 다가가고 있었다.

그는 미쳐 있는 것이다. 마찬가지로 개미들도 미쳐 있었다.

그들은 그들이 구하려는 목표로 돌진만 하고 있을 뿐 그 물건들의 주인에 대한 어떠한 두려움도 경외감도 전혀 가지고 있지 않았다.

그는 이 개미들을 피하려면 그들이 원하는 먹이들을 봉쇄하여 그들이 침입해온다 하더라도 그 침입이 헛된 것임을 알게 해주거나 그것이 불가능하다면, 그 개미들을 닥치는 대로 죽여야 한다고 단정을 내렸다.

커피를 마시고 그들은 밀린 정사를 나누었다. 커튼을 닫지 않고 열린 창문을 그대로 내버려두었으므로 거리의 소음이 방 안으로 밀려들어오고 있었다.

침대 위엔 강렬한 햇빛이 쏟아져들어왔다. 그 빛 가운데 여인은 발

가볍고 누웠다. 달디단 설탕을 핥듯이 그는 여인의 몸뚱이 여기저기를 혀로 핥았다. 여인은 끓인 설탕처럼 녹아 꿈틀거렸다. 그의 머릿속에 갑자기 어릴 때 끓여 녹인 설탕물을 주형에 부어 새 모양이라든가 나비 모양을 만들던 기억이 떠올랐다. 용의주도한 장사꾼은 설탕으로 만든 새의 모양 한가운데 조그마한 원을 찍어놓고 그 원을 파괴하지 않고 가져오면 또하나의 새를 준다고 유혹했다.

그는 그 원을 부숴뜨리거나 혀로 녹이지 않기 위해 진땀을 흘리며 노력을 했지만 번번이 작은 원은 그의 끈끈한 혀에 무너져 녹아버리곤 했다.

그는 그 원을 무너뜨리지 않으려는 것처럼 여인의 몸뚱어리를 핥았으며 신(神)은 그녀의 성기 위에 동그라미를 찍어 놓아두고 있었다. 여인의 몸뚱어리는 녹인 설탕으로 빚은 형상으로 누워 꿈틀거렸다.

그는 그녀의 넓적다리에서 개미 한 마리가 매끄러운 살결 위로 굴러떨어지지 않으려고 필사적으로 매달려서 기어가고 있는 것을 보았다. 이 녀석은 여인의 넓적다리에서 무엇을 구하려 하는 것일까.

그는 손톱으로 그 개미를 꼬집어 눌러 죽였다. 신음 소리를 내던 여인은 놀라 비명을 지르며 일어섰다.

"아파요."

여인은 눈을 하얗게 흘겼다.

"짓궂어요. 깜짝 놀랐잖아요."

"개미야."

그는 발기한 그의 성기를 여인의 몸 속으로 집어넣으며 웃었다.

싸움은 이렇게 시작되었다.

2

　여인을 떠나보내고 나서 그는 하루 종일 개미와 씨름했다.

　그는 우선 방 안을 뒤져 개미가 어느 곳에 존재하고 있는가를 찾아보았다. 개미는 군집해 있지 않으면 얼른 눈에 띄지 않는다. 왜냐하면 개미는 먼지처럼 작으므로.

　땅바닥에 엎드려 주의깊게 살펴보면 그러나 여기저기 외로운 개미들이 혼자서 걸어다니고 있는 것을 발견하게 된다. 마치 일행의 무리에서 홀로 소외된 낙오병과 같이.

　때로는 벽면의 저쪽을, 때로는 벽면의 이쪽을, 때로는 펼쳐놓은 신문지 속을, 때로는 던져놓은 옷 속을, 여기저기를 낙오된 개미들은 부지런히 쏘다니고 있었다. 그는 왜 그들이 먹이와는 상관없이 외로운 산보를 혼자 행하는 것일까 매우 궁금했다. 그들의 행진은 아무런 의미가 없어 보였다.

　그러나 그는 잠시 후에 그들의 산보가 무엇을 의미하는가를 알게 되었다. 우연히 햇살 밝은 방의 한가운데를 걸어가는 개미 앞에 그는 설탕 부스러기를 흘려놓아보았다.

　개미는 근시안이었으므로 자기 주위에 돌연 낙하된 횡재를 발견하지 못하였다. 개미는 한치 앞밖에는 보지 못한다. 개미는 무심코 앞으로 돌진하려다가 무언가 장애물이 그의 눈앞에 놓여 있는 것을 발견하였다. 개미는 머뭇머뭇 설탕 앞으로 다가갔다. 조심스레 더듬이를 설탕의 결정체에 부딪쳐보며 그것이 자기가 그토록 찾아헤매는 설탕임에도 불구하고 오랫동안 그 물질에 대한 탐사를 계속했다.

　물러섰다가는 다시 다가가 부딪쳐보고, 되돌아서 설탕 주위를 몇 번이고 원을 그리며 맴돌았다.

　갑자기 그것이 설탕이라는 확신이 섰는지 개미는 돌연 설탕 부스러기에서 등을 보였다. 무서운 속도로 개미는 설탕에서 벗어나고 있었다.

그는 그 개미가 뚜렷한 목적의식을 가지고 방을 가로질러 벽면과 방바닥이 마주친 사각의 모서리 틈 속으로 미끄러져들어가는 것을 지켜보았다.

그는 오랫동안 기다렸다. 아주 오랜 후 한 떼의 개미들이 구석의 틈 사이에서 맹렬히 기어나왔다. 그들은 질서 있게 설탕을 향해 돌진하기 시작했다. 일렬로 줄을 서서 일직선을 그으며.

그는 그제야 일정한 방향도 없이 방 안 여기저기를 쏘다니는 고독한 방랑자들의 역할이 무엇인가를 알 수 있었다.

그들은 이를테면 수색의 임무를 띤 척후병이었던 것이다. 그들은 영리하게도 전원이 모두 새카맣게 몰려나와 먹이를 찾아헤매는 필요 이상의 힘을 낭비하지 않고 있는 것이다. 자기들 중에 영리한 몇몇을 여기저기 파견 보내어 고독한 탐험 끝에 먹이를 찾게 하고 먹이가 발견되면 위치를 정확히 판별한 다음 힘을 저축해두고 있는 동료들을 불러내오고 있는 것이다.

그것은 무서운 조직의 힘이었다.

그는 확대경을 가져다가 설탕을 향해 새카맣게 모인 개미들을 들여다보았다. 실제 크기보다 수십 배로 확대된 개미들은 검은 강철로 만든 정밀한 금속제품처럼 보였다.

자기 입보다 훨씬 큰 설탕을 꼬옥 쥐어물고 운반하는 개미들의 이빨은 억세고 튼튼했다.

그는 확대경으로 방바닥으로 몰려든 햇빛을 모아 뜨거운 불빛을 일으켰다. 확대경이 이루는 원의 크기가 점점 좁아질수록 개미들은 돌연한 열에 몸부림치며 뒹굴었다. 그리고 타죽었다.

그는 일어나 방 안의 여기저기를 쏘다니며 먹이를 염탐하고 있는 척후병 개미들의 눈에 띌 수 있는 물건들이 어떤어떤 것이 있는가를 살펴보기로 했다.

그는 참을성을 가지고 모든 부분을 조심스럽게 살펴보았다.

만약 그들이 원하는 먹이를 모조리 봉쇄해버린다면 며칠은 집요하게 먹이를 구하러 다니다가 나중에는 이곳이 먹이가 없는 황무지라는 것을 인정하고 딴 곳으로 방향을 바꿔 이사를 갈 것이 아니겠는가 하는 생각이 들었기 때문이었다.

그는 그들이 좋아하는 단 것을 뒤져 체크했다.

설탕병과 커피에 넣는 프림병 따위도 그는 철저하게 마개를 틀어막았으며 만약 무엇이든 먹다 부스러기가 떨어질 것 같으면 철저히 쓸어버리리라 생각했다.

실제 그는 당뇨병 환자의 오줌을 향해 무섭게 덤벼드는 개미떼들을 본 적이 있었다. 등산을 갔을 때였다. 풀숲에 눈 오줌은 삽시간에 더운 땅의 열기로 증발해버렸으며 하얗게 남은 설탕기를 향해 개미들이 곤두박질을 하여 탐닉하고 있었다.

마찬가지로 설탕기는 우리의 생활 어디에서건 조금씩 조금씩 녹아 있을지도 모른다.

바닷가의 바람 속에 녹아 있는 짠 염분이 평소에는 느껴지지 않지만 철제의 도금을 벗기고 적철(赤鐵)의 녹을 형성하듯이 자세히 살펴보면 우리들 생활의 도구들과 일용한 양식들엔 놀라우리만큼 많은 당분이 포함되어 있을지도 모른다.

밥을 씹어봐라, 씹고 또 씹어봐라. 씹고 씹으면 밥이 설탕처럼 달게 된다. 이것은 녹말의 성분이 당분으로 변하기 때문인 것이다.

어렸을 때 생물 시간에 선생님은 얘기했다.

당분은 단것의 결정체인 설탕뿐 아니라 모든 사물 속에 녹아 있다. 우리의 혀끝엔 단 것을 구분하는 미각의 띠가 형성되어 있다. 모든 사물에 혀끝을 대어보라. 모든 사물은 달고 달다. 그렇다. 모든 약과 모든 음식엔 당분이 포함되어 있다. 화장품 속에도 당분은 포함되어 있을지 모른다. 모든 사물 속에 포함된 당분은 우리들의 치아를 파괴하며 저작하는 힘을 약화시킨다. 사물을 소화하는 기능을 둔화시키며 뼈의 칼슘을 녹인다.

그는 개미가 얼마만큼 집중력과 파괴력을 가지고 있는가 시험해보기로 했다.

우선 설탕 종지 뚜껑 위에 무게를 주기 위해서 유리컵을 거꾸로 씌워 이중으로 보호했다. 그리고 그것을 찬장 속에 넣어두었다.

만약 개미가 그 설탕을 먹으려 든다면 찬장의 유리창을 비집고 들어가 매끈거리는 벽면을 기어올라서 바람 한 점 새어들어갈 수 없는 틈 사이로 들어가야만 설탕을 운반할 수 있으리라 생각했기 때문이었다.

그는 밤새 모든 물건들을 주의깊게 관찰했다. 마치 도둑을 지키는 파수꾼처럼. 그리고 아침에 출근을 했다.

출근하려고 양말을 갈아신으려니까 방바닥에 개미 한 마리가 홀로 떨어져 기어다니고 있었다.

그는 물끄러미 개미를 들여다보았다. 너무 작아 개미는 허공을 나는 먼지처럼 보였다. 그러나 살아 있는 생물이었다. 그것은 살아 있을 뿐 아니라 목표를 찾아헤매고 염탐하고 탐정하는 수색 임무를 띤 척후병이었으며 일단 목표가 정해지면 동료를 불러모아 공격을 감행하는 무서운 이빨을 가진 미친 짐승이었다.

그는 손톱으로 달리는 개미를 눌러 죽였다.

회사에 출근하고 나서 그는 하루 종일 시달렸다. 그가 근무하고 있는 곳은 광고회사였고 그가 하는 일은 새로운 상품들을 선전해주는 일체의 광고를 대행하는 일이었다.

아이디어 짜기에서 CM송, 광고 문안, 광고 필름, 그 모든 것을 거의 그 혼자서 해치워야만 했다.

그는 모든 상품을 취급하고 있었다. 과자류에서부터 식품, 생리대, 화장품, 가구, 의복, 약품…… 그 모든 것에 대한 광고 문안을 쓰고 광고 필름을 찍고 또한 현상을 해야 했다.

주문한 사람들은 까다로웠으며 그들은 새로 만든 물건이 소비자들에게 쉽고도 강렬한 인상으로 파고들어 날개 돋친 듯 팔릴 것을 요구하고 있었다. 홍수처럼 쏟아져나오고 있는 광고들의 범람 속에서 무디어진 일반 소비자들의 눈을 새롭게 유혹할 수 있는 새로운 아이디어와 참신한 감각을 요구하고 있었다.

수많은 광고가 있어왔다. 신문에, 잡지에, 버스 천장에, 전봇대에, 골목의 담벽에.

용의주도한 이들은 사람들의 눈을 끌기 위해 성병약을 공중변소 변기 위에 붙여놓기도 했고 스티커에 인쇄한 인터폰의 이름을 집집마다 초인종 옆에 붙여놓기도 했다.

전쟁이었다.

광고는 전쟁이었다.

그런 정지되어 있는 광고매체보다 텔레비전에서, 영화관에서 상영되는 움직이는 광고매체들은 더욱더 큰 전쟁이었다.

그것들은 인간에게 쉴새없이 최면을 거는 마법의 휘파람 소리처럼 먹어라 먹어라 먹어라 마셔라 마셔라 마셔라 잠들어라 잠들어라 잠들어라를 외치고 있었다.

그 광고전쟁에서 이기는 길이 바로 사업에서 이기는 길임을 뒤늦게 깨달은 광고주들은 모두 혈안이 되어 있었다. 보다 참신하고 보다 선동적이고 보다 선정적인 문안이 요구되고 있었다.

소비자들의 피부를 파고드는 최고의 비결은 보이지 않게 인간 내부에 잠재되어 있는 섹스를 충동질하는 것이었다. 섹스는 광고의 최대 무기였다. 모든 광고 문안의 구성과 장면은 은연중에 섹스를 암시하고 있었다. 새로 나온 과일 주스를 팔기 위해서라도 섹스를 연상시키는 문안을 고정 캐치프레이즈로 사용해야 했으며 화장품은 두말할 나위도 없었다.

그는 그즈음 H제과에서 나오는 새로운 음료수의 광고 아이디어에 머리를 싸매고 있었다.

우선 그가 해야 할 일은 그 음료수의 맛을 한마디로 정확하게 표현하는 일이었다. 그것은 짧아 한입에 발음될 수 있는 단어로 강렬하고 인상적인 맛의 표현이어야 했으며, 상품의 대명사처럼 연상될 수 있는 상징적 의미를 담고 있어야만 했다.

그 맛을 표현하기 위해 그는 하루에도 수십 병씩 그 음료수를 마셔대곤 했다. 뿐만 아니라 찾아오는 사람들에게 그 음료수를 마시게 하였으며 그리고 그 음료수를 마신 최초의 느낌을 한마디로 표현해주기를 요구하곤 했다.

'짜릿한 맛'이라고 누군가 표현했다. 그러나 그 표현은 딴 회사에서 이미 사용했던 것이었다. 한 번 사용한 표현은 이미 죽어버린 사어와 다름없었다.

'예리한 맛'이라고 누가 얘기했다. 채택될 수는 없었다. 어딘지 금속의 냄새가 났기 때문이었다.

'강렬한 맛'이라는 의견도 나왔다. 마찬가지였다. 문학적인 의미는 있겠지만 맛의 직접적인 표현은 아니었다.

갈증은 성욕과 흡사한 욕구의 감정이므로 그 맛을 표현하려면 섹스의 욕망을 자극하면서 마개를 따고 마시는 순간 마치 사정하여 방출하는 정액의 쾌감과 같은 의미와 어감까지 가미된 표현이어야만 했다.

많은 맛의 표현이 대두되었다.

'찌르는 맛' '신비의 맛' '달콤한 맛' '충격의 맛' ……

저녁 늦게 그는 아파트로 돌아왔다.

돌아오자마자 찬장 문을 열고 거꾸로 씌운 컵을 벗기고 뚜껑을 열어 설탕 종지 안을 들여다보았다.

개미는 있었다. 더 많은 개미들이 힘의 시위라도 보여주려는 듯 운집해 있었다.

미친 짐승들처럼 달디단 설탕에 탐닉해서 설탕 속에 파묻혀 있었다.

그는 온몸이 죄어드는 것 같은 느낌을 받았다. 그의 몸 여기저기서 사납게 개미들이 기어다니는 것 같은 느낌을 받았다.

실제 그는 정신병 환자 중에 많은 사람들이 자기의 몸 위로 개미들이 기어다닌다고 호소해오는 경우를 많이 보았다. 그가 군대에서 위생병으로 근무하고 있을 때였다.

그들은 그 개미들을 죽이기 위해 예리한 면도칼로 자기 피부의 여기저기를 도려내어 피를 흘리곤 했다.

"가려워. 가려워요."

자기 살을 도려내는 아픔보다 환각의 개미가 피부를 긁어대는 가려움이 더 고통스러운 것일까.

그는 개미들을 죽이기로 했다. 종지에 물을 가득히 부어 설탕째 쓰레기통에 버렸다.

그러나 도저히 그대로는 그냥 잠이 들 수 없을 것만 같았다.

아주 어렸을 때 그는 개미를 몇 마리 사로잡아 유리로 만든 네모상자 속에 흙을 채우고 키웠던 적이 있었다.

검은 앨범 간지를 뜯어 유리상자의 겉면을 싸서 상자 안을 땅 밑과 같이 어둡게 만들어놓고 흙 위에 개미들이 먹을 수 있는 과자 부스러기를 놓아두고 며칠을 지낸 다음 조심스럽게 검은 종이를 벗겨보았더니 유리 상자 너머로 투명하게 개미들이 파놓은 미로가 보였다.

질서정연한 운행이었다.

그러나 어릴 때의 기억은 오히려 그에게 공포를 주었다.

그가 살고 있는 방 어디서나 개미들이 여기저기를 파헤쳐서 그들만이 아는 비밀통로를 거미줄처럼 만들어두고, 그들만이 아는 안락한 장소에 먹이를 저장해두고, 알을 키우며 번식하고 번식해서 떼를 이루고 쉴새없이 그를 향해 덤벼들고 있다는 느낌이 그를 섬뜩하게 했다.

그가 숨겨도 감추어도 개미들은 송곳과 같은 이빨로 마개를 따고 내용물을 향해 집중적으로 덤벼들 것이다.

개미들은 이미 개미 본연의 본능에서 한 걸음 진일보하여 인간의 옆에 기생하며 함께 사는 것이 얼마나 편리한 것인가를 터득한 것이다.

개미의 야성은 퇴화되고 있었다. 그리하여 산야에서 초원에서 비탈길을 달리던 개미의 야성은 사라지고 있는 것이다.

비가 올 때면 집 주위에 흙을 애써 쌓아둘 필요도 없이 그들은 자연 비와 바람을 피할 수 있는 천연요새인 인간의 집에 같이 서식하면서 야성을 버리고 가축화되어버려, 인간이 야성을 버림으로서 자연 획득하게 된 단것을 함께 탐닉해버린 것이다.

그는 문득 야성의 개미가 설탕을 얻기 위해 진딧물을 사육한다는 사실을 상기해냈다.

진딧물은 나무의 진액을 빨아먹어 체내에서 당분을 만들어낸다. 그러나 스스로 혼자서는 이동하지 못한다. 이 이동을 개미들이 담당한다. 나무의 진을 빨아먹는 진딧물을 개미들은 여기저기 운반하여 배치해둔 다음 체내에서 형성된 당분이 진딧물의 꽁무니에서 흘러나올 때 개미들은 그들의 꽁무니를 빠는 것으로 당분을 취하는 것이다. 이것이 생물계의 공생인 것이다.

한여름 심한 가뭄이 다가와 물이 증발하여 어디서든 수분을 취할 수 없게 되면 개미들은 나무 위로 기어올라 매미들이 뾰족한 주둥이로 나무의 수액에 구멍을 뚫어 받아먹는 물을 필사적으로 덤벼들어 가로채곤 하는데 이들은 이제 단것을 구하기 위해 비대한 진딧물을 여기저기에 배치해놓을 필요도 없거니와 물을 얻기 위해 매미를 공격하지 않아도 된 것이다.

그들은 이미 야성을 버린 것이다. 대신 진딧물이나 매미보다 더 편리한 대상을 발견해낸 것이다.

이 동물은 스스로 이동하며 진딧물보다 더 많은 설탕을 마시고 먹으며 그리하여 이 동물은 꽁무니로 당분을 배설하는 것이 아니라 그 자체가 당분이 되어 그들에게 먹이를 제공해주고 있는 것이다. 갈증을 채우기 위해 매미를 찾을 필요 없이 이 가공스런 동물이 마셔대는 수분을 아주 조금만 빌려온다고 해도 그들은 충분히 수분을 취할 수 있는 것이다.

그는 개미들에게 진딧물과 매미에 불과했다.

그는 분노를 느꼈다.

그는 설탕 종지 부근에 아직도 많은 개미들이 서성거리고 있는 것을 보았다.

그는 그 개미들이 도대체 어디서 나오는가를 눈여겨보았다.

개미들의 행적을 쫓던 그는 개미들이 일렬로 줄을 지어 부엌의 벽면을 기어올라오고 있는 것을 보았다.

그는 그들의 출발점이 어디인가를 살펴보았다. 그러나 그 개미들은 부엌의 조리대 사이에서 올라오고 있었으므로 고정된 조리대를 분해하지 않으면 그들의 출발점이 어디인가를 정확히 알아낼 수 없었다.

그는 벗었던 코트를 입고 방을 나와 같은 복도에 연하여 있는 옆집

문을 두드렸다.

조금 후에 여인이 고개를 내밀었다.

"안녕하세요? 저는 바로 옆집에 살고 있는 사람입니다."

그는 손을 들어 그의 집을 가리켰다.

그는 이 여인이 그에게 맹목적인 적의를 품고 있음을 잘 알고 있었다. 그것은 혼자 사는 그가 가끔 전혀 다른 여인들을 끌고 집으로 들어가는 것을 주의깊게 관찰했기 때문임에 틀림없었다.

열린 방문 안쪽에서 애 우는 소리가 들려왔다.

"안녕하세요."

여인은 사무적인 미소를 띠어올렸다.

"웬일이세요?"

"저어."

그는 더듬었다.

"다름아니라, 댁에서는 개미가 나오지 않습니까?"

"개미요?"

여인은 말을 되받았다.

"집에서 개미가 나오냐는 말인가요?"

"그렇습니다."

그는 대답했다.

"나와요."

여인은 고개를 끄덕였다.

"댁에서도 개미가 나오나요?"

"나옵니다."

그는 빠르게 말을 이었다.

"그것도 수천 마리가 설탕 종지 속에서 꿈틀대고 있습니다."

"원 저런."

여인은 혀를 찼다.

"저희집에서도 개미가 나와요. 글쎄, 저번엔 끔찍하게도 자는 아이에게까지 덤벼들었다니까요."

"아이에게요?"

아이 우는 소리가 커졌다.

"예. 사탕을 입에 물고 잠이 들었는데 개미가 아이의 얼굴에 새카맣게 모여들어선 물어뜯고……"

"살을 물어뜯어요?"

그는 맥이 풀렸다.

"그래서요?"

"병원에 갔었지요."

"그럼 아주머니 댁에서는 개미를 어떻게 하죠?"

"보이는 대로 죽이지요. 하지만 그게 어디 끝이 나나요. 죽여두 죽여두 또 나온다니까요. 뿌리를 뽑기 위해서는 왕개미를 죽여야 한다나봐요."

"왕개미."

그는 혼잣말로 중얼거렸다.

그렇다. 언젠가 들은 적이 있다. 개미는 원래 벌 종류의 하나로서 하늘을 날던 날개는 퇴화되어 없어져버렸다는 것을. 또한 개미는 성역시 퇴화되어버려 암컷도 수컷도 아닌 중성으로 오직 일만을 강요받는 일개미에 불과한 것이라고. 맞다. 개미는 거세되어버린 것이다. 설탕을 주워모으기 위해.

알을 낳아 번식하는 것은 오직 단 한 마리의 여왕개미뿐인 것이다.

그 여왕개미는 아주 깊숙한 곳에 숨어 눈만 뜨면 알을 낳아 성이 거세된 거센 일꾼을 자꾸자꾸 배양시키는 일밖에 하지 않는다. 그렇다. 일개미는 죽여봐야 소용이 없다. 죽여도 죽여도 개미는 더 깊숙한 곳에서 번식되고 번식될 것이다.

　그중 몇 마리만이 특수한 임무를 띠고 일테면 싸우기만을 강요당하는 병정개미로 자라거나, 단 한 번의 정사를 위해 수캐미로 자라는 것을 빼놓고 그 나머지는 모두 거세된 미친 일개미들뿐인 것이다. 너무 일을 해서 일 주일도 채 못 산다던가.

　하지만 일개미를 죽이는 것이 헛되고 헛된 일이라고 할지라도 그냥 내버려두어서는 안 된다고 그는 생각했다.

　"무엇으로 죽이시나요?"

　"손으로도 죽이고 살충제로도 죽인답니다."

　"살충제요? 파리 모기약 같은 것 말인가요?"

　"예."

　여인은 고개를 끄덕였다.

　"미안하지만 남은 살충제 있으면 좀 빌려주시지 않겠습니까?"

　그는 살충제를 빌렸다. 여인은 살충제를 내밀면서 웃었다.

　"개미가 아주 많은가보죠?"

　"많습니다."

　"죽여봐야 소용없어요."

　"그럼 내버려둬야 합니까?"

　"친해져야죠. 개미하고 친해지는 수밖에 없죠, 뭐. 구공탄을 때는 아파트라면 구공탄 독기에 개미 따위는 쉽사리 죽어버리는데. 아마 보일러를 때는 아파트가 되어서 그런가봐요."

　그는 인사를 하고 돌아섰다.

　"잘해보세요."

　그의 등뒤에서 여인은 격려를 했다.

　방으로 돌아와 그는 조리대 밑 쪽에 살충제를 뿌렸다.

　죽어라. 될 수 있는 대로 많이 죽어라.

그는 방의 구석구석 벽면과 맞닿은 곳을 향해 살충제를 뿌렸다.

죽어라. 될 수 있는 대로 많이 죽어라. 그리하여 땅을 기어다니는 개미임에도 불구하고 건방지게 날개까지 달고 있는 여왕개미도 죽어라.

그는 개미가 기어다니던 모든 곳에 살충제를 살포하였다. 닥치는 대로 뿌렸으므로 그는 질식해버릴 것만 같았다.

인간의 살을 향해서까지 날카로운 이빨을 들이대었다는 이웃 여인의 말이 뇌리를 때리고 있었다.

개미들은 그들이 미치도록 탐닉하는 설탕의 강렬한 맛에 차츰 감각이 둔화되어버리게 된다면 좀더 강렬하고 자극성 있는 새 맛에 대한 훈련을 쌓아갈지도 모른다.

개미들은 오직 자고 먹고 일을 하는 것 이외에는 아무것도 하지 않는 것일까. 개미들에게는 문화가 없는 것일까. 문득 열대지방의 개미들이 거대한 나무를 갉아 운반하여 개미의 탑을 만들었다는 해외 기사를 읽은 기억이 떠올랐다.

개미들은 그들 먹이의 풍요함을 자각하게 된다면 나중엔 그들 집단이 얼마만큼 무서운 힘을 가진 존재인가를 스스로 확인하기 위해서 그들의 조직을 동원하여 본능 이외의 문화를 창조하려 들지도 모른다. 또한 좀더 새로운 맛을 찾아헤매게 될지도 모르는 일인 것이다.

그는 군대에 있을 때 태양에 노출된 지렁이 한 마리를 본 적이 있었다. 지렁이의 몸은 수분이 말라붙어 마른 땅바닥 위에서 꿈틀대고 있었고 흙이 떡 위에 바른 고물처럼 온몸에 잔뜩 붙어 있었다. 지렁이는 체내의 수분 증발로 죽어가고 있었다.

보초로 무료한 시간을 죽이고 있을 때 그 죽어가는 지렁이의 고통을 보는 것은 시간을 보내는 유일한 즐거움이었다. 내리쬐는 태양과 열기에 지렁이는 앞뒤로 진저리를 치면서 꿈틀대고 있었는데 더욱

가증스러운 것은 어디선가 삽시간에 새카맣게 몰려들어 죽어가고 있는 지렁이에게 고문을 가하고 있는 개미떼들이었다.

개미들은 살아 있는 지렁이에게 달라붙고 있었다. 여기저기서 산 지렁이의 살을 뜯음으로써 피의 향기를 맛보고 있었다. 지렁이가 꿈틀거릴 때마다 몸 위에 달라붙었던 많은 개미들은 땅에 내동댕이쳐졌지만 넘어졌던 개미들은 집요하게 다시 일어나 지렁이에게 달라붙고 있었다.

그것은 산 자에게 행해지는 집요한 고문이었다.

마침내 살을 여기저기 뜯긴 지렁이는 죽었다. 그러자 죽은 지렁이에게 수없이 많은 개미들이 달려들어 죽음의 사신처럼 물어뜯고 광기에 젖어 춤을 추며 시체를 운반하고 있었다.

개미는 무생물의 설탕에서 시체로, 드디어는 산 자에게까지 덤벼들지도 모른다. '새 맛'을 찾기 위해서. 아니면 자기 조직의 힘을 시위해 보이기 위해서라도.

그들은 자신들의 무기로 무장을 하고 그들의 조직을 통해 좀더 큰 살아 있는 것에 대해 도전을 강행할지도 모른다. 그렇다. 그는 생각했다. '마라푼다'가 있지 않은가. 일정한 곳을 집으로 삼아 터를 이루고 농경을 하는 유순한 개미가 아니라 유목민처럼 늘 떼지어 이동하면서 생존해가고 있는 식육(食肉)의 개미, '마라푼다'가 있지 않은가.

떼지어 이동하다가 운수 나쁘게 걸리는 동물은 삽시간에 뼈만 남겨버린다는, 공포의 존재 '마라푼다.'

개미의 야성은 원래 살아 있는 자의 살을 물어뜯는 데 있는 것이다. 그것이 점점 가축처럼 왜소화되어 유순한 성질로 변하고 말았지만 마침내 그들은 그들의 핏속에 숨어 있는 야성과 적의를 되찾을 것이다. 그리하여 개미들은 인간을 향해 덤벼들지도 모른다.

다음날 아침 그는 출근하기 전에 한 알씩 먹는 비타민 병을 들여다본 순간 깜짝 놀라고 말았다.

개미들이 비타민 병 속에 가득 들어 있었다. 그는 놀란 나머지 하마터면 그 병을 떨어뜨릴 뻔하였다.

생각지도 못했던 물건에 개미들이 모여들어 있었던 것이다. 도대체 무엇 때문에 개미들이 비타민 병 속에 침입해 있는 것일까.

그러나 잠시 후 그는 그 이유를 알게 되었다. 비타민의 겉면을 싼 당의(糖衣)의 당분 때문이었다.

이유가 밝혀졌음에도 불구하고 그는 별로 기분이 좋지 않았다.

비타민의 당분을 노려 침입했던 개미가 그 당의를 벗긴 뒤에 나타나는 비타민의 여러 가지 요소, 무기질이라든가 칼슘 따위에 점점 침식해들어간다면 그들은 새로운 맛에 길들여져서 좀더 자극적인 맛을 찾아 광란의 탐사를 시작할 것이다. 또한 비타민이라는 곳에까지 침입해버린 개미의 존재는 이미 설탕의 경지에서 진일보하여 그에게 한 발짝 앞선 도전을 보낸 전조인 것만 같아 그는 비타민을 쓰레기통에 버리면서 분노를 느꼈다.

회사에 출근하여 그는 예의 그 '맛' 에 시달렸다. 당분이 포함된 음료수 맛의 표현에 그는 머리를 짜고 또 짜내었다. 그러나 별 획기적인 아이디어가 떠오르지는 않았다.

저녁 무렵, 회사에서 퇴근한 그는 택시를 타기 위해 거리를 거슬러 올라갔다. 거리에서는 여러 가지 기묘한 물건들을 파는 사람들이 퇴근길의 행인들을 유혹하고 있었다.

녹이 슨 철제를 반짝반짝하게 하는 광택약을 파는 사람. 싸구려 넥타이를 파는 사람. 몇 개의 암수가 숨겨진 장기판을 놓고 앉아 있는 사람. 사기 도박판을 벌여놓고 사람의 시선을 끄는 야바위꾼들과 싸구려를 외치는 장사치. 보도 위엔 몇 개의 외국 잡지를 놓고 앉아 있지만 실은 주머니 속에 감추어진 춘화도를 파는 장사꾼. 마른 오징어를 구워 파는 소녀. 돌을 깨어 행인들의 시선을 끌어모은 다음 엉터리 약을 파는 차력술사들. 그리고 그들 주위에는 그들과 한패임이 분명한 바람꾼들로 퇴근 무렵의 거리는 넘쳐흐르고 있었다.

그곳에서 그는 우연히 한 사내가 그들 장사치와 동떨어져 홀로 앉아 정말 기묘한 것을 팔고 있는 것을 보았다. 그것은 바로 개미였다. 아무도 그 장사꾼에게 흥미를 보이고 있지 않았다. 그는 애써 팔아야겠다는 욕망조차 없어 보였다. 그는 조그만 목판 의자에 아주 초췌한 모습으로 쪼그리고 앉아 있었다. 그 사람 앞에는 작은 상자가 놓여 있었고 그 상자 안엔 흑설탕과 같은 개미들이 한 무더기 쌓여 있었다.

너무 많은 개미들이 모여 있었으므로 그것은 이미 개미처럼 보이지 않았다. 그것은 빛깔 때문에 싸전 앞에 놓인 잡곡처럼 보였다. 개미 옆엔 다음과 같은 문구가 조잡하게 씌어져 있었다.

"불개미. 신비한 약효. 신경통. 허리통. 양기 부족. 부인병. 냉병."

그는 걸음을 멈추고 멀찌감치 떨어져 그 사내를 쳐다보았다.

거리는 이미 어두워져 있었고 거리엔 불들이 일제히 켜졌다.

시장거리의 촉수 낮은 알전구 불빛들이 여기저기서 불을 밝혔다. 아무도 그 사내가 팔고 있는 개미 앞에서 발을 멈추려 하지 않았다.

그는 자신이 며칠간 싸워온 개미를 상품으로 팔고 있는 사내의 고독한 모습에 깊은 충격을 받았다.

개미에 대해 관심을 기울이는 사람은 아무도 없었다. 심지어 개미에게 피해를 입은 이웃 여인까지도 개미와 친해질 것을 권유하지 않았던가. 막상 그녀의 애기가 개미떼의 습격을 받아 병원에 갔었으면서도.

그는 며칠째 개미와 싸워온 것을 친한 동료들에게도 이야기하지 않았다. 그들에게 개미 이야기를 한다면 그들은 흥미를 보이지 않을 것이 분명하였으며 설혹 흥미를 보인다 하더라도 그를 빈정댈 것임에 틀림없기 때문이었다.

왜냐하면 실상 살아가는 나날의 삶은 전쟁이었으며, 싸워야 할 적이 너무나 많이 있었기 때문에. 싸워야 할 대상에 개미를 하나 더 추가한다면 그들은 정신적 사치라고 웃어버릴 것임에 틀림없었다.

그런데 그 사내는 그가 증오하고 있는 개미를 아예 상품으로 삼고 있는 것이다. 이미 죽어버린 사어로 광고 문안까지 써붙이고.

개미 옆에 써붙인 '신경통' '양기 부족'이라는 단어는 아무런 자극도 줄 수 없었다. 그것은 하릴없는 어린아이들이 영화 포스터의 영화배우 얼굴 위에 콧수염을 그려넣는 듯한 코미디에 불과했다.

믿어지지 않지만 저 사내는 개미를 상품으로 팔고 있는 것이다. 신비한 약효를 가진 약품으로. 그는 충격을 받았다. 그보다도 저렇게 엄청난 개미의 시체를 잡아버린 사내의 놀라운 수완에 대해 걷잡을 수 없는 흥미를 느꼈다.

저 사내에게 가서 묻는다면 사내는 개미를 잡는 전문가이므로 독특한 비결을 가르쳐줄지 모른다.

그는 사내에게로 다가갔다. 그가 다가가자 사내는 흘깃 그를 올려다보았다.

"개미들이 살아 있습니까?"

"아뇨."

사내는 우울하게 노래라도 부르듯 대답했다.

"죽은 겁니다."

"죽었어요? 이 많은 개미를 어떻게 죽이는데요?"

"물 속에 처넣으면 금방 죽어요."

사내는 무기력하게 말을 했다.

"이 개미를 먹습니까?"

"암요. 먹고말고요. 가루를 내어 꿀에 타 먹으면 얼마나 좋은데. 소주에 타서 먹어도 좋아요. 당귀 같은 한약하고 섞어 먹으면 더욱 좋지요."

"깨끗합니까?"

"개미처럼 깨끗한 게 어디 있는데요?"

사내는 손으로 개미의 시체를 한번 휘저어 뒤집어 보였다. 죽은 개미들은 거리에서 비친 불빛으로 반짝반짝 윤기가 오르고 있었다.

"그냥 먹어도 좋아요. 먹어보실라우."

사내는 시범을 보이듯 개미 한줌을 입가에 털어넣더니 씹어 삼켰다. 하기야 무슨 영화에선가 개미를 먹는 귀부인들을 본 적이 있다.

그는 어렸을 때 산야에서 개미의 항문을 입에 넣고 핥아본 적이 있다. 그것은 매우 신맛이었다. 아이들은 학교 갔다 돌아올 때면 모두 집으로 가려 하지 않고 숲속으로 산 속으로 들개처럼 쏘다녔다. 그리고 무료할 때면 큰 개미들을 하나씩 잡고 누워 하늘을 쳐다보며 침이 고여 흐르도록 개미의 항문을 핥곤 했다. 그 몸서리쳐지도록 시디신 개미의 맛이 개미를 먹은 사람에게 약이 되는 것일까.

"왜? 사실라우?"

"삽시다."

그는 주저앉았다.

"한 봉지에 얼마합니까?"

"근으로 팝니다. 한 근에 사천오백원. 반근에 이천원만 내슈."

생각보다는 꽤 비싼 값이었다. 그러나 그는 반 근을 샀다. 사내는 봉지에 개미를 담아주면서 중얼거렸다.

"허리 아픈 데는 이게 최고라우."

"그런데."

그는 사내를 쳐다보았다. 이제 용건을 물어야 한다고 생각했으므로.

"이 많은 개미들을 도대체 어디서 잡습니까?"

"여기저기서 잡지요. 개미 중에는 불개미만 약이 되니까 불개미만 잡지요. 주로 깊은 산 속에 많이 있어요. 겨울에는 개미가 있는 곳만 눈이 모두 녹아 있어 분명히 알 수 있지요."

"어떻게 잡습니까?"

"쉽지요. 밀가루 부대 속에 꿀과 설탕을 넣어두면 하룻밤 만에 가득 모이지요. 그걸 물독에 처박았다 빼면 모두 죽습니다. 그걸 햇볕에 말리는 거죠."

그는 의외로 평범한 사내의 비결에 맥이 풀렸다. 그는 개미 봉지를 들고 일어섰다.

어쨌든 그가 그 사내를 만나서 얻은 수확은 그가 증오하는 개미가 약의 효능을 가지고 있다는 사실과 그것의 시체가 비싼 값으로 팔린다는 사실이었다.

그는 걸으면서 곰곰이 생각했다.

좋다. 이제는 개미가 먹을 것을 봉쇄하여 그들을 추방하려 할 것이 아니라 나 스스로 그들을 유혹하여 한꺼번에 수천 마리의 개미를 잡아버리자.

그는 휘파람을 불었다. 사내에게서 산 개미를 그는 거리의 쓰레기 통에 버렸다.

택시에서 내려 그는 슈퍼마켓에 들렀다. 그곳에서 그는 빵과 과자 그리고 설탕을 샀다. 그가 먹기 위해서가 아니라 개미들을 유혹하기 위한 미끼였다.

그는 잠들기 전에 방바닥에 그것들을 뿌려 개미의 덫을 만들어둘 것인가, 그리하여 내일 아침에 개미들을 송두리째 잡을 것인가를 곰곰이 궁리하였다.

그러나 그는 아무래도 내일 아침 출근길에 그것을 뿌렸다가 저녁에 돌아와서 개미들을 소탕하는 편이 나을 거라는 생각을 했다. 왜냐하면 밤에 그 미끼들을 풀어놓는다면 깊은 잠에 빠져들 수 없을 것 같았기 때문이었다. 개미들이 과연 몰려올 것인가 아닌가 하는 생각에 잠을 설칠 것만 같았다. 그래서 그는 빨리 아침이 다가오기를 기다렸다.

다음날 출근하기 전 그는 식빵을 잘게 썰고 과자들을 손으로 부수고 설탕을 파종하듯 여기저기 던져 방 안에 가득 채워놓았다. 개미를 잡기 위한 덫을 완전하게 준비해둔 다음 그는 회사에 출근하였다.

하루 종일 아무런 상념도 떠오르지 아니하였다. 머릿속은 그저 개미뿐이었다.

머리는 개미들의 침입을 받은 것처럼 아파왔고 실제 저 두텁게 방어했던 설탕 종지를 뚫고 들어갔던 무서운 집념으로 개미들이 어느새 그의 피부막 혹은 뼈마디의 좁은 구멍을 비집고 들어와 그의 머릿속을 완전히 지배하게 된 것이 아닐까 하는 느낌을 받았다.

이미 그의 내부에 개미들이 스며들어와 내장과 피를 갉아먹고 드디어는 그의 혼과 넋을 빼앗아 지배하고 있는 것이 아닐까 하는 느낌이 들었다.

그는 말하자면 개미들의 혼령에 의해서 움직여지는 외형만 온전한 인간인지도 모른다. 거세된 일개미처럼. 날개를 잃은 벌의 한 종류처럼.

그는 머리를 지배하는 개미들에 대한 상념으로 무리해서 시간을 끌 수도 없었다. 그는 일찍 퇴근을 했다. 서둘러 아파트 계단을 뛰어올라 문을 열어본 순간 그는 놀라운 광경을 보았다. 그는 너무나 놀라서 열었던 문을 조심스럽게 닫았다.

그는 충격을 가라앉히기 위해서 심호흡을 했다. 그는 공포를 느꼈다. 차라리 이대로 이 집을 떠나 어디 먼 곳으로 도망가버리고 싶을 정도의 공포였다.

그 방은 그의 방이 아니었다. 그 방은 개미들, 그들의 방이었다. 그는 도저히 그들의 방을 허락도 없이 열어볼 수가 없었다.

그는 다시 아파트를 내려갔다. 어쩌자는 목적도 없이. 잘못 침입해 들어간 틈입자가 도망가듯이 계단을 뛰어내렸다.

광장에서 그는 아파트 관리인이 웃통을 벗고 동리 꼬마들과 배드민턴을 치고 있는 것을 보았다.

틱, 톡, 틱, 툭. 수염 달린 공이 라켓에 맞을 때마다 허공으로 제기처럼 솟아올랐다.

그는 관리인에게 다가갔다. 관리인은 라켓을 내리고 그를 마주 보았다.

"안녕하세요?"

그는 흰 이빨을 보이며 웃었다.

"개미가."

그는 땀을 흘리면서 그에게 말을 건네었다.

"개미가 방 안을……"

"개미 말씀인가요?"

관리인은 그의 말을 가로채어 막았다.

"아파트에 개미가 좀 있긴 있습니다마는……"

"바쁘시지 않다면 내 방까지 같이 올라갑시다."

"왜요?"

관리인은 눈이 둥그레져서 그를 올려다보았다.

관리인은 조금 전에 그가 아파트로 뛰어올라갔던 것을 보았을 것이다. 그리고 잠시 후 창백하게 질린 얼굴을 하고 내려온 그를 보자 심상치 않은 일이 벌어진 것이라 느꼈을 것이다.

관리인은 당황하고 있었다.

"왜요. 무슨 일이 생겼습니까? 혹시 도둑이라도."

"아닙니다."

그는 애써 웃어 보였다.

"어쨌든 같이 올라갑시다."

관리인은 벗었던 복장을 입고 모자까지 썼다. 그들은 계단을 올라갔다.

그는 계단을 오르면서 관리인이 어쩌면 그의 방에 낯선 시체가 놓여 있는 게 아닌가, 불안해하고 있을지도 모른다고 생각했다. 관리인은 창백하게 질린 그의 표정에서 그런 불안한 예감을 받았을 것이다.

하지만 막상 그의 방으로 들어섰을 때 개미들이 이루어놓은 기묘한 광경을 보게 된다면 그는 그를 어떤 인간으로 볼 것인가. 그를 단순히 겁쟁이 아니면 괴팍한 사람으로만 단정 내릴 것인가.

그는 관리인이 자기를 미친 사람이라 여길 것이라고 생각했다.

그는 떨리는 손으로 아파트의 문을 따고 거실을 지나 개미들의 덫이 놓여 있던 방을 관리인에게 열어주기를 요구했다. 관리인은 할 수 없다는 듯이 방문을 살그머니 열어보았다. 관리인은 열린 방문 사이로 고개를 집어넣어 방 안을 들여다보았다. 관리인은 가는 비명을 질렀다.

"아니 이게 뭐예요?"

관리인은 고개를 돌려 그를 보았다. 그러나 기대했던 만큼 놀란 기색은 아니었다.

"개미입니다."

"개미요?"

관리인은 방문을 활짝 열었다. 관리인의 어깨 너머로 방 안이 들여다보였다.

온 방 안이 꿈틀거리고 있었다.

아, 아, 개미·개미·개미·개미·개미. 숫자를 헤아릴 수 없는 개미들이 방 안을 가득 채우고 있었다. 어디 한 군데도 빈 곳이 없었다. 마치 3분의 1을 소수점으로 환산하면 영원히 나누어지지 않는 0.33333333333……의 숫자 행렬로 연속되듯이.

이처럼 많은 개미가 어떻게 한 곳에 숨어 있다가 일제히 몰려나온 것일까.

방 안은 마법의 융단처럼 비로드 빛깔로 번들거렸다. 개미 한 마리씩을 올을 삼아 정교한 검은 카펫을 깔아놓은 것만 같았다. 그것도 쉴새없이 움직이고 있는 카펫을.

저 한 개의 꿈틀거림이 모이고 모여 수천을 이루고 수만을 이루고 수억을 이루어 빚어낸 검은 윤기 있는 강을 보라.

흘러가고 있다. 개미들은.

한꺼번에 몰려나와 탐욕스런 이빨을 세우고.

그들끼리 노래하고 그들끼리 춤추며 사랑하고. 그들끼리만 통하는 언어를 속삭이면서.

그 방은 내 방이 아니었다. 그들의 방이었다.

"허허 참, 이걸 어떻게 한다?"

관리인은 우두커니 고개를 숙여 방바닥을 내려다보면서 혀를 찼다.

"빗자루 좀 주시겠어요? 모조리 쓸어담읍시다."

그는 우뚝 선 채 거실 한구석에 있는 빗자루를 가리켰다. 관리인은 빗자루와 쓰레받기 그리고 쓰레기통을 들고 방 안으로 들어갔다.

그는 개미를 쓸어담기 시작했다.

빗자루가 묻어난 자리는 본래의 방바닥 빛깔로 돌아오고 있었다. 검은 근육이 한 점씩 베어져나가듯이.

개미들은 무더기로 쓸려 담기고 있었다.

"하하. 굉장하구나, 굉장해."

관리인은 개미들을 쓸어담으면서 혼잣말로 중얼거렸다. 오래 걸리지는 않았다. 관리인은 개미들을 쓰레기통에 모조리 담고 빗자루에 묻은 개미들을 털기 위해 빗자루를 세워 쓰레기통에 부딪쳤다.

　"자 이걸 어떻게 하죠? 국을 끓여 먹을 수도 없구. 휘발유 좀 있으세요?"

　"석유가 있을 거예요."

　그는 일어서서 석유 풍로 옆에 세워둔 석유통 마개를 벗겼다.

　"제가 하죠."

　"뭐 하시게요?"

　"태워버립시다."

　그는 망연히 쓰레기통을 내려다보았다.

　쓰레기통엔 반 정도 차오른 개미들이 밀집해 있었다.

　그는 고개를 돌렸다.

　"버립시다. 태우지 말고."

　관리인은 웃었다.

　"이걸 어디다 버립니까? 모조리 태워버려야지."

　관리인은 석유통을 기울여 석유를 쓰레기통 속에 부었다. 그는 살생을 즐기는 눈치였다. 관리인은 발코니 쪽으로 쓰레기통을 들고 갔다.

　발코니 위로 달이 보였다. 불이 돌연 솟아올랐다.

　"몰랐을 게다. 불에 타 죽는 팔자인지 몰랐을 게다."

　불빛은 금세 타오르다 곧 스러졌다. 재도 남기지 않고.

　그는 뜨거워진 쓰레기통을 면장갑을 끼고 들고 와 원위치에 놓았다.

　"됐습니다."

　그는 어깨를 으쓱거렸다.

　"이젠 개미라고는 씨알머리도 없을 겁니다. 놀라셨죠? 헛허허."

　관리인은 의기양양하게 사라졌다.

침묵이 왔다. 죽은 자의 정적과 같은 침묵이.

그는 쉽사리 잠을 이룰 수가 없었다.

혼자 커피를 끓여 마시고 늦게까지 오랜만에 맛보는 톱밥과 같은 침묵에 빠져 설렜다. 겨우 잠이 들었지만 밤새 악몽에 시달렸다.

꿈속에서 그는 불에 처형당했다.

3

꿈에 불을 보면 길조라고들 하지만 아침에 일어났을 때는 머리가 맑지 못했다. 밤새 옅은 잠에 들었다 깨었다 했으므로 당연한 결과였다.

그는 출근하기 위해 우유와 달걀을 먹었다. 그때 그는 간밤에 마시고 함부로 방치해둔 커피와 설탕 종지가 탁자 위에 놓여 있는 것을 보았다.

그는 조심스레 뚜껑까지 열려 있는 설탕 종지를 들고 그 안을 들여다보았다.

설탕은 순백의 아름다움으로 반짝이고 있었다.

그는 안심했다.

이제는 모든 감시의 끈에서 그의 물건을 해방시켜놓아도 괜찮을 것이라는 안도감이 들었다. 이젠 마음대로 설탕을 흘릴 수 있으며 사과를 함부로 베어먹다 던져두어도 무방하다. 이젠 아무도 그의 곁을 노리고 감시하고 공격하려 하지 않는다.

나는 자유인이다. 나는 속박에서 풀려났다. 나는 해방되었다. 나는 내 방을 그들로부터 빼앗았다. 그들은 백기를 들었다. 나는 이제 그들을 용서할 수 있을 것이다. 간밤에도 뚜껑이 열려 방치된 설탕이 무사했으니.

그는 회사로 출근하였다. 그러나 그날 하루도 새로운 음료수의 맛을 상징화해 나타낼 수 있는 단 한마디의 표현을 발견해내지 못하였다.

광고주는 어떻게 된 일이냐고 그에게 신경질을 부렸다. 그는 광고주의 입에 음료수병을 거꾸로 처박아버리고 싶은 충동을 받았다.

마셔라, 마셔.

그는 광고주의 입에 음료수병을 처박고 소리쳐 외치고 싶은 충동을 받았다.

마셔라, 마셔. 마시라구.

창 밖의 거리로 목표를 향해 질주하는 개미떼와 같은 수많은 사람들 입에 모두 한 병씩 음료수병을 처박고는 소리를 고래고래 질러 최면을 걸고 싶은 욕망을 느꼈다.

마셔라 마셔. 마시라구.

저녁 늦게 그는 아파트로 돌아왔다. 광장에서 택시를 내리고 그의 방이 있는 아파트 동까지 걸었다.

어둠 속에 거대한 아파트들이 내부의 불을 밝히고 서 있었다. 그것은 거대한 탑처럼 보였다.

간혹 밝은 형광불빛 속에 움직이고 있는 사람들의 모습이 보였다. 그들은 그들이 살고 있는 골조건물 사이에 형성된 개미들의 미로를 모르고 있을 것이다.

그들이 살고 있는 방은 그들의 방이 아니며 그 방은 그들이 만든 방이 아니었다. 그것들은 개미들이 쌓아올린 거대한 탑이었다. 그것은 무너뜨릴 수 없는 거대한 탑이었다. 개미들의 신전이었다.

그는 그의 방으로 돌아왔다.

아침에 마시다 남은 커피잔 속으로 새로운 개미들이 새카맣게 몰려 있었다. 그러나 그는 별로 놀라지 않았다. 새로운 개미들은 설탕과 커피를 더 무서운 기세로 탐닉하고 있었다.

뿐만 아니라 그가 아끼던 화분의 꽃들 위에도 개미들이 새카맣게 몰려 있었다. 꽃은 시들어가고 있었다. 개미들의 공격에 의해서.

여기저기 개미들의 군집이 눈에 띄었다. 벽시계는 죽어 있었다. 시계의 유리 칸막이 너머로 개미들이 모여 시계의 작동을 정지시키고 있었다. 시계의 분침과 시침에 개미들이 까맣게 모여 있었고 숫자판을 뒤덮고 있었다. 마치 시간을 갉아먹기 위해 모인 것처럼.

그는 놀라지 않았다. 이제는 그들의 차례가 온 것이라고 그는 생각했다.

새삼스레 적의도 솟아오르지 않았다.

그들은 이제 차례차례 점령해올 것이다. 너는 그것을 잊어서는 안 된다.

그는 그들에게서 벗어나려 했던 지난 며칠간의 싸움이 얼마나 부질없는 것인가를 느꼈다.

이제는 그들과 화해하는 일이 남아 있다고 그는 생각했다. 이제는 그들에게 백기를 들어야 한다고 그는 생각했다. 그들을 사랑해야 한다고 그는 결정을 내렸다.

그는 옷을 모두 벗어던졌다.

욕조에 물을 가득 채우고 그 물 속에 집에 있는 모든 설탕을 가득 부었다. 거대한 설탕물이 욕조 안에서 형성되었다. 잘 섞어야 한다고 생각했으므로 팔을 물 속에 넣어 휘둘러 저었다. 그리고 손가락으로 찍어 맛보았더니 그 많은 물의 양에도 불구하고 쏟아넣은 설탕의 양이 엄청났으므로 매우 달았다.

그는 만족했다.

그는 벌거벗은 몸으로 설탕을 휘젓는 스푼처럼 뛰어들었다. 물은 설탕을 포함했기 때문에 중유처럼 끈적였다.

그는 설탕의 당분이 그의 피부 속으로 고루고루 침투해주기를 기대하였다.

그는 설탕에 절이는 생강처럼 될 수 있으면 움직이지 않고 설탕이 그의 몸을 향해 스며드는 것을 지켜보았다. 오래 걸리지는 않았다.

그는 떨어지는 물을 수건으로 닦으려 하지 않고 그냥 체온으로 말렸다. 그러자 마른 몸 부분부분에서 설탕의 각질이 침전되어 하얗게 서리가 앉아 보였다.

그는 조심스럽게 걸어 어제 그가 죽였던 수억 마리의 개미들이 들끓던 방 안에 들어가 누웠다. 그리고 그는 기다렸다.

이제 그들은 모여들 것이다.

저 감추어진 구석구석에서.

처음엔 조심스레 한 마리의 척후병이 다가와 그의 몸에 발라진 설탕의 당분을 발견할 것이다. 비타민의 당의를 탐하던 날카로운 감각으로.

그리하여 그 수색 임무를 완수한 개미는 자기의 소굴로 돌아가 그들만의 언어로 무리를 소리쳐 불러내고, 수많은 개미떼는 춤추고 노래하면서 그의 주위로 축제하듯 몰려들 것이다.

그리고 그의 몸에서 침전된 설탕을 뜯어내려 할 것이다. 그러나 설탕이 그의 몸 위에 엷은 한 꺼풀의 층을 형성한 것이 아니라 그의 피부 속에 숨어들어 있음을 알게 될 것이고 그런 뒤에는 그 숨겨진 설탕을 취하기 위해서 마침내 살갗을 파고들 것이다.

그들은 잊어버렸던 야성을 되찾게 될 것이다. 육식의 개미들처럼.

그리하여 개미들은 그의 몸 자체가 설탕으로 절여진 거대한 먹이임을 발견하게 될 것이다.

그것은 그들이 찾는 맛이며 '새로운 맛'의 발견이 될 것이다. 그들은 흘러내리는 향기로운 피의 냄새를 맛보게 될 것이다.

어쩌면 다가오는 아침에는 그는 백골만 남을지 모르는 일이다.

하지만 그는 후회하지는 않을 것이다.

왜냐하면 그가 스스로 그들의 제물이 되었으므로. 그들과 화해한 것이므로.

보이지 않는 벽면에서 여섯 개의 발을 가진 짐승의 발소리가 조금씩 들려오기 시작했다.

그는 비로소 안심했다.

(1977년)

극적 상황과 자전(自傳)의 세계

손정수(문학평론가)

1. 풍문 뒤에 감춰진 세계로서의 작품

『별들의 고향』(1973), 『내 마음의 풍차』(1973), 『적도의 꽃』(1981), 『잃어버린 왕국』(1985), 『왕도의 비밀』(1991), 『상도』(2000) 등의 베스트셀러들을 떠올리지 않더라도, 혹은 〈바보들의 행진〉 〈깊고 푸른 밤〉 〈고래 사냥〉 등의 영화들을 제쳐두더라도, 중단편 작가로서의 최인호의 위상 또한 70년대 문학사 속에 이미 뚜렷하게 나타나고 있다. 월남전에서 부상을 입고 개발의 와중에 놓인 서울 변두리에 교사로 부임한 주인공이 나환자촌 미감아들의 전학을 둘러싸고 세상과 대결하여 펼치는 갈등이 중심에 놓인 「미개인」(1971)이나 사물들의 세계 속에 소외된 현대인의 초상을 상징적 기법으로 그리고 있는 「타인의 방」(1971) 등은 이러한 사실에 대한 뚜렷한 증거일 터이다. 또한, 어린 '나'가 노할머니의 유산을 둘러싼 어른들의 처세에 수단으로 동원되는 과정이 영악한 사촌 여동생과 어리숙한 '나'의 대비 속에 그려진 「처세술 개론」(1971)이나, 영문과 복학생이자 소설가인 '나'와 데모 주동자이면서도 그것에 대한 회의로 인해 갈등하는 인물 오만준의 관계를 통해 70년대 초반의 현실의 한 단면을 묘파하고 있는 「무서운 복수」(1972) 등의 작품들도 최인호의 소설세계만이 간직한 고유한 특성을 잘 보여주는 사례들이다.

그러나 작가로서의 최인호의 폭과 특성은 여기에만 국한되지 않는다. 비록, 베스트셀러가 된 신문연재 장편소설들이나 70년대 초기의 대표작들에 의해 가려져 있기는 하지만, 사회체의 메커니즘에 대한 비판의 독특한 방식을 보여주는 「병정놀이」(1972), 「기묘한 직업」(1974), 「전쟁우화」(1974) 등과, 가족 서사를 중심으로 한 자전(自傳)의 세계를 펼쳐 보이는 「죽은 사람」(1975)과 「신혼 일기」(1975), 그리고 대중사회의 생리에 대한 최인호 고유의 통찰이 엿보이는 「즐거운 우리들의 천국」(1976), 「가면무도회」(1977), 「개미의 탑」(1977) 등의 작품들이 최인호 소설세계의 폭을 새삼 확인케 하는 동시에, 그의 소설세계가 간직하고 있는 또다른 특성을 잘 보여주고 있기 때문이다.

2. 사회체의 메커니즘 비판과 극적 상황의 의미

한 병사의 무단이탈로 대대원 전원이 외출금지를 당한 내무반에 한 신병이 전입해오면서 벌어지는 일련의 사건들을 소재로 한 「병정놀이」, 위장 사고로 돈을 뜯는 자해공갈단에 처음 발을 들여놓게 된 한 인물의 시선에서 바라본 세계를 그리고 있는 「기묘한 직업」, 그리고 격전지의 한 동굴에서 동향의 두 사람이 서로 적군으로 만나는 상황을 다룬 「전쟁우화」 등의 작품에는 공통적으로 사회체의 메커니즘에 대한 최인호 고유의 인식과 비판 방식이 내재해 있다.

늙은 고참 병장님은 삼 년 전쯤 이맘때 자기도 저렇게 늙은 군인 아저씨 앞에서 부동자세를 취하고 있었음을 기억한다. 그뿐 아니라 아직까지 군대용어 중엔 일제시대 때의 잔재가 많이 남아 있고, 눈에 띄지 않는 군대 내 사병들 간의 유희 중엔 일제시대 유물들이 남아 있어서, 거슬러올라가면 일제시대 때 관동군 막사로 배속된 조센징도 일본군 모리 상등병에게 저런 식의 농담을 받았음이 분명했고, 그리고 보면 이런 식의 장난 어린 관습은 무한히 뻗친 벌판 위의 전선줄처럼 어디서부터 내려왔으며 그리하여 어디로 뻗어가는지 모르는 것임을 잘 알고 있었다. 하지만 그렇다손 치더라도 자기의 졸병 시절엔 저런 희롱을 당하며, 내가 고참만 되면 절대 일백 번 고쳐 죽어도 그러지 않으리라 변소 속 구린내 나는 똥통 위에서 콘크리트 벽을 맨주먹으로 두들겨패면서 이미자의 노래처럼 '헤일 수 없는 수많은 밤'을 맹세했다손 치더라도, 군대의 때(垢), 수십년 수백년을 내려온 거대하고 죽은 공룡의 시신처럼 어마어마한 군대 냄새에 그대로 절어버려 도저히 삶기 전에는 제 색을 낼 수 없는 군대용 러닝셔츠처럼 낡아버린 것이다.(「병정놀이」, 15~16쪽)

사회체 이면에는 마치 "무한히 뻗친 벌판 위의 전선줄"처럼 시간의 두께를 뚫고 내려온, 그리하여 그 속에 놓인 주체의 의식과 행위를 억압하고 있는 보이지 않는 힘이 존재한다. 이 힘들로 구성된 메커니즘은 "거대하고 죽은 공룡의 시신처럼 어마어마한" 것이어서 주체가 개인의 차원에서 그것에 저항하거나 그것을 초월한다는 것이 불가능한 어떤 것이다. 이 메커니즘에 의해, 신병 또한 날선 면도칼처럼 빠릿빠릿하던 몸매에 녹이 슬어가면서 서서히 "군대의 때"에 익숙해져갈 것이다. 최인호는 이처럼 사회적 현상에 대한 직접적인 비판보다 그것의 밑바닥에 놓인 보다 근본적인 차원의 문제들에 접근해들어가고 있다는 점에서 특징적이다.

사회체의 메커니즘 이면에 놓인 억압을 비판적으로 들여다보기 위해 작가가 사용하고 있는 주된 방식의 하나는 위의 인용처럼 서술자의 직접적인 언설을 통한 것이다. 그러나 서술자의 언설의 차원에서 드러나기 힘든, 보다 근원적인 차원들의 문제에 접근하기 위해 작가는 극적 상황을 도입하는 한편 그 속에서 펼쳐지는 인물들의 대화를 통해 현장감을 생생하게 살리는 방법을 선택하기도 하는데, 이 점에 작가의 고유한 비판 방식의 방법적 측면이 놓여 있다.

그는 와들와들 떨면서 언덕길로 나섰다.
"뭘 벌벌 떠는 거야? 부축해."
이빨 빠진 사내가 걸레 조각처럼 축 늘어진 대머리를 가리켰다.
"이봐, 이봐."
털보가 대머리의 얼굴을 두어 번 때렸다.
"정신 차려, 이 새끼야."
대머리의 얼굴에서 피가 흘러내렸다.
"걸을 수 있어. 넌 발은 성한 새끼 아냐."
"운수 나빴어."
대머리가 힘없이 중얼거렸다.
"정통으로 부딪혔어. 난 죽는 줄 알았어."
"어 이 친구 봐."
이빨 빠진 사내가 그를 쳐다보면서 웃었다.
"이 친구 울고 있잖아."

그는 훌쩍거렸다.

"울긴 왜 울어."

털보가 짜증을 부렸다.

"울 생각 말고 우리들이 하는 짓이나 잘 봐둬. 금방 배울 수 있어."

"그럼. 자넨 아직 젊구 온몸이 다 성해. 그럼 됐지 뭘 그래."

셋은 대머리를 부축하고 언덕길을 내려왔다.(「기묘한 직업」, 44~45쪽)

위의 인용 대목에서 보듯, 더이상 희망도 없이 신체를 한 부분씩 치료비 명목의 현금과 맞바꾸며 삶의 종말을 조금씩 앞당기고 있는 인물들의 권태와 그 세계에 처음 발을 들여놓게 된 한 젊은이의 공포가 대화를 통한 극적 상황 속에 드러나 있다. 이 상황의 제시만으로도 작가가 표현하고자 하는 세계의 한 단면은 선명하게 그 모습을 드러낸다. 이 '기묘한 직업'의 세계에 처음 마주하여 눈물을 흘리고 있는 청년의 삶 또한 이 간결한 대화 속에서 이미 그 예정된 운명을 엿볼 수 있다.

한편, 대화로 구성된 극적 상황의 제시는 그것을 둘러싸고 있는 독특한 분위기에 의해 더욱 효과적으로 독자에게 전달되고 있다. 곧, 배경에 대한 묘사가 단지 상황에 대한 설명에 그치지 않고 그 속에 놓인 인물들의 심리나 의식의 조건으로 기능하는 차원에까지 이르고 있는 것이다.

그는 조용히 기지개를 켰다. 햇살은 거의 온몸을 부드럽게 애무했고 그의 온몸에서는 단내가 나기 시작했다. 미열이 다시 재발해서 내다보이는 동굴 밖은 발그스레하니 상기해 있었고 솔개 한 마리가 동굴 밖 푸른 하늘을 유유히 맴돌고 있었다.(「전쟁우화」, 57쪽)

위의 인용 대목은 얼핏 보면 단순한 배경의 묘사로 간주될 수도 있는 표현이지만, 인물들이 놓여 있는 비극적인 상황과의 대비를 통해 역설적으로 작품 전체의 실감과 긴장에 기여하고 있다. 전쟁에서 부상을 입고 낙오된 한 병사가 느끼는 감정이 초조와 공포로만 가득 차 있다고 한다면, 그것은 아마도 일면적인 진실이리라. 상황이 강요하는 초조와 공포를 배반하면서 온몸을 휩싸는 나른함과 혼곤함, 그것이야말로 그러한 상황 속에 처한 인물이 느끼는 긴장감의 실체일 것이다. 이처럼 분위기에 대한 묘사가 단순한 배경 설정에 그치지 않고 작품 전체에 긴장감을 부여하는 계기로서 작동하는 측면 또한 최인호 소설의 고유한 면모에 해당된다고 할 것이며, 그러한 면모가 사회체의 메커니즘에 대한 비판을 가능케 하는 심층적인 조건을 형성하고 있다고 할 수 있을 것이다.

3. 자전(自傳)의 세계와 작가적 정체성의 문제

「병정놀이」「기묘한 직업」「전쟁우화」등의 작품이 사회체의 메커니즘에 대한 독특한 방식의 비판, 곧 작가를 둘러싼 외부적 세계에 시선을 두고 있다면, 「죽은 사람」과 「신혼 일기」는 가족이라는 매개를 통해 그 시선을 작가의 내부적 세계로 이동시키고 있다.

「죽은 사람」이 작중화자인 '나'의 아버지의 죽음과 그 저편의 기억들을 중심으로 외할머니, 집안 아저씨, 그리고 사랑하는 여인을 총으로 쏘고 자신도 자살해버린 군대 고참 등의 죽음에 대한 회상이라면, 「신혼 일기」는 '결혼식' '아기' '신혼기' '아내의 머리칼' '아내의 자장가' '아내의 눈물' 등의 소제목에서 보듯 아내와의 결혼에서 비롯 출산과 신혼에 걸친 이야기라고 할 수 있다. 경건하고 엄숙한 죽음과 생기 넘치는 신혼이 대비되어 있기는 하지만, 이 두 작품은 '가족'이라는 공통분모에 의해 밀접하게 연결되어 있다.

새벽녘에 나는 아버지의 벌거벗은 상체에서 좁쌀 같은 젖꼭지를 만져보곤 하였다.
아버지의 젖꼭지.
그것은 정말 신기한 물건이었다.
그 젖꼭지는 치솟던 원형 반점 위에 두어 가닥의 불확실한 털을 가지고 아버지의 넓은 가슴 양 옆에 떨어진 부스러기처럼 꽂혀 있었다.
내가 그날따라 왜 그랬던가 잘 기억할 수는 없지만 어느 날 아침 나는 그 젖꼭지를 만지작거리다가 한번 입을 가져다대고 빨아보았다.
그때의 기분을 잘 기억할 수는 없다. 내가 왜 그런 짓을 했던가도 잘 기억할 수 없다.(「죽은 사람」, 90쪽)

위의 장면은 「죽은 사람」의 한 대목이다. 여기에는 죽음과 삶의 경계 저편의 기억이 여전히 현재화되지 않은 채 설명할 수 없는 절대적인 것으로 드러나 있다. 그 기억들은 궁극적으로 작가로서의 '나'의 정체성을 묻고 있는 당황스런 질문이기 때문이다.

그러나 그 사건들이 이렇듯 절실한 어떤 것으로 '나'의 기억 속에 남아 있다고 하더라도, 그것이 허구의 외피를 갖추지 않은 채 이렇게 일종의 자전(自傳)처럼 제시되고 있는 것은 과연 어떠한 의미가 있을까. '최베드로' '시인 고은' 등의 고유명이 등신대로 등장하는 이 소설 속의 장면들은 과연 최인호의 소설세계에서 어떠한 위치를 차지하고 있는가.

그 누구도 삶의 기억들을 실체화하고자 하는 욕망으로부터 자유

롭지는 않을 것이다. 그럼에도 불구하고 최인호의 경우는 유독 가족에 대한 서사에 민감했으며, 어떤 의미에서는 최인호 소설세계의 한축을 이루고 있다고 할 수 있을 정도로 그는 이 가족의 세계에 남다른 집착을 보인 바 있다. 대중적 성공을 거둔 소설들이 그의 소설세계의 가장 화려한 외면을 보여주고 있다면, 삶의 이력과 허구를 넘나들면서 전개되고 있는 이 가족 이야기는 그의 소설세계에서 가장 내밀한 영역에 놓여 있다고 할 수 있을 것이다. 어떤 의미에서 그는 이러한 균형을 통해 작가적 정체성에 대한 근원적 질문에 대답하고 있었던 것은 아닐까. 이와 같은 가족 이야기가, 표면상으로는 사적인 차원의 시시콜콜한 집안 이야기처럼 보임에도 불구하고, 그의 소설세계에서 간과할 수 없는 의미를 지니는 것은 바로 이러한 이유 때문이라고 볼 수 있을 것이다.

4. 대중사회의 생리에 대한 비판과 그 의미

「병정놀이」「기묘한 직업」「전쟁우화」등의 작품이 사회체의 메커니즘의 억압적 존재 방식에 대한 비판을 대화 중심의 극적 구조 속에서 펼치고 있다면, 「즐거운 우리들의 천국」「가면무도회」「개미의 탑」등은 대중사회라는 현실 무대 속의 인간들의 존재 방식에 대한 통찰을 바탕에 깔고 있는 작품들이라고 할 수 있다.

우선 「즐거운 우리들의 천국」의 화자인 '나'는 어떤 일에도 제대로 적응하지 못한 채 이 직업 저 직업을 옮겨다니는 인물이다. 종이봉투 만들기, 벽보 붙이기, 극장 암표 장사, 불 지핀 구공탄 팔기, 춘화 장사, 고층건물 유리창 닦이 등을 거쳐 '나'가 결국 이른 곳은 이삿짐 센터이다. 여기에서 '나'는 엑스트라 출신의 '그'를 만난다.

'나'와 동료들은 무료함으로부터 벗어나기 위해 이 엑스트라 출신의 어수룩한 인물을 제물로 삼는다.

> 우리는 따분하고 무료했으므로 녀석을 괴롭히는 쾌감으로 시간을 보내고 있었다. 그 짓이라도 하지 않았다면 우리는, 그리고 나는 더위에 미쳐서 발광이라도 할 판이었다. 녀석은 우리들의 집요한 힐난조의 공세가 오히려 즐거운 모양이었다. 자신이 우리의 무리에 끼어드는 일이란 자신의 모자람을 털어놓아 우리를 웃기게 하고 그것이 우리와 함께 어울릴 수 있는 유일한 길인 것처럼 생각하고 있는 모양이었다.(「즐거운 우리들의 천국」, 162쪽)

'나'와 동료들은 결국 밧줄을 타고 아파트에서 내려가는 위험한 놀이로 '그'를 내몰고 결국 '그'는 밧줄을 놓치고 아래로 떨어지고 만다. 말하자면 무기력한 삶에 빠져 있는 대중들의 심리 이면에는 '갑작스런 광기'가 음험하게 자리를 잡고 있었던 것이다. 그러한 욕망이 한 개인의 내부로 향할 때는 무기력과 자폐적 양상으로 드러나지만, 그로부터 벗어나려는 집단화된 욕망은 광기로 돌변할 수도 있는 것이다.

이러한 대중사회의 생리는 「가면무도회」에서 신문기자인 주인공 이문후의 시선을 통해 더욱 날카롭게 드러나고 있다. 소설 속의 사건은 한국전쟁 당시 전쟁포로의 한 사람으로 중립국행을 선택했던 사내(황철진)가 전쟁 와중에 헤어졌던 약혼녀(정수경)와 아들(김현국)을 찾아 브라질에서 귀국하면서 비롯된다. 사내가 찾고 있는 여인은 이미 이곳에서 가족을 이루고 있기에 둘 사이의 만남은 조심스러울 수밖에 없다. 그러나 주인공 이문후가 속한 신문사의 부장은, 대중들의 욕구를 충족시키기 위해 필사적으로 이 사건을 한 편의 감동적인 드라마로 만들고자 한다. 그는 사내와 여인과 그들의 아들이 민족적 비극으로 인해 겪고 있는 고통 따위는 안중에도 없다.

> 그들의 마음속에는 홈런이 터지기를, KO되기를, 벌거벗기를, 얻어맞기를, 물바가지 뒤집어쓰기를 바라는 집단화된 못된 사디즘이 충만하고 있었다. 관객이 바라는 대상, 인물은 그들 위에 군림하는 우상과 영웅이 아니라 그들이 때려부수고 깔아뭉개기에 알맞은 살아 있는 장난감이었다. 그러나 그들 대상이 절대 만만해서는 안 되었다.(「가면무도회」, 252쪽)

이와 같은 대중사회 속의 집단화된 생리에 의해, 사내와 여인과 그들의 아들이 겪는 비극은 신문사의 부수 경쟁과 부장의 야심과 대중들의 집단적 사디즘의 희생물이 되고 만다. 이 소설은 전쟁포로 출신의 한 사내가 겪는 비극적 고통을 한 편의 감동적인 드라마로 변질시켜 대중들의 욕구 충족을 위한 희생물로 삼는 상징적인 사건을 통해 대중사회의 생리화된 변태와 가학의 구조에 대한 비판에 접근하고 있다.

한편, 「개미의 탑」의 주인공인 '그'는 광고회사 직원으로, 새로운 음료수의 광고 아이디어에 머리를 싸매고 있다. 어느 날 그는 집 안 곳곳에서 무리를 지어 몰려다니는 개미떼를 발견한다. 그것들은 쓰레기통을 뒤지는 쥐나 썩은 생선을 노리는 도둑고양이와는 달리, 사람들을 피하지 않고 인간의 곁에 그림자처럼 존재하고 있다. 집단을 이루어 목표를 향해 맹목적으로 돌진하는 이 개미들은 야성이 퇴화된 채, 인간이 야성을 버림으로써 자연적으로 획득하게 된 단것에 함께 탐닉하고 있는 것이다.

그는 회사로 출근하였다. 그러나 그날 하루도 새로운 음료수의 맛을 상징화해 나타낼 수 있는 단 한마디의 표현을 발견해내지 못하였다.

광고주는 어떻게 된 일이냐고 그에게 신경질을 부렸다. 그는 광고주의 입에 음료수병을 거꾸로 처박아버리고 싶은 충동을 받았다.

마셔라, 마셔.

그는 광고주의 입에 음료수병을 처박고 소리쳐 외치고 싶은 충동을 받았다.

마셔라, 마셔. 마시라구.

창 밖의 거리로 목표를 향해 질주하는 개미떼와 같은 수많은 사람들 입에 모두 한 병씩 음료수병을 처박고는 소리를 고래고래 질러 최면을 걸고 싶은 욕망을 느꼈다.

마셔라 마셔. 마시라구.(「개미의 탑」, 298쪽)

그의 광고 아이디어는 더욱더 단맛을 찾아 몰려다니는 대중들의 생리를 충족시키기 위한 것이다. 광고 전쟁 속의 싸움과 설탕을 찾아 몰려다니는 개미떼와의 싸움이 등질적인 것은 이러한 맥락에서라고 할 수 있다. 그는 둘 중의 어느 싸움에서도 궁극적으로 승리할 수 없다. 작품 말미에서 그는 벌거벗은 온몸에 설탕물을 묻힌 채 방 안에 누워 개미들을 기다린다. 개미떼와, 그리고 대중사회 속에서 마치 한 개의 입자(粒子)처럼 살아가고 있는 자신의 피할 수 없는 운명과 화해하기 위해 그는 스스로가 제물이 되는 선택을 내린 것이다.

5. 새로운 해석 지평으로서의 작품

「병정놀이」「기묘한 직업」「전쟁우화」 등에서 추구되고 있는 사회체의 메커니즘에 대한 비판과,「죽은 사람」「신혼 일기」에 나타난 작가적 정체성의 문제, 그리고「즐거운 우리들의 천국」「가면무도회」「개미의 탑」등에서 드러나고 있는 대중사회의 생리와 그 문제점에 대한 천착 등은 일차적으로 최인호 소설세계의 넓은 폭을 새삼 확인케 하는 계기임과 동시에, 보다 본질적으로는 그의 현실 비판의 방법적 측면과 작가적 정체성의 유지 방식과도 관계되고 있음을 확인할 수 있다.

이들 소설이 발표된 시기는 최인호가 본격적으로 신문 연재소설에 뛰어들어 대중적 인기를 한 몸에 받고 있던 시기에 해당되기에, 70년대 초기의 소설들에 비하면 상대적으로 평가가 미약한 편이라고 할 수 있다. 그러나 위에서 살펴보았듯, 이들 소설들을 통해 최인호 소설세계의 또다른 특성과 매력을 새삼 확인하게 되는바, 이러한 새로운 층위의 소설들과 더불어 최인호 소설세계는 보다 확대된 해석의 지평을 열어놓고 있다고 할 수 있을 것이다.

1945년	10월 17일 서울에서 변호사였던 아버지 최태원(崔兌源)과 어머니 손복녀(孫福女)의 3남 3녀 중 차남으로 출생.
1951년	1월 6·25동란으로 인해 부산으로 피난.
1952년	3월 초등학교 입학. 2학기 때 2학년으로 월반.
1953년	서울에 돌아와 영희초등학교로 전학.
1954년	덕수초등학교로 전학.
1955년	아버지 별세.
1958년	서울중학교 입학.
1961년	서울고등학교 입학.
1963년	고등학교 2학년 때 단편 「벽구멍으로」가 한국일보 신춘문예에 입선.
1964년	연세대학교 문리대 영문과 입학.
1966년	11월 공군 사병으로 군 입대.
1967년	단편 「견습환자」가 조선일보 신춘문예에 당선. 11월에는 단편 「2와 1/2」로 『사상계』 신인문학상을 수상.
1969년	단편 「순례자」(『현대문학』) 발표.
1970년	단편 「술꾼」(『현대문학』), 「모범동화」(『월간문학』), 「사행」(『현대문학』) 발표. 공군을 제대하고 11월 황정숙과 결혼.
1971년	단편 「예행연습」(『월간문학』), 「뭘 잃으신 게 없으십니까」(『신동아』), 「타인의 방」(『문학과지성』), 「침묵의 소리」(『월간중앙』), 「미개인」(『문학과지성』), 「처세술개론」(『현대문학』) 발표.
1972년	단편 「황진이 1」(『현대문학』), 「전람회의 그림 1」(『월간문학』) 발표. 장편 「별들의 고향」을 조선일보에 연재. 「타인의 방」 「처세술개론」으로 현대문학 신인상을 수상. 연세대학교 영문과 졸업. 딸 다혜 출생. 단편 「전람회의 그림 2」(『문학과지성』), 「영

가」(『세대』), 「황진이 2」(『문학사상』), 「병정놀이」(『신동아』) 발표. 중편 「무서운 복수」(『세대』) 발표. 장편 「내 마음의 풍차」를 중앙일보에, 「바보들의 행진」을 일간스포츠에 연재. 장편 『별들의 고향』(전2권), 소설집 『타인의 방』 출간.

1974년   단편 「기묘한 직업」(『문학사상』), 「더러운 손」(『서울평론』) 발표. 희곡 「가위 바위 보」를 산울림 극단에서 공연. 장편 『바보들의 행진』, 소설집 『영가』 출간. 세계 13개국 순방. 『맨발의 세계 일주』 출간. 아들 성재(도단) 출생.

1975년   단편 「죽은 사람」(『문학과지성』) 발표. 『샘터』에 「가족」 연재 시작. 장편 『구르는 돌』 『우리들의 시대』(전2권), 『내 마음의 풍차』 출간. 영화 〈걷지 말고 뛰어라〉 감독.

1976년   단편 「즐거운 우리들의 천국」(『한국문학』) 발표. 장편 「도시의 사냥꾼」을 중앙일보에 연재.

1977년   「개미의 탑」(『문학사상』), 중편 「두레박을 올려라」, 희곡 「향기로운 잠」(『문학사상』), 「다시 만날 때까지」(『문학과지성』), 「하늘의 뿌리」(『문예중앙』) 발표. 장편 「파란 꽃」을 서울신문에 연재. 장편 『도시의 사냥꾼』(전2권), 소설집 『개미의 탑』 출간.

1978년   중편 「돌의 초상」(『문예중앙』) 발표. 장편 「천국의 계단」을 국제신보에, 「지구인」을 『문학사상』에, 「사랑의 조건」을 『주부생활』에 각각 연재. 소설집 『돌의 초상』 『작은 사랑의 이야기』 및 산문집 『누가 천재를 죽였나』 출간.

1979년   단편 「진혼곡」(『문예중앙』) 발표. 장편 「불새」를 조선일보에 연재. 장편 『사랑의 조건』 『천국의 계단』(전2권) 출간. 미국 여행(3개월간 체류).

1980년   장편 『지구인』(전3권), 『불새』 출간.

1981년   단편 「아버지의 죽음」(『세계의문학』), 「이상한 사람들 1, 2, 3」(『문학사상』), 「방생」(『소설문학』) 발표. 장편 「적도의 꽃」을 중앙일보에 연재. 『안녕하세요 하나님』 출간.

1982년 　장편 「고래사냥」을 『엘레강스』에, 「물위의 사막」을 『여성중앙』
　　　　　에 연재. 단편 「위대한 유산」(『소설문학』), 「천상의 계곡」(『소설
　　　　　문학』), 「깊고 푸른 밤」(『문예중앙』) 발표. 「깊고 푸른 밤」으로
　　　　　제6회 이상문학상 수상. 장편 『적도의 꽃』, 소설집 『위대한 유
　　　　　산』 출간.

1983년 　장편 『물위의 사막』, 소설집 『가면무도회』 출간. 장편 「밤의 침
　　　　　묵」을 부산일보에 연재.

1984년 　장편 「겨울 나그네」 동아일보에 연재. 소설로 쓴 자서전 『가족 1』
　　　　　출간.

1985년 　장편 「잃어버린 왕국」 조선일보에 연재. 장편 『밤의 침묵』 출간.

1986년 　장편 『잃어버린 왕국』, 산문집 『모르는 사람에게 보내는 편지』
　　　　　출간. 영화 〈깊고 푸른 밤〉으로 아시아영화제 각본상 수상. 영
　　　　　화 〈깊고 푸른 밤〉으로 대종상 각본상 수상.

1987년 　장편 『저 혼자 깊어가는 강』, 소설로 쓴 자서전 『가족 2』 출간.
　　　　　가톨릭에 귀의(영세명 베드로). 어머니 별세. 〈잃어버린 왕국〉
　　　　　KBS 다큐멘터리 촬영차 장기간 일본에 체류.

1988년 　〈잃어버린 왕국〉 다큐멘터리 5부작 KBS 방영. 「어머니가 가르
　　　　　쳐준 노래」 『생활성서』에 연재.

1989년 　산문집 『잠들기 전에 가야 할 먼길』 출간. 장편 「길 없는 길」 중
　　　　　앙일보에 연재.

1990년 　『현대문학』에 장편 「구멍」 연재.

1991년 　장편 「왕도(王都)의 비밀」 조선일보에 연재. 산문집 『사람들 사
　　　　　이에 섬이 있다』 출간.

1992년 　동화집 『발명왕 도단이』 출간. 중편 「산문」(『민족과문학』) 발표.
　　　　　『샘터』에 연재중인 「가족」 200회 기념으로, 가족 1 『신혼 일기』,
　　　　　가족 2 『견습 부부』, 가족 3 『보통 가족』, 가족 4 『이웃』 출간. 영
　　　　　화 〈천국의 계단〉 시나리오 집필. 『시나리오 선집』 3권 발간.

1993년 　『길 없는 길』(전4권) 간행. 가톨릭 『서울주보』에 칼럼 연재 시

작. 〈일본 속 한민족 탐방〉으로 일본 여행.

1994년   교통사고로 16주간 입원 치료. 장편『허수아비』 출간. 동남아,
유럽, 백두산 여행. 1개월간 중국 답사 여행.『별들의 고향』 재
출간.

1995년   『왕도의 비밀』(전3권) 출간. 광복 50주년 기념 SBS 다큐멘터리
6부작 〈왕도의 비밀〉 촬영. 중국을 6개월간 여행. 한국일보에
「사랑의 기쁨」 연재. 동아일보 칼럼 집필.

1996년   산문집『사랑아 나는 통곡한다』 출간. 다큐멘터리 6부작 〈왕도
의 비밀〉 SBS에서 방영.

1997년   장편『사랑의 기쁨』(전2권) 출간. 장편「상도(商道)」 한국일보
에 연재. 가톨릭대 국문학과 겸임교수. 장녀 다혜, 성민석군과
결혼.

1998년   『사랑의 기쁨』으로 제1회 가톨릭문학상 수상.

1999년   『내 마음의 풍차』 재출간. 가톨릭신문에「영혼의 새벽」 연재 시
작. 산문집『나는 아직도 스님이 되고 싶다』 출간. 작은누이 명
욱 교통사고로 별세. 소설가 박완서와 15일간 미국의 콜롬비아
대학을 비롯 여러 대학에서 강연.

2000년   산문집『날카로운 첫키스의 추억』 출간. 월간『들숨날숨』에「이
상한 사람들」 연재.「가족」 연재 300회 자축연. 시나리오 〈몽유
도원도〉 집필. 소설가 오정희와 15일간 미국의 UCLA 대학을
비롯 여러 대학에서 강연. 큰누이 경욱 별세.『상도』(전5권) 간
행. 외손녀 성정원 출생.

2001년   소설집『달콤한 인생』, 산문집『어머니가 가르쳐준 노래』 출간.
장편「해신」 중앙일보에 연재중.

최인호 중단편 소설전집 3
즐거운 우리들의 천국

ⓒ 최인호 2002

초판인쇄 │ 2002년 4월 20일
초판발행 │ 2002년 4월 30일

지 은 이 │ 최인호
책임편집 │ 김현정 조연주 장한맘 손미선
펴 낸 이 │ 강병선
펴 낸 곳 │ (주)문학동네
출판등록 │ 1993년 10월 22일 제22-188호

주   소 │ 136-034 서울시 성북구 동소문동 4가 260번지 동소문빌딩 6층
전자우편 │ editor@munhak.com
전화번호 │ 927-6790~5, 927-6751~2
팩   스 │ 927-6753

ISBN 89-8281-500-7 04810
      89-8281-497-3(세트)
www.munhak.com